中国专业作家作品典藏文库

中国专业作家作品典藏文库
邹静之卷

我爱桃花

——邹静之剧作选

邹静之／著

中国文史出版社

目录

操场 1

我爱桃花 45

　附：《我爱桃花》笔记 90

花事如期 95

莲花 137

赵氏孤儿 191

西施 225

夜宴 255

　附：歌剧《夜宴》缘起 279

　　歌剧《夜宴》的不完全演出记录 283

白蛇传 285

北京大合唱 323

长征 337

附录 393

　砚边字 395

　一时想到 398

话剧

操场

〔场景：

操场的看台，像台阶一样，横着分成两大组，朝向观众。台阶依次高耸，占据整个天幕，给舞台一个封闭感。

看台的墙根下立了块黑板，不太显眼。

看台前是操场的跑道。

跑道再往前是运动场的边缘。

看台的左边，有一座白色的高高的裁判架子。

看台中间有一座砌成塔样的钟。

〔黎明。

钟的时间是凌晨四点半。

〔老迟在第一层台阶上坐着发呆。

老　迟　……我的拖鞋和我家的地板摩擦，偶尔会发出鸟叫的声音……被踩住的鸟叫，从脚底下传出来，就是那样的声音……（想学）我学不来……小时候我踩中过一只小鸡儿，无意的，它一长串的惊叫，像连发的箭矢射中我的心，疼得我真想把这条腿砍下来……有罪的腿（跺了两下），有罪的手……有罪的舌尖……有罪的一些部位（暗指性）……这些罪过的器件包裹着我良善的心。我的心，我必须咬紧了牙，才不至于让它从我的嘴里跳出来……心，你不能逃走，你不能离开我，我还指着你活下去呢。

〔有敲门的声音，天幕上啪地开了一个明亮的门。

〔一个小男孩（老迟的童年，可以是个道具或孩子，也可以是一个木偶)，站在那个门的光亮中间。

〔老迟不理也不看。

老　迟　(不回头) 我道过歉了，你就别再来了，我没有长成你想的那样，对不起了，你请回吧。(说完了，看着站在看台顶上的自己的童年) 我独自一人走到现在，容易吗？如果你看到我挣扎的一生，该向我致敬才对，应该脱帽行礼！

〔童年站着不动，老迟看着他。

老　迟　又来了……你总问糖纸干吗？没有了，连同夹糖纸的书一起卖了。(童年看着) 口琴，也没有了，生锈了，有些音发不出来了。(童年站着比画，意思是：你跟我想的不一样) 我应该是什么样子，我没长成你想的那样是吗？那你就别认我了，我不在乎，一点都不在乎，问问别的人，谁的成年被他童年的向往印证了，好的坏的，伟大的渺小的，去问问……你别那么看着我好不好。(童年隔了好一会儿站着不动，比画着头发) 头发是吗？我这算好的！有的人都掉光了……你不想看见我这样，我也不愿意，但它发生了，头发先是白了，后来白的也开始掉了。就这样，你如果想用这个来谴责我，你谴责吧。(童年突然边蹦边跳着，发出稚嫩的声音) 别唱了，最怕听到这样的声音，快乐、单纯早都没有了……前些天我偶然翻出一双小时穿过的鞋，握在手里像是一把小骨头，我曾经穿过那么小的鞋。那么小，小得让人心疼……我穿过的鞋，真小啊……你看见了那鞋就该明白我离你有多远了。(童年比画着李小琴) 李小琴，你喜欢过的小女孩李小琴死了。一起长大的人有几个已经死了。丢失，人生就是丢失，头发、牙齿、指甲、亲人、朋友，丢了，都丢光的时候咔吧一下一生也就完了……我好歹是个学者，(童年听着) 我娶妻生子了，对，你有后代了，该知足了。(童年比画着讨厌他的气味) 讨厌我身上的味，是吗？烟酒的气味，汗臭、淫秽的味道，对吧？我是人，是男人，男人该有的气味我都有。铜钱的味道？有！怎么了？别在这儿指斥了，这难道不是你吗？你不想承认，对吗？你天天来这儿敲门，就是想告诉我，你对我失望是不是？好，你不承认，我一点都不在乎，你出去，出去！（童年拿出一个小镜子反光晃他）收起来吧，别想用什么暗喻来刺伤我了，没用，你就是抽出剑来我也不会再改变了。我曾经单纯得像一只兔子，被人家欺负、欺骗，我活下来了，我一生最大的成功，就是当下！现在！我还活着！或者说你还活着……别再来了，别用异样的目光来看我，你不认我，我也不认你……对！对！你曾经是我，但你是个孩子，只是一个幻想的孩子。出去！请把门关上，永远关上，永远！

〔童年在天幕的光中消失了。

〔老迟又呆站着。静着。

老　迟　……那双拖鞋发出鸟的叫声是偶然的，没法把握，不知什么时候它才会响一下……这使我没法跟旁的人说，我家的拖鞋会学鸟叫，人家不会相信，关键是……我没法证明它真就会学鸟叫，因为那是种偶然，没法把握……这些微小的事物组成了我生活中隐秘的部分，使我和旁人的所见所想都不一样。也只有我知道完全的自己是什么样子的。我不是很好，但我有好的一面，我只是不完美。

〔追光亮了，穿着睡衣的迟妻从看台上站了起来。

迟　妻　老迟，老迟！（做把柜门拉开的动作）老迟请你出来。

老　迟　我再待会儿……

迟　妻　干吗非在柜子里待着？

老　迟　想事……

迟　妻　我看你在躲事，什么事非要在柜子里想?!

老　迟　……楼下的小翠开上车了……每天到家门口都按三下喇叭，然后嘎噔嘎噔地上楼……你原来上楼的声音也是嘎嘎响的，最近好像听不见了。

迟　妻　……那又怎样？

老　迟　老洪好几天没再来电话，那天我只是说了一句“不敢苟同”，他笑了笑就走了，再不来电话，十几年的朋友，一句话就伤了……老朋友像陈年的纸张一样脆弱，易碎。

迟　妻　出来吧，出来一样想。

老　迟　前天你在公交车上跟人吵架了！

迟　妻　……我不是第一次跟别人吵架。

〔此时台上上来一些人（实在不行，上来两三个乘客就行），表演着坐公交车的样子。迟妻站着，她后边站着一个男人，台上的人只有她和老迟还有后边的男人，三个人穿的是有颜色的衣服，前后人都是灰色，老迟在离迟妻远一点的人堆里边看着她。

老　迟　那天咱们在家里就有了不愉快。出门后，你一个人在前边走，我在后边跟着，直到上车时你都没回头再看过我一眼，你以无视来表达对我的轻蔑。

迟　妻　……（烦躁）最近，我总是出汗。

老　迟　有三个月了吧，每天你都早早地上床，把自己裹得严严实实的，你根本就睡不着，你是烦我，躲我……有几次在黑暗中，我看着你时，你不睁眼就把身子背过去了，像是背对着一条被腌久了、泛出盐粒的咸鱼……咸鱼越熬煎，你越有惩罚的快感……你连内衣也不愿让我看到，你讨厌我，甚至是……

迟　妻　什么？

老　迟　厌恶。

迟　妻　我没心情，我不愿意曲意逢迎你……

老　迟　为什么？

迟　妻　因为我们是夫妻！我不想像站街的鸡一样，在任何心境和场合下为男人服务。

老　迟　……我们可以不是夫妻！

迟　妻　老迟！你别说这些话，有些事，我不是没听到……

老　迟　什么事？

迟　妻　关于你的事。

〔急刹车的声音。迟妻后边那个男人借势用下身顶了迟妻的屁股一下。

〔迟妻回头就给那个撞了她屁股的男人一个耳光。

迟　妻　臭男人，没本事挣钱，有本事想歪主意！

〔男人捂着脸，一脸的愕然。全车人无动于衷地上车下车。

〔男人委屈地跟着到站的众人下车。

〔台上只有呆呆的老迟夫妻。

老　迟　其实那人碰你一下是无意的……我看着呢！你突然回手就打了人一个耳光还骂了。

迟　妻　我没骂你！

老　迟　……你骂得对……

迟　妻　别演戏了，快从柜子里出来！

老　迟　……好吧，你把身上的睡衣脱了，像以往一样，用你美妙的声音和弯曲的手臂来安慰我，拉我出来。你用你女人的身体把这个世界的烦恼给我变没了，变得只有你，你把你的身体张开，让我在你身体的滑动中喘息……

迟　妻　我不能……我不再动情了！！

老　迟　为什么？

迟　妻　这世界，让我走神，让我精神不能集中，让我在最高兴时想到最悲凉的事，越不想，它就越会出现……

老　迟　是你的问题。

迟　妻　世界的问题。

老　迟　世界太大了，咱没法挑它的毛病……想想美好的过去！

迟　妻　……过去和未来都不能达到！别躲，现在，就是现在。老迟，别再想着过去来把自己做旧了，你出来吧，活出个新鲜，让我看看！出来！

老　迟　我不！

迟　妻　（正色）请你从这衣服堆中出来！

老　迟　我不能。

迟　妻　为什么？

老　迟　我在思想。

迟　妻　……好，那想吧，尽情地想吧。别在家里，到外边想去。你给我滚出去！

〔砰！关柜门的声音。

〔老迟蜷缩在台上呆想着……

老　迟　……要是一个人来你家做客，她偶然听到了你的拖鞋发出鸟叫的声音，会怎么样？她会看看窗外，看看天空，寻找。她绝对想不到这声音是从你的脚下发出来的。一个正常的人很难把鸟叫和拖鞋联系起来。如果她真的发现了你的拖鞋会发出鸟叫，有一天她就跟人家说，老迟的拖鞋能学鸟叫，别人相信了。事情就是这样，第三个人说你的话，容易被人听信。

〔几个（可以少）博士评委，穿着庄重，拿着椅子上来坐了一排。

〔老迟的女研究生抱着论文，胆怯地上来了。

〔评委坐下，跷着二郎腿示意老迟的女研究生读论文。

女研究生　（怯怯念着）……白话诗并不是从胡适的《尝试集》开始的，“五四”以来，并不是文人创造了白话，而是他们承认了白话的书面地位。

胡适的白话诗乏善可陈，他的《两只黄蝴蝶》甚至没有明代的民歌更接近白话诗，在明代的民歌中有一首诗是这样的……

老　迟　（念）我今去了，你存心耐。

我今去了，不用挂怀。

我今去，千般出在无奈。

我去了，我就回来……（老迟有感情地读着）

女研究生　“我今去了”是这首诗的基本节奏，通过减字，或变换字的位置而使得这首明代的诗歌充满了白话诗的音乐性……那种改变比后来徐志摩的《再别康桥》中“轻轻地我走了……正如我轻轻地来”要生动响亮。

〔短暂的安静。评委无动于衷地看着。

〔老迟和女研究生等着。

〔突然，那些评委开始交头接耳，然后，大声地淫秽地笑着。

评委一　……真的这样吗？

评委二　千真万确。

〔老迟看着三个评委的表演。女研究生也看着。

评委一　（大喊了一声）三号同学的论文不通过。

众评委　不通过！

〔一阵小锣声中。

〔四个评委笑着同时搬椅子下去了。

〔女研究生抱着书呆站着。

女研究生　……老师我读书不容易。

老　迟　我能想到。

女研究生　……比你想到的所有都要难……我曾经捡过东西吃。

老　迟　这我没想到。

女研究生　我会对不起一些人……对不起甚至与我毫不相干的人。

老　迟　我也对不起你……

女研究生　老师，他们为什么那么想我们？

老　迟　——他们，他们把事想偏了想偏了！你知道我们从来没有那种事。不是那样的，从来没有……

女研究生　……老师，我们怎么办？

老　迟　我去找找他们。

女研究生　没用。老师，我看出来了，没用。

老　迟　你是说我没用？

女研究生　明代徐渭的《玉禅师》，明月和尚后来说过一段话，你该再看看。

老　迟　哪一段，我不记得了。

女研究生　人生在世，就要像荷叶上的露水珠儿，又要沾着，又要不沾着；还要像荷叶下淤泥里的莲藕，不要龌龊，又要有些龌龊……

老　迟　……我拿捏不到。我不是荷叶也不是莲藕。我是……学者。

女研究生　你真不想吗？

老　迟　比如什么？

女研究生　……你一直在拿捏。

老　迟　我拿捏？

女研究生　老师……我们为什么不做？

老　迟　……做什么？

女研究生　做爱。别躲，你没想过吗？

老　迟　……你不能这样问我。

女研究生　你想了为什么不做？

老　迟　我……好，我承认想过，但我……

女研究生　你不敢。

老　迟　我敢，但我一直在问自己做和不做哪个更难……哪个？

女研究生　做，更容易些。

老　迟　我选择的是难的。

女研究生　是啊，你的选择有多么不同，你的不同让人有多么地不舒服，你让人家想不通了。

老　迟　我有准则。

女研究生　你的准则让我没有毕业。我明白了就是因为你，我没有毕业。

老　迟　我该怎么做，你教教我，我该怎么做？

女研究生　老师，你别对我喊……我们离开吧。

老　迟　离开？

女研究生　离开这个城市。

老　迟　去哪儿？

女研究生　随便去哪儿……我们像诗人一样地离开这儿，离开不公平和庸俗。

老　迟　……我们离开？

女研究生　想过吗？教我的时候，在只有两个人的时候，你想过，（妩媚）想过用性来忘记一些东西吗？想过没有？

老　迟　……我没想到要离开。

女研究生　我甚至想到了死！

老　迟　你说的是死。

女研究生　对，死。

老　迟　你想到了死。

女研究生　我想过。我们分头到几个药店中去买一些药片，把分量凑够了后，找一家旅店，无休止地做爱，然后把药平均地分成两份，同时都吃了……再然后是喝着酒，等待，直到吐得满床的汁液肮脏地死去……留下两具冰冷的尸体让亲人和陌生人都往上边吐唾沫……

老　迟　我们为什么要这样？

女研究生　为什么不能这样？我们忍得还不够吗？我们不该用残酷来表现出一点痛苦吗？让那些卑鄙的臆想有一种畅快后的自责吗？老师你一直在思索，但我从不知你在想什么。

老　迟　……你说的……非常诱人……（急急，想走）非常地……诱人……

女研究生　……等等！老师，你别急着走，你在嘲笑我，老师你在嘲笑我，对吧，站住！老师你在嘲笑一个人的痛苦！

老　迟　不，我尊重，我尊重一切痛苦，我尊重！即使那痛苦和我的不一样，但我还是尊重。我尊重一切发自内心的痛苦！请不要误解，我表现的是尊重！

女研究生　是吗？你从来就没有想到要打破你自己，你也从来没有勇气做点什么……老师你没用。

老　迟　我为什么要打破自己？

女研究生　你快变成一个思想的意淫者了，我们一起来打破一些禁锢吧。去他妈的，什么也不想了，像晴雯一样，早知让他们说了，何必不做了（脱衣服）……老师来吧。

老　迟　你要干什么？

女研究生　我们应该让流言得逞，我们该让人看到流言对无辜的伤害，我们就做一次吧……抗议性地做一次。

老　迟　做什么？

女研究生　做爱。

老　迟　在哪儿？

女研究生　就在这儿。让他们看吧，让一切人看见。让那些人无耻的想象得逞吧。来吧，我们做一次，我同时要启发你对生活的别样认识……来吧，来吧。

〔女研究生过来。

老　迟　（紧张）不，不，我不行……你穿上，穿上。我是说在这样的情境下，我不行，我想的不一样，我不是因为赌气才想到要做爱的，我也不习惯女人过于主动，我最想说的是，我不是因为性的煎熬才陷入痛苦的！不是，这偏离了我思索的主题。不，你的激情把我的痛苦带偏了，对不起，我不能让你的美艳牵着我走，请收敛一下，我不能！

〔老迟惶恐地躲着女研究生。

老　迟　我不能这样，对不起我不能，这样就不是我了。不是我……虽然我也想。对不起，我从来没有在女人这样的执着下拒绝过，对不起……说心里话也从来没有受到过邀请。

〔女研究生孤独地站着。

女研究生　……男人对女人的激情再也没有了……人类的情感在塌方……一切都没法收拾了。没法收拾。（穿上衣服）

老　迟　对不起，我不知该怎么说，我对不起。

女研究生　……你的拒绝让我有一丝丝的失落，一丝丝的。

老　迟　对不起……其实我们都很孤独。

女研究生　我们？

老　迟　对，我们。

女研究生　你说……孤独？

老　迟　对，对，孤独，可贵的孤独……我不想打破……什么也不能打破的孤独。

女研究生　你这么想？

老　迟　我这么想……

女研究生　我终于明白了，你的孤独一钱不值。

老　迟　……

女研究生　老师你一钱不值，我终于看到了，你的一切一钱不值……

〔女研究生下。

〔老迟呆站着。

老　迟　……她骂了我，我的学生，她理直气壮地骂了我，然后走了，还有，我的夫人把我赶了出来……她们讨厌我，讨厌我的思索，我的孤独，她们毫不掩饰地讨厌我……我有什么错，我觉得痛苦有什么错？

〔老迟躺下。

〔台上黑了，回想的段落过去了。

〔天渐渐大亮了。

〔大钟的时间被一个黑衣拨钟人拨到了六点。

〔市俗生活开始。崔傻拎了个四喇叭录音机上，脖子上挂了个收音机，手里拿着接线板，要往看台下的窗口去拉线……收音机里乱七八糟的声音合在一起了，突然都整齐地发出了嘟嘟的声音——刚才最后一响是北京时间六点整。

崔　傻　天亮了，天亮了……哎到点了……老张，老张……把插座递出来，把插座递出来！

〔崔傻边大声喊，边拍着窗口。

〔里边没人理他，崔傻边干着活，边学着收音机说着。

崔　傻　还不起是吧，我读社会新闻了。江原市，恶毒父亲杀死亲生女儿……美国杀人犯佯装弱智逃避死刑三年后终于伏法……浴室保安给男同性恋拉皮条，街头物色帅气小伙……打工妹严词拒绝男友要其卖淫的要求被毁容……英女王卫兵瞒着上司当男妓，女记者卧底采访……男子与女友相约殉情，食言后给跳楼女友再补一刀……（消息残酷，可以只说几条）

〔插座板飞快从窗口递了出来。

〔同时，老迟也惊得坐了起来……

崔　傻　……谢谢，早晨都愿意听鸟语闻花香是吧……那每天六点前请把插座板准时递出来！

〔老迟被社会新闻吵醒了，困顿地坐着……

〔崔傻开始拉线。

崔　傻　我姓崔，大家都管我叫崔傻子……我承认，我要不像傻子那样地活着，就显不出你们聪明来了，是吧？这年头装傻比装聪明好……我生活很规律，早五点起床，听新闻，刷牙，解手，铺床，叠被，吃黑芝麻糊，带上录音机来操场，给各个需要放音乐的晨练队伍出租电源插头，接一个插头两块钱，公家的电，我挣的是服务费，每插两块，时间不限，早上一般能收入十六块，给老张四块，我挣十二……风雨无阻。我是外乡人，我来到了城里，这儿没有庄稼种，但有操场，我依靠操场生活，我像一只无处不在的虫子，一只在什么地方都能生存下去的虫子！

〔崔傻看见地上一只核桃……用脚一踏，核桃跑了。

〔老迟不爱听了，躺下了。

〔崔傻边听着收音机边向着核桃跑到的看台下的黑板那儿去……

〔崔傻为找核桃把黑板哗地掀翻在地，黑板落地……

〔这时看见黑板后是男人的尸体，挺直着……

崔　傻　哎呀，还有人呢。睡着了？

〔舞台气氛一下肃杀……天幕上秋风和落叶。

〔崔傻飞快把黑板又给合上了……

〔崔傻把胸前的收音机关上……

〔台上一下安静。

〔崔傻站了会儿，又走过黑板边上……

〔崔傻把黑板小心掀开，小声叫着……

崔　傻　哎！哎！你醒醒！你醒醒……睡着了是吧？醒醒……（俯身摸了一下）死了？死了，是个死人！啊，有死人了……有死人了！

〔崔傻飞快爬上看台，去摇老迟。

崔　傻　……有死人了，我看见死人了，真晦气，早上啊，这可是一天的大早上啊……哎，我看见死人了，我摸着他了，死人……我看见死人了，就在下边……

〔崔傻摇老迟。

崔　傻　哎！下边有个死人……

老　迟　（平静）……天天都有人死。

崔　傻　我看见了，就在下边有个死人……

老　迟　别跟我说，我一夜都没睡，我想的不是死人的问题，有那么多人呢，跟他们说去……

崔　傻　我跟他们说，他们不信，他们都说我傻……你看了后，去跟他们说去……

老　迟　我不想看，我不想让死人跟我有关系。

崔　傻　就在下边呢。老张老张！……老张上班去了。你别怕，我拉着你的手，咱们一块儿下去看看。（老迟被拉了起来，两人慢慢地走着）……但愿他不是死人，这会儿醒了，跑了。这会儿他要是跑了最好，要么今天早上我十二块钱挣不着了……

〔老迟正不想去，借崔傻说这话之机，一下把手甩开了。

老　迟　我不去，你走吧……走吧！

崔　傻　真的有死人！

老　迟　跟我没关系！

崔　傻　跟你没关系？看见人死了，跟你没关系？！

老　迟　他活着跟我没关系，死了跟我就更没关系了！我来这儿不是想遇到死人的，我有想不通的问题。我这儿有电话，你打 110 告诉警察，别告诉我！

崔　傻　你打！

老　迟　我不打，我没看见，我不打！

崔　傻　我不能打，我没暂住证。你打吧。

老　迟　跟你说我没看见，不打。

崔　傻　你可以去看！

老　迟　我不想看！天天都有人在死，我感谢上苍，都没让我看见……我也不想看见……

崔　傻　那我该怎么办？我看见死人了，我告诉你有死人了，你有眼睛可不想去看……他死了，晾在那儿，可你不想知道……

老　迟　永远不想……我不上网，不看电视，不看报纸，不听收音机，我不想知道的事越来越多……我恨不得瞎了，我自己的事都管不了，你还让我去看不相干的死人！我不去。

崔　傻　好，你没瞎，你把眼睛闭上吧，闭紧了。你的痛苦在哪儿，给我看看。

老　迟　我无法展示……

崔　傻　……有人诬陷你了，对你不公平了，家里人都不理解你了……对吗？

老　迟　……我的痛苦在这些之上，我该怎么做……我是不是应该同流合污，我该不该把自己变成另一个人……我……

崔　傻　……有人死了……就是现在！

老　迟　这不是我该管的，找别人去吧……我一夜都没睡，请让我睡会儿，对不起，我要睡觉了……

崔　傻　老迟，你是老师。

老　迟　是。

崔　傻　那你睡吧，一个根本睡不着而假装着要睡觉的人……假装痛苦像个学者看见死人就闭眼睛的人，你睡吧！

〔崔傻从台阶上冲下去。

崔　傻　……豁出去今天我这十二块钱不挣了，你们他妈的都不管，我让他自己说话！

〔跑到黑板前，一下又把黑板推倒了……男尸亮了出来……

〔晨练的音乐突然响起，那种锻炼的音乐磁带声。这时要表现一个热闹而平和的场面，写意。有老太太挥着扇子慢慢地走扇子步的，有老太太挥着绸子走秧歌步的，有跳那种老年健身舞的，有练剑的，总之很多锻炼的老人，写意地、优雅地、热闹地表演着从台上过。这些人的着装都可以是灰色的。

〔男尸在那儿躺着，像一个僵硬睡着了的人。

〔众人安静着走了下去，所有的脚从男尸前过着，没有一个人关注那具男尸。

〔崔傻又上来了。

崔　傻　对不起，死了的朋友，这么多的人从你面前过都没看见你。实在对不起，我想了想，今天的十二块钱我还是要挣的，我不能因为你死了，我就不活了，我显得有点没良心是吧？但应该说我算好的，我算好的。已经管了你一次，不能再管了，我的良心过得去了，你躺着吧，安静一会儿。过完了这一天，等我把晚上的钱再挣了就想办法管你，请静一会儿吧。

〔崔傻把倒下的黑板立起来，把死人又挡上了。

〔崔傻忙着给人安插头的动作。

〔老迟站起来去白铁架子上蜷缩着……

〔时钟被黑衣人拨到了下午三点。

老　迟　我脑子里响着拖鞋发出的鸟叫声，轰不出去，我早该像放一只鸟一样把那只拖鞋扔出窗外，让它真的像鸟一样地向空中飞去，让它从我的脑子里飞走，离得远远的，越远越好。

〔老迟说着真就把自己的一只鞋扔了出去，鞋落在了台前边。

〔老迟坐着不动。

〔此时穿着豪华，拎一口袋吃食的山西洪上场了。

〔山西洪上场后顺着裁判架往上看着老迟……

山西洪　哎！朋友！坐在铁架子上的朋友……这是你的鞋吗？

老　迟　别管它，让它在那儿吧。

山西洪　干吗跟自己的鞋过不去啊？来，下来吧。

老　迟　我们不认识。

山西洪　都是从不认识到认识的，下来吧。

老　迟　不想。

山西洪　（往外掏东西）哎，下来吧，下来，下来坐会儿！

〔老迟挪动身子看了看，不理。

山西洪　下来吧，下来吃点东西，我看你也饿了一天了！

老　迟　你，你在什么地方看着我呢……（站起四处看着）你在哪儿看着我？

山西洪　别找了，我看得见你，你看不见我……来吧！（摆吃的喝的）来，下来！

〔老迟高低找着能看见自己的地方。

〔老迟边看着边下来了……（老迟找回自己的鞋穿上了）

老　迟　你看见死人了吗？

山西洪　平白地提死人干啥呢？

老　迟　早上有人说这下边有死人。

山西洪　你看见了？

老　迟　我没有。我不想跟死人有关系。再说，也许根本就没有死人……生活平静着，死人也不能阻止生活继续。

山西洪　对，死人不重要，咱们还是要把心思放在活人上边。

〔山西洪从塑料袋里拿出啤酒来。

山西洪　来，来，先喝点酒……再吃点东西……喝吧……（砰地打开了啤酒递过来）

老　迟　（渴了，仰头就喝了）我真渴了。

山西洪　（看着老迟喝，慢慢说）你这人实在。

老　迟　怎么讲？

山西洪　你也不问问酒里下没下药。

老　迟　（先惊讶后放松）……无所谓了……没什么可担心的，我的痛苦比死还沉重！我已经无所谓了。

山西洪　……好人，知道痛苦。来吃点。

老　迟　思索的痛苦。

山西洪　对，思索很痛苦。

〔老迟也不客气，吃着……老迟正吃着。

山西洪　……想挣钱吗？

〔老迟一听，先愣，反应过来了，然后把正在嘴里咀嚼的东西先吐，后抠着吐了出来，飞快地从口袋里往外掏钱，想还那酒钱，边吐边说……

老　迟　早就该明白世界上没有免费的午餐……跟你说吃了你的东西我还没咽呢，吐出来了，还你。喝了你的啤酒，我给钱……你走吧，你看错人了！

〔老迟把钱拍在山西洪手里，就往裁判架子上爬回去。

山西洪　（看着手里的钱）我说什么了，我说什么了，就看错人了，我什么也还没说呢，你就又吐东西又还钱的……教书的人怎么能这样，还没来风呢，雨就下了……哎，下来下来。

老　迟　对不起……我在这儿待着不是为了要挣钱的。我有些事想不通，我在思想。（爬回去）

山西洪　思想，谁没思想啊，怎么一说到挣钱就想着是打家劫舍、杀人越货啊！听我把话说完了，你再往外吐东西啊，看弄这一下子。再说，那种钱是你一个读书人能挣的吗？

老　迟　你说对了，在这世界上除了教书写字，我没有其他的谋生手段。

山西洪　字都不让你写，就说说话，聊天，来，下来吧，咱们就说说话……哎，说都不用你说，我把自己的事讲给你听听，你只要坐在这儿听我说，就挣钱。（把钱拿了出来）这总是好事吧？

老　迟　……不想听了，这世界上的故事太多了，我自己的还没理清呢。看不过来，也听不过来了！（还是想回铁架子）

山西洪　（急了）教书人总该有点社会责任吧！就是一个陌生人想找你说说心里话，你也该听听吧（钱拍在地上）。何况，不让你白听，我付给你钱呢，你们写稿子不也是卖钱让人家看的吗？一样的嘛。

〔老迟想了想，觉得人家说得有理，下来了。

老　迟　不要讲我不想听的事，我受够了。

山西洪　来坐下，坐下（又倒酒）……想过死吗？

老　迟　为什么总是有人问这样的问题，你这么光鲜的一个人也问我死，“死”这个字真变得庸俗了……没有，我没来得及想……

山西洪　你这人超脱了……

老　迟　……你看错了，我一直在挣扎……

山西洪　幸福的人，还有挣扎，还有痛苦，来，先听我说故事，自己的事，来吧，听完了把这钱拿走……明明白白地拿走，我谢谢你。

〔倒酒，沉默。好一阵沉默。

山西洪　……我七年前曾经养过一个女人。

老　迟　我不听。

山西洪　等等，跟你想的不一样，我请求你听听。（老迟回来，喝酒。台上上来人摆道具）我二十岁来了北京，一看街上那么多的人，不知道自己该怎么挤个缝活下去。没别的本事，卖力气吧，就在这旁边的建材市场找了个蹬三轮车送货的活儿……刚开始，干完活儿别人给我钱都不好意思接，觉得就算帮了人个小忙呢，还伸手拿人家的钱，不好意思要呢……

〔老迟开酒。

老　迟　那样的单纯谁都有过。

山西洪　日子我还记得呢，冬天，十二月二十一，那天我拉了一天的活，收工蹬车往回走……（上来几个黑衣人已经摆上几个垃圾箱，有人摆上了亮着的路灯。台上黑了，年轻的山西洪骑着三轮车的样子上来了。这场戏是现在和回忆在一个场景中演着）风大，街上人都走得急，两边楼上窗里的灯一盏盏地亮了……就在这操场外边的街上，我看见她了……

〔冬女出现了，穿着整齐，一身单薄的黑衣，身材真好！

山西洪　她的背影在冬天的街上，打眼睛，在那么多人的街上……就她显出来了。现在想想是因为孤单，孤单的人身上的冷是从心里泛出来的……打眼睛。

〔骑车的扮演山西洪骑着。（都可以是写意的动作）

〔追光跟着冬女。

山西洪　我看见她躲着那些路灯的光，然后伸手飞快地在一个一个垃圾桶里掏着……先我以为是看错了，再以为她在找丢了的东西……后来看清了，她是在垃圾桶里找吃的，她捡了半包方便面，背过身去飞快地在冷风里啃着，那么姣好的一个姑娘，抓出垃圾桶里的东西大口大口地吃着。（山西洪的画外音、台上冬女和扮演的山西洪的表演同步进行）

老　迟　是个女学生吗？

山西洪　……是一个女大学生。她……她这是难到什么地步了。（激动了）

我眼泪一下就流出来了……从小家里人都说我眼泪窝子浅，好哭，可我没为自己哭过啊，总为些不相干的事流泪……我一哭心就乱了，骑着车跟着她，几次想搭句话又不知道该怎么说……

我跟着她，就到了这个操场……她在操场的周围翻找过垃圾桶后，就爬上了你刚坐过的这个白架子上（一直演着）……她在上边独自坐着，嘴里嚼着捡来的吃食。我心里边黑啊，（喝酒）像墨汁浸了棉花一样，黑透了。心里想着她这是碰见什么难事了，还是个女学生啊！……帮帮吧，我帮帮她吧……

〔老迟专注听着……

山西洪　直到现在我还是想不通，你说，这事为什么就让我看见了，要是让个有钱人，让个你们这样的读书人看见了不是比我看见要强吗？

老　迟　这种事碰见了，没什么原因。

山西洪　我一心想帮她可又张不开嘴，就在那架子下等着……我边等边就把口袋里的钱都掏出来了……没多少，拿不出手……

她下来了，抱着书本，冰冷地从我面前过，我一时到嘴边的话也说不出来了……

等她一直到了那边操场的门口，我想不能再等了，跑上去跟她说了……（山西洪一直在说着，那边两个人一直演着）

扮演的山西洪　……姑娘，你碰着难事儿了吧？

冬　女　……（冰冷地看着他）

扮演的山西洪　你碰见难事儿了，我想帮你……

冬　女　我们不认识！（冰冷）

扮演的山西洪　……我都看见了，想帮你。

〔冬女抱起书本要走，放下一句。

冬　女　我挺好！

〔说完走了。

山西洪　她有自尊，穷人身上的自尊，看着更让人心疼……

扮演的山西洪　（追上）我……诚心的！

〔冬女站下。

扮演的山西洪　不多，没带上……这点你先拿着……

〔冬女看着那么点钱，还是要走……

扮演的山西洪　接着吧，接了，我走。

冬　女　我们不认识，我不能接受。

扮演的山西洪　用不着认识，你走你的，我走我的，用不着认识。

冬　女　（看着山西洪手里的钱）这些钱不够！

扮演的山西洪　……先拿着，不够了，我再给你送……你……叫什么？

冬　女　冯冬女，九三级，财会三班的冯冬女，每天傍晚都来这儿背书……

扮演的山西洪　拿着吧，（冯接钱）我也不问你碰到什么事儿了，谁都有难的时候。你走吧，我不告你我叫什么了，你走吧。

〔冬女抱着书本走了。

〔扮演的山西洪也骑上三轮车走了。

山西洪　从那天起，我白天给建材城送货，晚上去杀猪场拉猪肉。过半个月给她送回钱……我一想到她在冷风里捡垃圾桶里半包方便面的样子，心里一下就黑了，过不去啊！

半个月来一次，事先不联系。每次她都坐在这个架子上背书，我在架子下等她下来。

〔冬女从架子上下来。

冬　女　你来了。

扮演的山西洪　哎，来了。

冬　女　怎么不上来？

扮演的山西洪　你学习呢……这是买教材的钱，这是饭钱，学费下次给你带来。这些，天冷了，你买身衣服吧……还有鞋。

山西洪　那时还没有上大学贷款，穷人家的孩子考上个学是个希望也是个头疼事。

冬　女　（突然回头，像是狠下心来了）我……还想买一台快译通……

扮演的山西洪　多少钱……

冬　女　八百。

扮演的山西洪　（沉默着）……下次我带来。

冬　女　那我先走了。

扮演的山西洪　哎，走吧。

山西洪　八百就八百，我问人借了钱给她了。就那样半个月一送，半个月一送，我就那么着干了三年，一点也不觉得累。这世上要是有人让你惦记着，活得实在……

老　迟　你有可贵的行动。

山西洪　三年后她要毕业了，那天约好了，还是在这儿见面，我学着城里的人的样儿……还买了花了……（喝酒）

〔冬女穿着宽大的学士服，戴着学士帽爬上铁架子坐着……

冬　女　你来了……是你吗？上来吧……哎，你上来！

山西洪　三年来，她第一次要我上那个铁架子……当时就觉得那是架天梯，我这是要登上天去，在云彩里会仙女了。

〔扮演的山西洪托着花往铁架子上爬……

山西洪　……三年来，我们从来没多说过一句话……那天她说了不少的话，眼睛看着前边，像是跟我说，又像是跟自己说……

冬　女　小时我在山里的农村，在一张旧报纸上看见了大城市的照片……心里特别疑惑，天底下有那么好的地方，可跟我没关系……那一刻我觉得自己活得委屈了。（两人静默着）

冬　女　这痛苦让我跟村子里的孩子们都不一样了……他们看过照片后没有觉得委屈。而我不同，我觉得自己像一封被投错了地址的信，原本该在城市，错投到山村来了。

从那时我就想……我一定要回到我正确的生活中去，要么这一辈子就委屈死了。

扮演的山西洪　正确的生活是什么样的……

冬　女　说不清……但我闭上眼就能看见，只是说不清……

扮演的山西洪　那里边，有没有，有没有（比画，想说自己）一个人……

冬　女　什么人？

扮演的山西洪　一个像、像、像……我……

冬　女　没有，根本没有！

扮演的山西洪　你再想想。

冬　女　我知道你想说的是什么，没有，没有你，这也是我今天想跟你说的。我的正确的生活里没有你，没有。

扮演的山西洪　……

老　迟　她说的是真话……

山西洪　真话？伤人！当时我抱着花的手抖啊，三年来，我就是这么辛辛苦苦地把赚来的钱都交给她那个没有我的生活里去了……她说她被投错了地址了，那我呢，三年来我不就是错接了一封不该是我收到的信吗？

老　迟　你们说的都是真话。

山西洪　真话！三年来我第一次上这个铁架子，她就跟我说了这些伤人的话。我真想从那铁架子上跳下去……

老　迟　可以扬长而去。

山西洪　我没有，我反过来想，这事不是你自己愿意的吗？为了让咱的心里不再又黑又紧又疼，不是你愿意的吗？再说人家也从没答应过你什么呀，也没求你非得要这样，你愿意……那今天人家跟你说的这些话是没有错啊。

老　迟　你能说这话，我想跟你碰一下杯！

〔两人喝酒。

冬　女　你碰见我的那天，是我捡东西吃的第三天了。实在没办法了，我不想跟人家说我的境况，实在饿不过了就那么捡着吃……我宁愿这样，我心里有很执拗的一面。我也想到过可能会有人看见我……

一个老太太或一个罪犯，曾经有一个放学的孩子在冬天的傍晚看见了我，她边走边回头看着……她的眼睛里满是惊恐。我捡东西吃的样子把她吓着了……但从来没想到过会碰上你……

你拿出第一把钱时我很灰心……你汗酸的气味在冬天的夜晚是那样的浓烈！我没想到碰到的是一个穷人……

……你记得吗？

扮演的山西洪　……我，我听着呢。

冬　女　我中途曾额外地向你要过快译通。

扮演的山西洪　给你买了……

冬　女　八百块钱，对你不是个小数，当时我想让这个钱数把你吓走了，让你知难而退……我觉得你太实在了，我承受不起，你一天一天地变成了我的负担了……我心里不舒服……但你没走。

扮演的山西洪　……都过去了，不说那些了。

冬　女　……现在我大学毕业了，要去另一个城市去读研了。这三年你可能想过一些你和我之间的未来……但咱们两人不般配，一点都不，我不能因为你有恩于我，就让自己再被投错一次……我今天想把这些话都跟你说清了。我不能骗你，就为了这三年，我也不能骗你。你也不能因为这生我的气。

山西洪　她镇静啊，那么有道理，那么无情。

老　迟　这就是现实，把温情击得粉碎的现实，让人屈服的现实。跟你说，我打断一下你的故事，我不这样，我不想这样，我不想向那些貌似学者的人投降，向五彩的物质投降，向阴谋投降……向猥琐投降……可不这样，又该怎样？所以我有痛苦，我在痛苦。

山西洪　她真伤人啊！

老　迟　是啊，没有准则的人伤人……

〔冬女接着讲述。

冬　女　我也想好了，三年的情不说了，但我应该把这三年的账还给你……

扮演的山西洪　能看到你今天这样，我就高兴了，旁的不说了……不说

了。(想走)

冬　女　……等等，其实我现在也没钱还你的账，“谢”这个字在这时说又是最没有意义的……

扮演的山西洪　……不说了。

冬　女　来，进来吧，进来，(张开袍子）这袍子很大，进来吧，(扮演的山西洪惊讶）我要用人类最古老的方式还账。来吧，这袍子不是任何人都能钻进来的，来，进来！我要把三年欠你的，在今夜都还清了……（扮演的山西洪挣扎）这是我从心里愿意的！来吧，来吧！你一定想过！是吧！你想过吧！(山西洪挣扎)

扮演的山西洪　……我……我想……我没有！（挣扎）我、我想的和这会儿的不一样！

〔两人挣扎着。

〔突然冬女站起来，大袍子一撩，赤裸的大腿都露了出来，一下子把扮演的山西洪给罩住了……（两个人缩在袍子里挣扎着)

老　迟　(过了一会儿，冰冷地问着）你干了？

〔山西洪慢慢抬头。

老　迟　(加重语气又问）你干了?!

山西洪　……我该怎样？

老　迟　你该怎样?! 这么说，你真的干了。你、你应该把……把……把那束花，甩在她脸上，从这裁判架上跑下来，扬长而去……带着愤怒扬长而去。

山西洪　我为什么要这样……我为什么要那样对她?! 你刚才还说她说了真话。

老　迟　两回事。这……这不是你对她的问题，这是你对自己的问题，三年来你风风雨雨地出于良善地帮助她，她怎么可以用这样的行径来玷污你的高尚和纯洁的感情！

山西洪　我不纯洁！

老　迟　……你不是连铁架子都没上去过吗？

山西洪　我人没上去过，心上去过无数次……三年来，我想过，我什么什么都想过，晚上睡不着的时候想得更多，想过跟她结婚生孩子，吃她给做的饭，发脾气揍她，叭叭地扇她的嘴巴，然后再哄她，什么都想过了，天天都想……干活的时候也想！我不纯洁。

老　迟　你不纯洁。

山西洪　我不纯洁。

老　迟　你、你把一个浪漫的故事破坏了。

山西洪　故事？我想的是过日子，不是过故事……我是一个俗人……从一开始就是个俗人……你别为我生气好不好，你要碰见这样的事就不想吗？你？

老　迟　我挣扎。

山西洪　挣扎有什么用。

老　迟　你们为什么都看不到挣扎的可贵？

山西洪　……在一个冬夜看见大姑娘捡垃圾吃你也要挣扎吗……你管吗？

老　迟　……我不一样……我有痛苦。

山西洪　人没什么不一样，你别以为你有痛苦就不一样了，我也有。我后来自问过，大街上那么多老太太，又脏又臭的男人，都在捡垃圾，我为什么视而不见？我从一开始就不是为捡垃圾这事心疼，我是为一个年轻貌美的女学生捡垃圾心疼……我纯洁吗？我从一开始没有一天纯洁过，说句心里话，我从给她钱的那一刻就不是没想到过有架子上的这一幕。我他妈的不纯洁。你也别把我看高了！

老　迟　这就是不一样的地方。我要坚持，而你干了。

山西洪　我干了。……钻进去后，像一个被鞭子抽打着的牲口，在花丛中奔逃着，什么也来不及看，她玉石一样的身体，碰撞我，磕响我打抖的牙……我的喉咙像风箱一样地响着！我做了，流着口水，但是心里因此而更黑更疼，那半包方便面在我的胸口上伸出了杈子扎着我……我做了，像个奴隶被主人驱赶着，我是带着三年的臭汗做的，第一次啊，人生的第一次……我闻到的袍子里的体香

把我一生都给毁了……（架子上在表演挣扎）

事完了，她庄严地从这梯子上下去，冰冷地跟我分手，像一封重新封了口要去再一次投递的信。她跟我握手！我们在那样了之后，她跟我握了握手！

冬　女　好了，再见……

扮演的山西洪　（仓皇着）再、再见。（哭泣）

老　迟　（砰！把东西摔在地上）……俗不可耐，俗不可耐的故事！芸芸众生这么多，我为什么要花时间听这样的一个故事……我不听，把你的钱收起来，我不听……伤害。害耳朵！害心！害灵魂！（起来走）

山西洪　等等，你不听生活就不在了吗？你想听什么？这是生活，读书人，你不是不想听，你是想躲。你一直在躲什么？

老　迟　我为什么要躲，她们不是一个人，我也不是你！

山西洪　谁不是一个人？

老　迟　你不用知道。真不敢相信，人生有不相干的人在续写着他人的故事，不相干的人，横向的、平行的，把故事连起来了，但结局不一样，有的人在挣扎，有的人在随波逐流。

〔老迟边上架子边说。

山西洪　什么续写的故事？你也认识冬女吗？

老　迟　不是一个人，我不认识。

山西洪　那我讲了这么多的话，那个架子你还要上去啊？

老　迟　……为什么不上去？

山西洪　我要是像你这么激动，这架子我就再也不上去了。

老　迟　脏了？是吧，是脏了吧？（又匆匆地下来了）

山西洪　……来吧，坐下，关键的事……我还没说呢……你耐心再听一会儿然后把钱拿走，大大方方拿了走！我谢谢你。

老　迟　我不要钱。

山西洪　……从那天到现在七年了，我就再没碰过女人……结过婚可很快就离了。

老　迟　为什么？

山西洪　不瞒你说，我不行了！知道吗？我下面不行了！我没办法再做那事了，不是不想，是想做做不成了，为什么？……这白色的铁架子让我分心了，它像颗钉子一样，砰砰地钉在了我的心上……什么方法都试过了，不行，眼睛一闭上就是这个铁架子，我的一生都被她的那一夜毁了，被这颗钉子毁了。

七年了，我终于又来到这儿了，这个架子它竟然还在。（看着）

老　迟　看到了吧，悲剧……妥协的恶果，你当时没有挣扎，但事后在挣扎。同情，我同情你。该把七年前的那一夜砸碎，然后毁了！

山西洪　我就是为这而来的。这话竟让你说出来了，我找对人了。我来就是想把它毁了，把这个插在我心口上的钉子拔掉。

老　迟　你这么想了……你用了七年这么想了？

山西洪　对，朋友。朋友，来，我是有备而来的，电锯我带来了。来吧，朋友，我信任的朋友，请你亲手把这铁架给锯倒了吧，请你帮我拔掉这颗钉进我心里的钉子吧。我不能拔，我没法自己给自己拔钉子。来吧，让我这个善良的人能过上诚实的生活……来吧！救救我吧！（通上电，电锯响了）

老　迟　我来！我来锯了它！

山西洪　对，锯吧，锯吧。我曾发誓不再碰它，一定要请你帮助我锯了它，锯吧。

老　迟　消失吧，你这根钉子，消失吧！

〔老迟开始用电锯锯铁架子。

山西洪　（大声说着）我要把这架子熔化成铁水，铸成一件艺术品，一件可以随时接受我发泄的艺术品……

老　迟　（锯着）倒了，倒了。你有了艺术构想。很好！铸吧，你很艺术，真的很艺术。

〔铁架子在电锯声中飞快地倒了……

老　迟　很重啊……

山西洪　有一吨半。

老　迟　好……让一吨半的过去消失吧……欢呼吧，让这颗钉子从一个善良人的心里带血地拔出来吧，你还疼吗？现在还有没有感觉？

山西洪　（看着四周）只有高兴，来喝口酒，谢谢朋友，谢谢你。

老　迟　不用，我愿意，我很荣幸由我来把这个故事结束掉，我荣幸。（锯着）我要把一切困顿都化解掉。

山西洪　谢谢，谢谢，这是给你的……（递钱）

老　迟　我不要，我的一些想法得到了验证，你减缓了我内心的痛苦，你让我更坚定了，要付也应该是我付钱。走吧，让今天之前的生活消失吧，让带血的谣言融化吧，让一切重新开始，把该忘记的忘记，让所有的良宵重新为你设置……让一个夜晚变成两个夜晚，让一个爱变成十个爱……让……文学的力量去影响生活，让生活模仿艺术。

山西洪　好啊，朋友谢谢，我要把它带走了。（一群黑衣人上来抬起）

〔飞快抬走了。

山西洪　谢谢你，我没有认错人，你就是你。我看出来了，你跟我有不一样的痛苦，你有高质量的痛苦。好了，朋友，再见！

老　迟　再见。

〔老迟激动地在空了的操场上站着。

老　迟　这一切是有意义的。（说完上观礼台）这一切使单纯的思索和思索带来的痛苦化解了……我看到了过去和未来，别人的故事印证了我的思索。这是文学的力量。

〔时针又开始拨动了，六点半。

〔崔傻拿着一些垫子上来了。

崔　傻　晚上这操场都是谈恋爱的多，有时挤不下。我卖个座位，这是我晚上再来操场挣钱的门道。我说了，我没别的本事，只有靠着这块操场活着。

对了，死人呢？死人还在不在？死人，怎么一天也没听见有人说看见过死人啊，是不是我看错了……（想过去看）

算了，不看了，我又不是没管，我管过一回了，该别人管了。

（崔傻往上看老迟，看不见，喊着）哎，老迟，还在呢？下来说会儿话，来，我给你带了你要的东西，下来吧！

〔老迟不理。

崔　傻　不是让你看死人，许是根本就没有死人。来吧，下来吧，晚上别乱坐啊，那铁架子得卖十块钱，一般的座位五块，谈恋爱的有民工也有大学生。（一边自语，一边看着操场，觉得别扭了，退远了看）今天这操场怎么有点不对劲呀？（看着）哎，我那个十块钱的座儿哪去了？哎！那个铁架子哪儿去了……哎！那个白色的铁架子呢？哎！哎！老迟，你一直在，那架子呢？架子怎么没了？

〔老迟坐起来。

老　迟　带血的钉子，拔了。

崔　傻　拔了？谁拔的？

老　迟　跟你没关系！

崔　傻　怎么没关系？说话有外地口音的？

老　迟　痛苦而压抑的伤心汉。

崔　傻　讲故事了？

老　迟　讲了。

崔　傻　催泪？

老　迟　催。

崔　傻　那就对了，拉走卖了。

老　迟　卖了？卖哪儿去了？

崔　傻　废品站。

老　迟　不可能，为了卖个铁架子讲了那样的一个故事？不可能！

崔　傻　一定的。

老　迟　故事是假的？

崔　傻　当然是假的。

老　迟　他撕心裂肺、有章有节、痛苦不堪的故事是假的？

崔　傻　假的！

老　迟　即兴？

崔　傻　现编的，你信了？

老　迟　架子是我锯的。

崔　傻　你……你是什么学者？你犯罪了！

老　迟　他怎么知道我会信一个假的故事，而做他的帮凶？！……起承转合，新鲜，完整，一个善良人的故事。他？绝对不会，他把我的心，我的疼，都攥在手里了。他真要是那样，我算见着鬼了！

崔　傻　不是鬼，是人，他叫山西洪，专会讲故事忽悠人……

老　迟　山西洪，他说他已经下定了决心，要真是这样，他是下定决心当坏蛋了。我……我不信有这样的人，卑鄙！

崔　傻　就是卑鄙。

老　迟　卑鄙，卑鄙是卑鄙者的通行证。

崔　傻　高尚才是卑鄙者的通行证。

老　迟　卑鄙是卑鄙者的通行证。

崔　傻　高尚才是卑鄙者的通行证……老迟，你想想。

〔老迟呆呆地站着。

老　迟　高尚是卑鄙者的通行证？你这么想了，你们已经这么想了。我……我不认同，我不愿这么想，我不认同！

崔　傻　你不认，可你看见了。

〔老迟呆坐着。

老　迟　我以为是我的胜利，可他让我犯罪了，我犯罪了。

〔黑衣人上来把钟又拨到了八点。

老　迟　我会犯罪，一个没读过书的人利用了我的痛苦和思索，我犯罪了。我怎么办？我喝酒。我坚持的生活越来越模糊，我喝酒。

〔追光下那个男尸在台上先把黑板打开，然后，慢慢坐了起来……

男　人　天再一次地暗了……我已经死了……我活着时不想活，死了又不想死，像一只装在瓶子里的蚂蚁，爬来爬去找不到路。我躺在这儿以为他们会来找我……没有，我死了。人群从我面前走过，没有一个人停下来看我，我期望同情，但是没有……

我的手机是开着的，这么久了也没有一个电话打过来，他们也许在庆幸，为了失去我而庆幸着。

〔男人慢慢地起来，出来了。轻着，飘着。

〔老迟走了下来。两人见面，像没有看见一样地相对而过了。

男　人　朋友，什么时候都不能把自己逼到悬崖边上。

老　迟　你说得对，你有手机吗？我的手机没电了，我想报案。

男　人　晚了。

老　迟　是有点晚，但我要报案！

男　人　人死了一天了。

老　迟　这儿真的有死人？在哪儿……（找着）

男　人　你没看见？

老　迟　我听说了，但我没看见。

男　人　是不想看？

老　迟　我来操场是因为内心在挣扎。死人，他在哪儿？

男　人　不用找了，是我。

老　迟　你死了？（看着）

男　人　还没死透。

老　迟　后悔了？

男　人　有一点，就是因为后悔才没死透，眼睛还没全闭上。你看看。（给老迟看眼睛）

老　迟　我不看。你干吗要死？

男　人　不知道该怎么活下去了。

老　迟　你说对了，我们都在摸索，可我犯罪了。

男　人　昨晚你在这儿吧？

老　迟　什么时候？

男　人　就是昨天晚上，我还没死的时候。

老　迟　在哪儿？

男　人　这儿，操场。

老　迟　在，我在操场上已经待了有三天了。

男　人　在干吗？

老　迟　最近有一些事想不通。我在思索。

男　人　噢，想起来了，昨天你在那个白铁架子上。

老　迟　对，请别再提那个铁架子了！

男　人　它哪儿去了？昨天还在。

老　迟　别提了，你是昨天想到死的吗？为什么？

男　人　昨天……就是昨天。你还记得吗？

老　迟　我记得。

〔两人边说着边开始演昨天的戏了。铁架子推上来算是昨天开始了。

男　人　对，我在上边。（爬上去）你在哪儿？我只记得有一对吵架的大学生，还有一个吹口琴的人……（演员都在老迟的叙说中上来，就位）

他们都在，我当时和一个女人在一起。

老　迟　想起来了，那时我在铁架子上坐着喝啤酒，我内心有很多解不开的扣……（老迟回到看台去喝酒）以为喝了酒能想通，没有，说句丧气的话，今天比昨天的愁烦还多。我在思索的时候罪孽找到我身上来了，我该怎么办？你说吧，死人请你讲讲自己……

男　人　现在是昨天，你在上边。

〔拨钟人上来把时间飞快往回拨，拨回到了昨天。

〔所有的演员来到台上坐在自己该坐的位置上，开始演昨天的事。

〔灯光亮。

〔看台上有一对大学生相拥坐着。

〔那个死了的男人和一个女人用一块黑布盖着双腿，他们呆呆地笔直地坐着。

〔有一个人捂着吹口琴，口琴的乐音孤单断续响起了……

〔老迟手抱着头。

〔刘春生抱着台电脑上来，屏上贴着写了“出售”两个字的纸条。

〔女大学生在跟男大学生腻着。男大学生有点心不在焉。

男　人　这样是昨天吗?

老　迟　是，一点都不错。啊，你坐在那儿，起先并没有吸引我……吸引我的是一对大学生。

男大学生　……刘春生的饭卡丢了……（正在吻他的女生一句话不说，继续用嘴贴着他的脸）……他说想把电脑卖了……说吃饭要紧。

女大学生　（边吻边说着）……没人买……

男大学生　……我也这么想。

女大学生　（边吻边说）没人买。

男大学生　……别人吃饭的时候，他穿着拖鞋抱着电脑在食堂门口站着，在屏幕上写着“出售”两个字……像是要把电脑和他都卖给别人。（刘春生抱着电脑，在那儿站着。很多人视而不见地从他面前走过）

女大学生　（猴急地吻着）那就更没人买了。

男大学生　那样的情景真的有点怪异和凄凉。

女大学生　加上他就更没人买了。

男大学生　……他就那么站着，让我们这些去吃饭的人路过时感觉很不爽……

女大学生　跟你们有什么关系?

男大学生　你想啊，在学校食堂吃饭的上千人当中，必定是有一个人在吃着用他的饭卡买的食物，而他却在饿着……再说，我们是一个寝室的。

女大学生　你干吗这么想?

男大学生　我们和那个偷了他的饭卡的人在一起吃着饭，而一个本来该来吃饭的人却在门口饿着。（激动）有人吃着本该是属于他的食物，这不能不让人这么想。

女大学生　不是你拿的吧?

男大学生　……不是，我不会做这样的事……我也不忍看着一个无辜的人饿着。

女大学生　那你就给他买顿饭吃，或把他的电脑买下来。

男大学生　那样我怕引起人家的怀疑，以为饭卡是我偷的，总之这件事该怎么做我还没想清楚。

男　人　他们就在我的旁边说着一件很小的事，不能决断。

老　迟　每个人都为自己的事儿苦恼。

男　人　是啊，只是有些事不值得，不值……

老　迟　那个男大学生让我看到了一点自己的影子，但我不完全是那样的。

女大学生　真麻烦！（*吻着*）把这些抛开吧，宝贝，你专心点好吗？这样的夜晚不容易，这会儿我情绪好极了。

男大学生　（*看着左右*）……这儿的人太多了……

女大学生　他们跟你有什么关系……

男大学生　我还在想啊，在没人买他的电脑时，他就得饿着。饿着肚子把电脑搬来，再饿着肚子把电脑搬回去，这样会更饿，在更饿的情况下把电脑再搬来再搬去会更加更加饿，恶性循环，如果再这样下去就会有两种结果。

女大学生　哪两种？

男大学生　一是人们司空见惯，麻木了，视而不见，任其搬来搬去。

女大学生　还有什么？

男大学生　极端的结局是他很快就饿死了，消失了，迅速地被人忘却，痛苦和不快都被掩埋了。

女大学生　他可以到垃圾箱里去捡着吃，你管他呢。

男大学生　那样就更让人看不下去了。希望他能飞快地消失，不再干扰我，不再打扰，像现在，这样的夜晚，他竟然会像闪电一样地飞进我的脑子，想飞就飞进来，赶也赶不去。

老　迟　听起来他真有点像我。

女大学生　你希望他死了？

男大学生　我真这么想过。

女大学生　为了给不给他一顿饭吃，你想到让他死？好吧，那就当他已经

死了，来吧，吻我吧，热烈点。（热吻，看台上这句话后都热吻）

〔刘春生搬着电脑上来下去，累，虚弱着。

男大学生　（从热吻中挣扎出来）真奇怪，世上相爱着的人都没什么区别。

女大学生　（动作急迫了）这种事儿能区别到哪儿去？

男大学生　我想通了，他那样地抱着电脑在食堂门口站着，其实是一种抗议，一种施压，为的是让那个吃着他的食物的人不舒服……他从没有想到，这样做也让我这样无辜的人不舒服。

老　迟　在谁的角度在想这种事，我都碰见了什么？

女大学生　（心里有怨气）……哎，把他当成行为艺术吧！

男大学生　没那么复杂，他不会，我知道他是真的饿了……偶然路过的人会把这当成表演。我不一样，我们住一个寝室，即使有人把他看成是艺术，我也不会，艺术跟饿肚子没关系……

〔刘春生终于站不住，摔倒在台上。电脑摔在一边，被人拖下去。

男大学生　（女大学生在吻）这儿的人太多了。

女大学生　有关系吗？！

男大学生　我从小就彪炳特立，可到了大学就再也区别不出来了……天南海北来的人都杰出，我们做一样的题，抄一样的答案，看一样的书，进一样的宿舍，拉一样的灯绳……

女大学生　泡一样的女生？！

男大学生　差不多。

女大学生　……谈谈风月好不好，在这样的夜晚。（还是想着爱恋）

男大学生　我觉得夜晚没什么不一样。

女大学生　（猛地站起）最他妈的烦你这种自以为有点思想的人了！（站起来走）你让人烦透了！

男大学生　别急，听我把话说完……你能不能劝劝他别在食堂门口站着了？

女大学生　为什么是我？

男大学生　你不明白吗？他现在被区别出来了，他太显眼了，他干扰了我的生活，比如在这样的夜晚，我会因为他而没法进入到你的情欲中去。

女大学生　你给他买一顿饭吃不就结了？还有比这更简单的吗？

男大学生　这事我还没想清楚。

女大学生　这事还用想吗？你他妈的真自私，甚至连肉体都不能打扰你的自私，你完了。再见！

老　迟　（神经质）在这块操场上谁在求道，一个以术为目的的人群，谁还在求道？

〔男大学生呆呆地坐了会儿，也站起来走了。

男大学生　喂！你知道吗，总有事在干扰我的生活。

老　迟　同学你说对了，总是这样的。

男大学生　你指的是什么？

老　迟　没什么，就是这样……跟你说，生活总是被干扰着。

男大学生　我们都是有罪之人。

老　迟　你说对了，你为什么不给同学一餐饭吃……为什么？（像是回忆）

男大学生　我不能那么轻易地给他，我是个读书人，有些事，我要想想，在没想明白之前不能做。

老　迟　想什么，连基本的道都没有了，你还在想什么？

男　人　你昨天没有说这句话。你昨天为什么不说？

老　迟　这是我今天才想到的，不可以吗？

男　人　你昨天为什么不说，你的觉悟让我觉得死有点惋惜！

老　迟　你干吗急着去死？

男大学生　我走了。

老　迟　再见。

男　人　我昨天讲了我的事。

〔看台上，男人是与女人（野妓）并排坐着的，女的突然喊了……

野　妓　哎！你倒是想怎么着啊？

男　人　我……我不想怎么着，我只是想聊聊天……

野　妓　聊天？聊天可不是这个价……快做吧……我接着还有生意呢！

男　人　……我只想聊聊天。

野　妓　聊天？好，再加一百。（男人给钱，妓收了）你听我聊，还是我听你聊？

男　人　随便聊聊。

野　妓　好啊，聊吧，聊什么？

男　人　……只是聊聊。

野　妓　……要么你问，我答。这么进入得快一点……来，问吧！

男　人　你……你叫什么？……好像不该从这儿问，你忌讳吗？

野　妓　没关系，思思，就这么叫吧，叫我思思。

男　人　思思……什么学历？

野　妓　我不想回答。

男　人　要紧吗？

野　妓　我的学历跟这个没关系。

男　人　你干吗干这个？（又反应过来了）这可能也不是个好问题。

野　妓　你干吗干这个？！（反问）

男　人　我在问你干吗干这个。

野　妓　你，干吗来这儿干这个？

男　人　……我寂寞。

野　妓　我消灭寂寞。

男　人　你干这样的事，让家里人知道了不好。

野　妓　……我是孤儿院长大的。（赌气）

男　人　是气话，对吗？……你有过男朋友吗？

野　妓　很多。你如果愿意也可以加入。（生气了）这叫什么聊天，啊，这他妈的叫什么聊天，这是赌气！

男　人　……请别生气，我不大会说话……在街头看见你的时候，我有一点点的伤感。你那种像展览一样的站姿，使我觉得你身后像是有很多很多的故事。我想用手在抚摸你的身体之外，也能碰到你的伤口，听你兴奋之外痛苦的呻吟……我当时就是那么想的，我想安慰你，也想让你来安慰我。在这样的一个夜晚，我想先说点心里话，然后得到你的抚慰。

野　妓　（不屑）意淫是吗？嗯？真高级啊，如果是，你还要加钱。这点钱不够，意淫是要动心的，也是昂贵的，你得再多花点。

男　人　啊，不，不，我说的不是那种东西，不是。我不知道该怎么开头。不说这些了，我们把话题转一下吧，转一下。

野　妓　随便，宝贝，你可以趴在我的身上，但想爬进我的脑子里不行。记住，坏了的钟，一天也有两次是准的。我看世界，比你看得清楚一点。

男　人　等等！你说什么？你说什么？坏了的钟，一天有两次是准的？真可怕，你居然说的是真理。谈点别的吧，太可怕了，你竟说出坏了的钟有准的一刻，你确实读过书……我三年没有去工作了。

野　妓　失业了？

男　人　不是，我说的是三年没正常上班了。

野　妓　这不重要。（抽烟）

男　人　我该怎么办？

野　妓　享受。

男　人　他们在三年前告诉我得了癌。

野　妓　什么？！

男　人　三年前，他们说我得了癌。

野　妓　三年了，你居然还活着，那这会儿应该庆祝一下，来吧。

男　人　等等，我以一个癌症病人的名义生活了三年，吃药，化疗，接受同情和抛弃，时时地等待着去死。

野　妓　宝贝真可怜。

男　人　……他们在上个星期又告诉我，“你得的不是癌”……他们平静地对我说：“你得的不是癌，如果是癌你早就应该死了。”他们说“真想不通，三年了你为什么没死”。

野　妓　应该是个好消息，庆祝一下吧！

男　人　等等，这对一个已经习惯了癌症的病人并不是个喜讯……我该怎么办，我已经习惯了一个癌症病人的生活，我现在应该怎样再回到正常人的生活中去？就是要回去，我该从哪儿回去？

野　妓　可怜，来吧，也许我刚才误解你了，我以为你是那种在做爱时也要讲道理的人呢。来吧，从这儿开始我们走回去。来，把手给我……啊……（呻吟着）

崔　傻　（赶上台来）小声，小声点！悄没声的啊，悄没声的啊！

男　人　……请放手，我怕……

野　妓　怕什么？你这不是有反应了吗？这儿有这么多人，不怕，来吧……

男　人　我对我的身体有点怕，我已经不信任它了。

野　妓　来吧。

男　人　我还是怕。

野　妓　怕什么？

男　人　怕你有病。

野　妓　你才有病呢。妈的，怎么总遇见这号人……又想，又怕……全是假的，连思春都是假的。

男　人　我只想找个人说说话。三年了，得病的三年，我把亲人朋友都看清楚了。我只是想找个陌生人说说话。

〔野妓把布扔了，从看台上下来。

野　妓　我不是心理大夫，找别人去吧。

〔老迟醉态，从白架子下来，迎上妓女。

老　迟　对不起，请等一等，请接受我的赞美，哲学家，你是个哲学家。

男　人　你昨天晚上在那样的时刻还赞美了一个妓女……

老　迟　我是这么说的，我突然想到了可以像她一样地生活！抛开一切，像她一样地生活。

男　人　你最后杀了我！

妓　女　要吗？

老　迟　不，我在挣扎，我听见了，你是哲学家。我为你让路，请吧。

男　人　哎，你先别走，我花钱了，请告诉我，我还要不要坚持一个癌症病人的身份。我只想问你这句话。

野　妓　……我不能回答，我不是大夫。

男　人　我问了很多人了，没人回答我，没人跟我说明白过。

野　妓　（躲着他，接电话下来）喂，完了，等着啊，我一会儿就到。

〔男人还想纠缠。

野　妓　（要走）放手。

男　人　我花钱了。

〔崔傻上来想拦。

崔　傻　怎么了？怎么了？

野　妓　（不理，边走边说）余下的事你处理吧。想谈思想，这个价钱能谈思想吗？跟他说，思想是精神的，肉体是物质的，价钱不一样！

崔　傻　行了！行了！小声点，这儿都是文明人……

野　妓　给，座儿钱我不欠你的，给你。

（拿出十块给了，崔傻接着）

崔　傻　哎，行了，你走吧，这儿我管了。

〔野妓下，老迟向那个男人走去。

男　人　一切跟想的不一样，在这三年中我吃了很多的药，非常多，还有死亡的消息，我一直被人告诉"你可能还有半个月"，或"没有几天了"，或"就在这几天了"。我把每一天都当成是最后一天那样地过了三年，从害怕死亡，到期望死亡，三年过去了，他们突然说"你不是癌，你不是"。哎，能这样吗？三年的每一分每一秒我是怎么过的，他们想过吗？

老　迟　你想坚持着去死吗？你可以活下去。

男　人　我不会了。

老　迟　你竟然不会活了，那只有去死。

男　人　就是你这句话把我的决心放大了。我所有的亲人听到我不是癌的消息都不相信。他们说着相同的话，都是来劝我再去查查。他们已经预计好了我的死期，他们等着分我的房子和一些没用的东西。他们早已把我看成了一个等死的人，现在让他们来重新认识我是一个健康的人，他们并不高兴。我妈妈拉着我的手说：“孩子，妈不是不信，妈是怕，怕高兴之后，明天，他们又对你说，对不起你还是癌症。”

他们怎么可以这样对待我，他们在拿一个人的一切开玩笑，一切。……我该怎么办？

老　迟　你竟然不会活了，那只有去死……

男　人　你的话，最后杀了我！

〔老迟听着。（以上回忆结束了）

〔男人伤心着。

老　迟　昨晚跟你说了这些话后，你就去死了？

男　人　难道我不应该去死吗？

老　迟　我不知道，我也在纠结没什么可说的，没资格……我不知道该怎么劝你，我说不清楚。我也有一些问题还没想透。我不想死，我在为我的痛苦自语。

男　人　你的什么痛苦？

老　迟　说不出口了，我一直坚守着，一点痛苦，它也许是种子，是一点内心的阳光，我现在知道这很不够，很不够，甚至不够应付一个骗子，更不能救一个想死的人。来，喝酒吧。

男　人　谢谢，我不能喝了，我已经死了，死了。我不应该让你知道这些，其实你对我的死并不关注。

老　迟　我承认。

男　人　你知道有人死了，今天早上就在这个操场，就在你躺着的这个看台脚下，你听到了那个叫崔傻的人告诉了你……可你甚至不想去证实一下，我一直期待着一个关怀，对死人的关怀，你不单对死的人无动于衷，你其实对活人也无动于衷，你假装在痛苦地思索，你假装委屈着，假装坚持着。你让人觉得冰冷，你学者的身份的无情比假癌症的消息让我更觉冰冷。

老　迟　……我是你绝望的一部分？

男　人　是我在绝望之后的一点希望，否则我不会回来跟你说这些。

老　迟　（呆站着）你看到了什么？

男　人　你在不知所措地痛苦着，一点点的可贵的光亮。不知所措，就是这样。好了，再见吧。

老　迟　你真的死了？

男　人　（说完往黑板那儿走去）真的。

〔男人自己躺进黑板后边，用手扳着黑板。

男　人　请把黑板给我挡好了，再一次地谢谢。

〔黑板立起来挡上了。

〔老迟呆站着。

〔童年又在台阶出现了。

老　迟　……你请回去吧，安静地回去吧……等待呼唤吧。回吧，请回去吧。我没能让你满意，我对自己也不满意。但我有痛苦，我在为我的痛苦而做着牺牲，我会明白过来，我会明白……

〔死人那儿手机响了……

〔老迟找到手机接了过来……

老　迟　不，我不是他……我不是……他已经死了，我没法解释。在操场，对，请快点来吧，请尽快来。我就在这儿（哭了）。不，我不全是为了他。对，我哭了，我没有为他哭，你别问了，请快来吧。我在这儿，报警吧，请报警吧，我会说明一切……（老迟大声地哭着）对，我会说明一切。

话剧

我爱桃花

〔场景

舞台中央一座架子花床，床上有轻纱床幔。

旁有一张凉椅、一个米缸及简单家具。

细雨夜。

冯燕与张婴妻偷情毕，在床上缱绻。

床幔垂下，人在内中动如影人。

冯　燕　（吟唱）帷飘白玉堂，簟卷碧牙床，楚女当时意，萧萧发彩凉……

张　妻　哥哥，说的是我吗？

冯　燕　……说的是雨……雨帘如幕，挂于白玉堂前，雨声如席，卷于碧牙床上；又如楚女在崖上洗发，那雨如发丝般垂下，这是何等的韵致……通篇写雨而不带一个“雨”字，这又是何等的能耐，好文章，好诗句……

张　妻　是啊！哥哥，诗好咱不知道呢，咱只知道你好！

冯　燕　谁？

张　妻　你呀。

冯　燕　怎么个好法？

张　妻　还用讲吗？现成的体贴人，你是该知道的。

冯　燕　是吗，自知不如人言，还是讲讲。

张　妻　奴家说你体贴，不会虚的……看看到这会儿了，你这条左臂都舍不得从奴家的脖子下移出去，这不是现成的体贴吗？……哥哥，既来了，不匆匆不促促的，还要唱曲，还要作诗，还不是体贴吗，哥哥？

冯　燕　哎。

张　妻　我说得对不对？

冯　燕　你说的自然是对的。“体贴”二字，倒使这风流一下子入了“情”字门了……体贴好，体贴才叫情，不体贴是乱了。

张　妻　哥哥，你除了体贴，还知道会意。

冯　燕　是啊，除了体贴还有会意吗？一下子有了这么多的好处，这可真是好作一团了。（起来穿衣）

张　妻　哥不想听我说了？

冯　燕　不说了，好处一天说一个就够了，改天再说吧……不早了（要下床），咱要走了。（撩帘子出）

张　妻　不急，哥哥不急呢。正是雨夜，哥哥你又作了那么多的诗，这会儿奴家也作一首给你听听。（说着也下床）

冯　燕　这下雨之夜正是作诗的时候。

张　妻　你笑话咱吧？

冯　燕　岂敢。洗耳恭听。

张　妻　你要不笑话咱，那咱就吟了，哥哥你听着啊。（数板，出帐，舞）桐叶惊飞秋来到，芭蕉着雨，隔着那窗儿歌。听天边一声一声的雁儿叫。明月高，杵砧声中盼郎到。盼郎到，郎不到，害得俺对银灯独自斜把那鸳枕靠。薄命的人啊，可是命儿薄……自己的名字……自己叫。（真伤心了）自己的名字，自己叫。

〔张妻伤心掩泪。

冯　燕　哎呀，好好的怎么哭了？可不敢这样，等等，我去给你拿汗巾子……（去凉椅上找汗巾）

张　妻　（一把拉住）哥，别走……（抓住了冯燕的袖子）哥你别走，离你一刻，我心空万年，别走，你别走。

冯　燕　我去拿汗巾子。

张　妻　不要……哥哥汗巾子不要，只要你……哥要真心疼咱，你哪儿也别去，现成的，就着你这贴身的夹衣吧，别怨奴家，奴家就借它擦泪了（擦泪）……哥哥，咱在你胸前擦了泪了，要是真有那么一天，再不得相见，碰巧了也是这么个雨落之夜，你一人独宿，偶然地想起咱来了，还是这件衣裳，你把手往心口上这么一按，一声一跳间，你……你要是记起了奴家，记起奴家在你这胸前可是一滴一滴地落过些伤心的泪……奴家也就知足了……

冯　燕　好好的，说这些干吗？

张　妻　好好的？哥哥，好吗？……哥哥你不来时，奴家我听风盼雨地等你；你来了，奴家捧碟子端碗地应承你。你在时，奴家如鱼在水中游；你走了，奴家如虾在锅里煎。好好的？哥哥，奴家可不好！奴家不想再这样了，奴家心碎了，奴家就是不想让你走！

冯　燕　不是这话……

张　妻　不是这话是什么话？

冯　燕　谁又愿意走啊……巴巴地为情而来了，这雨夜萧疏之时，情不尽而独自再回到雨中去，看身后柴门倏忽间轻掩，那可人儿留在了人家……刚刚的缱绻之情尚在肌肤上，猛被那轻飘的冷雨一打，一滴两滴三四五滴，那可就不是眼中流泪了，就觉着自己浑身上下往外地涌泪，泪雨滂沱！伤心啊，那不哭成个泪人，又是什么？

张　妻　（破涕为笑）哥哥，你也真会说……人家都是眼睛里流泪，你会浑身上下都流泪……哥哥，奴家真是没白白地喜欢你一场，你骗人都骗得这么好听……话说回来了，明知你骗人，也甘愿让你骗……哥哥，你听好了，奴家可是想让你骗一辈子的，听见了吗？骗一辈子……

冯　燕　……不是这么说……

张　妻　又不是这么说了。该怎么说，你倒是说说看。

冯　燕　（穿大氅，要走）真要是咱俩人什么都好讲……这中间不是夹了个张婴吗？

张　妻　夹了个张婴……是啊，（伤感）想不提他也不行……奴家嫁了人了，奴家是张婴的老婆，奴家在偷情，对吧？有一夜算一夜，奴家该知足了……对吧？（冯燕要走）……哥哥再坐会儿，别急着走。

〔张妻上前轻拉衣袖，两人恋恋不舍。

〔张婴酒醉上。

张　婴　深夜归来长酩酊，扶入房门人未醒。醺醺酒气麝兰和，惊睡觉，笑呵呵，长道人生能几何。（捶门）开门！开门！

〔敲门惊了冯燕、张妻。

张　妻　呀！不好了，死鬼今天回来早了。哥哥快，快，躲躲，躲躲……（拉着冯燕奔床下而去，冯燕刚要往里钻，又被拉住）

〔里边跑着，外边说着，平行地。

张　婴　（在门口说）在下张婴，乃是渔阳军中的一个牙将，娶了个老婆叫如花。呀，漂亮！只是我好点这杯中之物，每夜必饮，时时晏归，想想有些对她不住。（回头，小声）开门，开门，娘子开门。

张　妻　不好，床下阴冷，方有了那事怕哥哥坐下了病呢！快！（又拉冯燕跑向一个凉椅）哎呀！也不好，没东西遮着呢！（复拉冯燕，向一米缸去）哥，来，是个米缸，钻进去要闷的啊，忍一忍，待死鬼睡了，放你出去吧。

张　婴　（叫累了，背靠在门上，大声）开门，娘子！开门！

〔张妻收拾下头脸来开门。

〔门开，张婴进。

张　婴　娘子，多有打扰，回来迟了！哎，娘子吃过没有，倘没吃夜饭，我叫馆子送酒菜来与你消夜。

张　妻　（换语气）夜饭？你这话是说给我听的，还是说给梦听的？夜饭？我看你是在发夜症。回来迟了？哟！你可真客气，跟你说一点都不迟，你一晚上不回来，咱也不惦记。（和前边完全换种语音，凶）

张　婴　话不是那样说法，娘子，小点声，让街坊们听见，以为咱家二人不恩不爱呢！

〔张婴进门，先看床下，说醉又不似醉。

张　妻　是啊，你也知道怕街坊啊，这大晚上喝得像没杀死的鹅似的，大呼小叫地来叫门，街坊会听不见啊！咱倒不怕呢，左一声的开门，右一声的门开，知道的呢，是说你喝醉了回来晚了；不知道的，以为是媳妇在家偷了人了，养了汉，你这是急急地回来抓奸呢！

〔张婴原还想这儿看看，那儿找找，一听“抓奸”两个字倒不好找了。

张　婴　抓奸？什么话！我要抓你的奸我是什么东西了，这话你也说得出口。（不找了）

〔又坐下喝酒。

张　婴　……娘子，娘子，莫气，莫气，来喝杯酒，喝杯酒。咱现在公家当差，身不由己，辜负你了。（说着去铺床）呀，这床还真是热的，正好咱就着这热气给你赔不是……

〔说着爬着要上床。

〔此时米缸盖起了，冯燕也顶起些盖来看。总有些醋意，又有些怕。

张　妻　（一把拉住张婴）慢着！

〔两边男人都有一惊。张妻上前。

〔张婴在床上被拉得半爬半起。

张　妻　阴雨连绵夜，原本一人倒是盼着个人儿来暖脚闲话。可自你一进来，嘴上喷着真酒，脸上写着假醉，看着就让人生厌！

张　婴　娘子，此话重了，咱是在外边喝了些酒，可心中实在是惦念着你啊。不说了，不说了，俺给你赔不是了，不说了啊……娘子，倘就咱两人，你骂也就骂了，要是有旁人，你这么骂，那不是让人听了笑话吗……

张　妻　巴不得，就为说给人听的！……去！下去！下床，去凉椅上睡。听好了啊，半夜三更的少来惹烦，真是不愿看见你那张腌臜的丑脸。去！走啊！（说给演给缸里的人听的）

张　婴　好，好，我走，我走。怕你，怕你，早知不回来了。

〔张婴无奈，滑向床边的一张凉椅，又喝了口酒，躺下。

〔屁股正坐在冯燕落在椅上的巾帻上。

〔冯燕在米缸中看着一切，猛地顶米缸盖站起。

冯　燕　哎，我的巾帻。（又不能喊，怕人听见，又落回去在缸里说）坏了，巾帻坐住了。他上床睡也就让他上床睡了，干吗非当着我面，做出不与他一床共眠的样子……我看不见时，还不是睡在一起的，何必呢？这下好，样子做足了，巾帻倒被他压在屁股下了。

〔此时，张婴已熟睡了，张妻也安静假寝。静场。

冯　燕　（又从缸中钻出来。可以跳出缸来说）我要是说走，此时现今三刻就能走了，不戴巾帻，深夜之时也无人知晓。可倘明日那张婴醒来，屁股一挪，好家伙，哪儿来的男人的东西呀！还说没有偷人养汉，怪道昨夜一再叫门不开，果然地养下人了。一逼二问，问出来了，轻了是责打休书，轰回娘家，重了还不出人命，出了人命可不是要牵连于咱吗？（想去拿又拿不成）这倒是想走也走不成了！（钻入米缸）

〔又静场一会儿。

〔冯燕慢慢地把米缸盖子顶了起来，也出不了别的声音，只有学一声鼠叫。

冯　燕　吱吱！吱吱！（再落了回去）

〔张妻早已会意，床幔之中灯亮。

张　妻　（先悄悄地照了下张婴，假作自语，小声）睡着了……（大声）你睡着了？（张婴没动静。复小声）真睡着了。（开始半自语半说给冯燕听的）哥哥，委屈死了……想你那样的好人才，此生也难得在米缸中闷一回，实在地让奴家不忍。可话又说回来了，偷情便免不了地要受些个委屈了……再忍忍啊，来了，来了……

〔两人急的不是一回事……冯燕顶着米缸盖站了起来，看着张妻以手示意不让她过来，再用手指那张婴屁股下的巾帻。

张　妻　（看着不明白，小声）什么？

冯　燕　（发恨般地比画着"巾帻、帽子"，有点像要杀人）

〔张妻看不懂，悄悄地到了睡着的张婴旁边，用眼睛又问了冯燕。冯燕比画了一下——张婴屁股下的东西——巾帻。

张　妻　（自语）他要什么呀？……（看见了张婴腰间只是别有一把刀）哎呀！不好，他要刀吗？（回头看了眼米缸，冯燕吓得把米缸盖盖上了）哎！他要刀啊！他敢要刀了！（心内有些惊喜有些犹豫，灯在抖）他……他果然要的是刀吗？（又回头看一眼米缸）哎呀呀！原来是怕他躲呢，怕他飞呢，怕他胆小，怕他薄情呢，如今他敢要刀了，他要刀了！（举灯舞袖唱昆腔）……休相问，莫相问，相问还添恨，秋水满塘，鸳梦正相趁，昨夜雨霏霏，临明寒一阵，偏忆俏官人，一绝已成恨……

〔唱罢，悄然跪到张婴的腰间，小心又小心地把那刀慢慢地抽了出来。

〔冯燕在张妻慢慢抽刀时，也慢慢地顶起缸盖站了起来。抽刀，站起，两个速度一样。

冯　燕　（自语）哎，哎，她……她这是在干什么呢？哎，干什么呀？像是在抽刀，抽刀，嘿！她在抽刀哎！抽刀干什么？她干什么抽刀？她真的在抽刀哎！她……她抽刀了！（从缸里跳出来，再跳了回去）

〔刀抽出，冯燕吓得坐入缸中，缸盖砰地盖上。

〔张妻把刀高高举起。

张　妻　秋水一般的宝刀，秋水一般的宝刀啊，借你一用，杀出个幸福来……（舞个身段来到米缸旁边，刀击米缸盖）

张　妻　哥哥，刀来了，给你……哥哥，刀来了，给你……

〔米缸没动静……接下来一段冯燕在米缸中的独白。

冯　燕　她……她真的抽了刀了，她抽的是真刀！我让她取巾帻，她……她竟把刀抽出来了。抽刀干什么？她抽刀，要杀人了，她……她要杀咱？不对，她要咱杀人！

杀谁啊？杀张婴啊！她要咱杀张婴啊！杀！那张婴哪儿就有死的

道理。她……她怎可有此毒心！唉，我要的是巾帻，她却给我一把杀人的刀！（砰！顶着盖出来了）

张　妻　哎，哥哥，刀给你拿来了！

〔冯燕原本有一股怨气，又不知朝哪儿发……砰，又落进米缸。

〔缸盖下。

张　妻　哥哥哎，刀拿来了哎！哥哥，刀，奴家给你取来了！来，出来吧，快出来吧。幸福就在眼前了。

冯　燕　（在缸中不出来）哎，某家问你，拿刀做什么？

张　妻　呀！玩笑呢吧……哥哥，拿刀做什么？自然是要杀人了……哥哥，真没想到，奴家的几滴泪，倒使得你心动起来了……哥哥你方才让奴家取刀，奴家几乎不敢信呢！可奴家信过后，心中自是一阵狂喜，想今夜结果了那厌物，从今起，或天涯，或海角，或冬寒，或夏暖，两人同床共枕，这样的一辈子岂不是当了两辈子来过了，好好的不是赚了个双倍的人生？哥哥……你不是怕吧……哥哥趁着他熟睡，来，拿着刀，动了手吧！

〔冯燕出，眉头紧皱，卖了个身段出缸，接刀后舞刀在手，呆呆站着。

张　妻　哎，哥哥，还等什么？

冯　燕　让咱想想。

张　妻　想什么？

冯　燕　想想……要杀谁。

张　妻　（心惊）呀，哥，玩笑吧！杀谁？还用想吗，自然是杀那个厌物。难道天下还有别的人要杀吗？

冯　燕　是啊，天下还有别的人可杀吗？真想不到天底下有你这般的恶妇，结发夫妻一丝情义也没有，我要巾帻，你却给了我一把刀。罢！罢！刀啊，刀啊，让咱杀了这妇人吧！

〔手起刀落，将张妻杀死在地。

〔冯燕杀了张妻，呆看，丢了刀，愣了一会儿。

〔从张婴屁股下扯出巾帻，英雄下场。

〔刚做出门状，已经死了躺在地上的张妻慢慢地坐起来了，不慌不忙地叫他。

〔声音冷静，一下穿越了一千多年回来了。

张　妻　你等等。哎，冯燕你等等……（出戏了。现代语言）

冯　燕　又怎么了？（生气，退回来，把刚戴好的巾帻摘下）

张　妻　没怎么。你过来……来，哥，你过来，请你过来一下。

冯　燕　要是总这样，咱这戏可演不下去了。

张　妻　演不下去，那就先不演，停一停行不行？你过来，把刀拿起来……过来一下！来……来！没别的事，你过来一下拿好了刀，对，拿好了刀，好，近点，再近点……好！请再杀我一次。（做等着被杀的样子）来……来杀我吧……近一点，等等，不急，你先闻闻我……不是吻，是闻，对近一点闻，闻，吸鼻子，好好闻闻，这颈项面颊之间有没有你熟悉的味道？闻闻，香吗？好好闻闻，熟悉吗？

……他怎么能不熟呢?！就在一刻之前，你我还在这张花床上欲死欲仙，情哥哥蜜姐姐的，爱不够地爱着。这会儿，就因为你想戴了巾帻飞快地逃跑，而我会错了意拿了一把剑给你……

冯　燕　是一把刀……

张　妻　啊，对不起，是把刀。而我只不过会错意将一把刀拿给了你，你就因此，要用这刀来杀我?！近点，别躲，看好了，你就要用这锋利的刀来割破这曾被你百般缠绕余香犹存的白雪之颈吗？哎！我倒是要问你，刚才是爱死，现在就要杀死，这么短的时间中，你怎么下得了手？想想，想好了再来杀我一遍。

〔冯燕哪还有杀人的心啊，往后退。

张　妻　来啊，再杀一遍试试，把那样的感觉找对了，找准了。来，举起来，杀吧！

冯　燕　（杀不下手）杀不了。

张　妻　杀不了，啊，我问你，怎么又杀不了了？来杀。

冯　燕　杀不了，你说了那么多的话，我哪儿还有杀人的心……

张　妻　……怎么叫我说了那么多的话？好像我讲的不是道理似的，道理不是如此吗？情境不是这样的吗？你不是一直就想把缠绵悱恻的爱和心狠手毒的杀戮连在一起吗？杀我不是遂了你的意吗？来，你杀吧！

冯　燕　……怎么是我呢？

张　妻　不是你是谁……（穿着古装打火抽烟）

冯　燕　怎么是我呢？那是唐朝的事，一千多年了。那个人叫冯燕，唐朝那时维护男子的利益，你想一个女子偷情，偷过之后还要起杀夫之心，那怎么好留她，自然要杀。不是我要杀，是那个时代要杀她，是那个时代不容她，这跟我有什么关系？

张　妻　跟你没关系？好，我换个问法，我想问问咱们三个人中最应该杀我的人是谁，啊？你听懂了吗？

冯　燕　（没反应过来）哪三个人，戏里戏外？哎，我说英子，我有一句话先说在头里啊，你先把戏里戏外分分清楚好不好？戏外的三个人，和戏里的三个人不一样，差着一千多年呢……戏里人的话我可答不上来。

张　妻　（不理）我不管什么一样不一样的。你和他（指张婴）谁最有理由杀我？

冯　燕　自然是你亲夫……

张　妻　说对了，谢谢你还有判断力，那你有什么理由来杀我？一面在床第之上翻云覆雨，一面又拿出刀来做英雄状要维护什么男人的利益，所谓的欲行大义于情理之上。哎，你怎么会是这样的一个男人？

冯　燕　我……我？我怎么是这样的一个男人，戏里写的就是这样，这跟我没关系啊……我现在算是听明白了。我再说一遍啊，咱们先把戏里戏外分分清楚好不好，你现在演的是张婴妻子，我演的是冯燕，冯燕是唐朝人，咱演的是唐传奇故事，故事取自《型世言》那本书。而（小声）你和我的事是现时代的事，和唐朝没关系，你别把戏里戏外的人扯一块儿好不好？

张　妻　一路货色……

冯　燕　哎！不讲理，你也演了不少年的戏了，不能不讲理吧，怎么戏里戏外都分不开了呢？冯燕是冯燕，我是我。

张　妻　我说一路货色，自然有说你是一路货色的道理，想不想听？

冯　燕　不想！

张　妻　不听我也说！我问你，最近我给你打电话，干吗不接？有什么可躲的，有什么可怕的？哼！你演的是冯燕，可眼睛里露出来的杀机是你的，没有一丝是唐朝的。从排练那天到现在十几场了，我看了，你一直想以一种杀戮的方式，把我从你心里除掉！

冯　燕　我？那怎么是我呢？那是冯燕，要杀的人也不是你，是张婴妻，是唐朝人，怎么戏还没演呢，自己倒迷糊了。哎，咱说戏归说戏，别这么混淆视听好不好！

张　妻　一点也不混淆，你就是想用唐朝人来遮挡，你心里怎么想的一分也遮不住。不用我说，来，哥哥，你来，来，（拿刀）你接过这把刀去，好，拿好了，你轻触一下这道可以断人颈项的刀锋，感觉一下，这刀在你的手里有多少外露的杀机，藏得住吗？

哥，承认吧，你恨我，你以冯燕的方式恨我，在你心中恨得早已把我杀死过千次百次了，对吗？我说得对不对？哥哥，来，再近一点，按住了，这是我的耳根、动脉，你按住了……感受到了吗？它是不是一下一下地跳着，跳着吧……只要你这手中的刀这么一挥，就算你解了恨了。你恨是解了，可我这内心的澎湃就会如彩虹般地喷出来，喷得满世界五彩缤纷，乱七八糟，乱得让你无法收拾。你想杀我是吧，我早看透了，你怎么不想杀你家里的人？

冯　燕　这扯哪儿去了，什么五彩缤纷没法收拾，英子，你，你这是威胁我吧……你这是借了张婴媳妇的嘴在吓唬我吧？哎，排戏就排戏，你别借着棒槌打丫头！我可不吃这个！

张　妻　哼，我为什么要借别人的嘴，我自己有嘴。我才不像你呢，借个古人的三尺刀来泄私愤。有种的脱了戏装，你也这样地来杀一次

让我看看！哼！真不是看不起你……（手机响，接电话）

张　妻　哎，是吗？还没排完呢，不用了，不用了，回头我自己打车回去，你先睡吧，好，挂了。晚安。

冯　燕　不说了，排戏。

张　妻　等等，还没说透呢。

冯　燕　哎，这……这不是岂有此理了吗？排戏、演戏，怎么把自己的事儿都带出来了……英子，咱先冷静会儿，冷静一会儿好不好？

张　妻　这杀人的事我静不下来，我……

冯　燕　别说了，什么都别说，我先把刀放下，咱先把戏说清了再说别的行不行？（要去放刀）

张　妻　你还是把我杀了吧……

冯　燕　我不杀……

张　妻　你杀了我吧……

冯　燕　我不杀！我先不杀呢！咱们都坐会儿，坐会儿想想清楚再说杀不杀的事，行吗？

〔静下来了。

〔张婴一直睡着，这会儿动了动，躺着说。

张　婴　杀完了吗？（像朗读）

冯　燕　还没呢。

张　婴　今天可杀得更慢了啊，我都睡一觉了，你们还没杀完呢。原本的，杀人就是慢的，那你们杀吧，回头叫我……（倒下复睡）

〔又是静场。

冯　燕　英子……英子……（下面一段抒情的段落）

张　妻　哥！

冯　燕　我先说清楚了啊，这会儿咱都出了戏啊，不是演戏了，就现在这会儿，就咱俩聊聊，跟戏没关系了。你坐，找个地儿坐下……我去拿夜宵去，咱不急，吃着，说着。（起来去联三柜里拿吃的来）

张　妻　（深情）哥，你……还是那么体贴。

冯　燕　这话你说出来，我知足，体贴一天两天容易，我体贴你三年了，

可是有点不容易呢。(也有伤感)

张　妻　……你体贴烦了。

冯　燕　不是烦了，是惯了，体贴惯了，真要有一天没人体贴了，我心里空得慌。

张　妻　别那么说，哥，别那么说，好日子就是好日子，吵归吵，闹归闹，真有一天劳燕分飞各自东西了，那些好日子也变不了……不是说你今天杀了我，昨天的缠绵悱恻就是假的了，不是那样的，我不是那个意思……好日子就是好日子，真正好过了，有一天都不少……哥，你坐下，呀，还有酒呢。

冯　燕　有酒……红，她给带来的……

张　妻　还那么疼你。

冯　燕　别说这话，她要是疼我，她就不该把咱的事拖这么长，早跟我分了手，那是最大的疼我……她恨我，怨我，恼我，舍不得我……可就是不疼我……你想，她能让我带着酒出来，明知道是咱俩在一起排戏，你又好口酒，她不在乎，像是就为的给你预备的。

张　妻　这酒?

冯　燕　自己泡的，喝吧。

张　妻　不说她了，来，咱喝酒，我给你倒上……喝吧，先喝了头一个，然后咱行个令热热闹闹地喝。

冯　燕　排着戏呢，不行令了，就这么喝上两口吧，你喝吧。

张　妻　好，我先喝一个……来吧，行个明月令，不行令不热闹。我发令了……春花秋月何时了，往事知多少。你接吧。

冯　燕　……我没心思，你喝吧。

张　妻　那吃一口菜，吃一口菜……别动，我喂你。你吃菜，我喝酒，这酒怎么有股说不上来的味儿?

冯　燕　自己泡的，喝吧。

〔张婴醒了。

张　婴　(边坐起来边说。朗读)哈!听见没有，吧嗒一口菜，滋咂一口酒的，这是又喝上了。一点不知道让让人。

话说回来了，让我，我也不去，不是生分，看不上眼。

刚才还拿着刀，杀来杀去寻死觅活的呢，这会儿又你疼我爱地喝上了。跟几位说，不是一天了，要是一天我就不说这话了，十几天了，戏一排到这儿就杀不下去了，要么好不容易杀死又活过来了。您说说这戏可怎么往下排？不为别的，诸位也看出来了吧，有私情呢，我们这位姑奶奶一到了裉节儿上，人就出了戏了，立时三刻地就从一千多年前回来了，张嘴就说自己的事了，越说还就越说不通了。

“凭什么杀我？”是啊，人家问得也对啊，你恩我爱刚还在床上，就因为拿刀拿巾帻会错了意，就动手啊。噌！一刀把人给抹了，怜香惜玉没有也就没有了，这不是摧花折柳吗？也是太无情了。诸位，话说到这儿，咱不妨就多说两句，其实最应拿枪动杖，发一千二百个大怒满世界找人杀的，该是我才对。您想想，这三个人中间我是最有道理的啊，杀奸夫也好，宰淫妇也罢，我都占着理呢，对不对？可我不动手，我知道杀人犯法，我不杀人，这会儿我也不跟他们一块儿喝酒，我还是睡觉。

〔说完又躺下。

张　婴　你们慢慢喝着啊，我再睡会儿。

张　妻　哥，陪我喝一个。来，来呀。

冯　燕　我不想喝了……

张　妻　不想喝了?!哥，你现在怎么这样了？情也懒，酒也懒，你可真让我不认识你了。你还是个汉子吗？

冯　燕　话说清楚了，酒我是懒过，可情咱没懒过。再说句俗话，不是汉子你干吗总缠着我？天下男人还没死绝呢！

张　妻　天下男人都死绝了，要不也不会排这样杀女人的破戏！

冯　燕　不杀你，杀谁？总该有一个人要杀吧。

张　妻　这会儿该杀谁，你心里明白……（暗指张婴）

冯　燕　我不明白，杀你是戏文上写的，都十几天了，杀不下去，再杀不下去了，这戏就演不成了……哎，总不会让我去把张婴给杀了

吧？那什么……（说完也一惊，想找话遮盖）

张　妻　……别躲，哥，说出来了就别躲，别装得跟说走了嘴似的。哥，杀张婴你难道没想过吗？

冯　燕　没有！

张　妻　没有？说句戏里的话，别跟我揣着明白装糊涂，像是你有多么清白似的，没有？你会没想过？

冯　燕　……

张　妻　想过是不是？嗯？是想不起来了还是怕说出来？

冯　燕　……你怎么知道我想过？

张　妻　前年，春暖花开的时候，想想，在西山那棵桃树下……想起来了吗？午后三时……戏文上的话“正是宁静而慵懒的一刻”。你读着报纸，让我帮你正音。无意间你读到了一则寻人启事，你先还表面有声无情地读着，后来就进入了“某男，身高一米八二，眼大额宽，于十日前突然离走，至今未归，有知情者，请告知凤子小姐……凤子又及：亲爱的，如果你读到这则消息请快跟我联系，我想告诉你，我错了”。

你读到这儿突然地就不读了。那一刻，春日的光透过那些粉红的花瓣，打在你梦一般隐现的脸上，我看着你，你从来没有那么专注过，时间在你的身边都停止了……就在我看着你的时候，许是幻觉，许是片刻的眩晕，突然你一下子就消失了，我急急地伸手去抓，没抓到，抓不着了，你被那些骤然飞起的花瓣裹挟着，转眼不见了。那一刻我的心口剑刺样地疼痛，像桃花落地那样揪人，那样无助……我就要喊出来时，你又突然地回来了，清清楚楚就在眼前，那是从来没有过的真实。一瞬间一万年，刚回来的你有点陌生，有点亲切，有点暧昧，有点羞涩，说不清的复杂和浓烈，像来世今生……

……就在那一刻，你说了那句话。

冯　燕　我说什么了？

张　妻　你说了一句报纸以外的话。

冯　燕　什么话？

张　妻　你应该记得。

冯　燕　我不记得了。

张　妻　好，我提醒你……你问我，假如这失踪的人是刘欣，你会怎样。你问假如我老公刘欣失踪了会怎样。你问话的样子让我吃惊，我从来没有看到过你那样自语般地凝着神，你一点都不遮拦地看着我，问我，刘欣失踪了会怎样。我当时不知该怎么回答……我被你的样子惊住了，我几乎是看到了你问话背后刘欣在流血的尸体。

好一会儿，我……我问你，无缘无故的，刘欣怎么会失踪？

刚问出这话，我就后悔了……我先是怕你回答出那个惊人的答案，接着我又期望着……想听到从你嘴里说出来的真话……

冯　燕　我说什么了？

张　妻　你……你什么也没说，你就那么看着我。你看着我的脸，你看着我的脸，你也许看到的是一张惊恐的脸。你的眼神慢慢散了……你幽幽地一笑，转眼间又人模狗样了。在前一刻你脸上分明写着那个凶狠的字，而后看到我吃惊的样子，你就逃了……你把演戏时的假笑浮上来了，假笑……哥，承认吧，你在心里不止一次地想到过，你有杀人的念头。

冯　燕　谎话，桃花下的谎话，桃花下的瞎话。杀人？英子，我……我真服你了，你居然会以神游般的语言来经营一个谎话。你累不累啊你？我能编，你比我更能编，跟你说，刚才我听你的谎话都听入迷了……还好，你还有一点点地尊重事实。

张　妻　事实是你希望刘欣死……

冯　燕　事实是我什么也没说，我什么也没希望过……我，跟你说，英子我有一个要求，编谎话可以，但别在桃花下编。你知道我爱桃花。你编的这个谎言把天下的桃花都给毁了！英子，我不喜欢你的这个有关桃花的故事，这故事，跟我经历过的那个根本就不一样。想想吧，谁会在满树的桃花下想到杀人……想想！

张　妻　那时你根本就没在乎桃花，那一刻你失神了，也可以说是凝神……别否认，那时，你想杀人都想得入境了。

冯　燕　我入境了？我入境了？真要是入境了也是别一种感动，跟你说的杀人可不一样……你听我说。

张　妻　我不听。

冯　燕　你先听我说……你听着。那天，我意外地读到了一则寻人启事，在春天寻找恋人，那是什么感觉，那不是春天里的春天吗？那女孩子最后没说多余的话，她没说我爱你，你回来吧，她说的是我错了。那女孩子在春天繁花的一刻对着恋人说的是三个字“我错了”，那岂止是动人啊，简直是伤人了。听完这话还有什么话在桃花下更能让人感动，桃花下的认错，桃花下的爱意。英子，你说对了，我凝神了……可我想的不是杀人，我想的是爱！

当时我可惜啊，那三个字不是你说的。我问你了，我问，要是有一天我失踪了，你会……

张　妻　打住！天大的谎言，双倍的谎言，比我的那个神游版更加诗意的欺骗。打住，哥，你问的不是你失踪了我会怎样，是刘欣如果失踪了我会怎样。哥哥你问的是刘欣而不是你自己。真是很不幸，多浪漫啊，很浪漫的，我爱桃花……春天里的春天……我错了……真的浪漫。可惜就因为你所问的人不对，就在那时，你问我刘欣失踪了我会怎样，你一下子就把一个春天变成寒冬了！哥，在桃花下想到杀人的是你。

冯　燕　我在春天怎么会问你对另一个男人的态度？我怎么会为别的人来打碎这句桃花下的动人之语？英子，你别嫁祸于人了。我爱桃花……

张　妻　行了，你爱桃花下的恶念头。

冯　燕　想杀人的是你，你被这个启事启发着，你想好了，杀过人之后，再写一个假的寻人启事，用以遮掩。

张　妻　只有你才会这么想，我要杀人就杀人，我干吗还要写这样的假启事来认什么错？

冯　燕　在桃花下我想的是爱，你想的是恨；我要的是巾帻，你给我的是刀（冲口而出）……就这样！

张　妻　……就这样，是结论吗？你的结论？咱们两个有一个说了昧心的话……你要的巾帻，我给你的是刀，这是你的结论……

张　婴　哎！还没杀死啊……还在谈啊。

张　妻　……

张　婴　这就是谈恋爱啊……我看是在谈仇恨嘛，谈埋怨嘛，比恨还恨嘛。有什么可谈的？哪位说了，谈仇恨是谈恋爱的一部分？还有谈误解，谈愤慨，谈怨气……谈？真要到了两个人在一起的日子，就一句话都不想谈了，没的谈了的时候，反而不好了。哎，快杀啊，杀死了，叫我一声啊，不杀了也叫我啊，我还想早点回家呢。（坐起来说完，躺下又睡）

张　妻　怎么办？

冯　燕　什么怎么办？

张　妻　张婴怎么办？

冯　燕　有什么不好办的，按剧本演，该怎么办怎么办。我把你杀了，而后是他顶缸，被判个死罪，再后，法场上我再把他给救下来，就这样。

张　妻　说了这么半天，你还没想通吗？这把刀不能杀我！

冯　燕　那杀谁？

张　妻　方才你说过了！

冯　燕　杀张婴？英子，这十几天来，你不会就是暗示着让我杀……

张　妻　你爱怎么想都成。我问你，我可以杀，他为什么不能杀？再说，还有一个人可杀。

冯　燕　谁？

张　妻　（哗的一个身段，把大衫脱了，盖在张婴的身上）我先不说，你心里清楚。

冯　燕　你别再说了。

张　妻　怕了，心疼了，是不是？我这儿还……

冯　燕　……好，好，十几天了，英子，既然你非要杀，那咱们就杀一回看看……跟你说，是什么结局我不知道，（往米缸里爬）你拿刀吧。我杀人，我要杀人了！

〔冯燕钻到米缸里去了。

张　妻　（捡起刀来）从哪儿开始？

冯　燕　（米缸中）你自己看着办！

〔静场，张妻想。

张　妻　（拿刀回到前场的那段话，猛地舞了一个身段）宝刀啊，秋水一般的宝刀啊，借你一用，杀出个幸福来。（同前一样，舞到了米缸前，刀击米缸盖）

张　妻　哥哥，刀来了，刀来了，刀为你拿来了……（击盖）

〔砰，缸盖顶起来了。

〔冯燕站了起来，出缸，接刀，动作。

冯　燕　啊！刀啊，果真是刀吗？果真是一把刀啊……等你，盼你，你不来，好啊，今天你来得正是时候。（一个跨步亮相）

（走圆场）

〔舞到张婴前，看他睡得很香。

〔又舞。

张　妻　杀我时那么利落，真要你杀他了，怎么又歌又舞，走来走去地杀不下手呀？

冯　燕　哥哥，你……你睡得好香啊，看你这睡相，兄弟俺怎忍心下手。罢！罢！罢！哥哥，到了阴间做了鬼不要来找俺，怨自己配错了姻缘吧。哥，长睡去吧！（哗一挥手，刀落下了）

〔张婴在凉椅上，砰，惊惧如虾一样地两头翘起，身上那件女袍飞落。睁大了眼睛，大叫一声。

张　婴　哎呀，哎呀，真杀啊，杀死我了！杀死我了！

〔砰！挺直，死了。

〔静。两个人静静站着。张妻有点害怕。小堂锣音乐。凄恐。

张　妻　（小声）哥哥……哥哥。

冯　燕　……在呢。

张　妻　真……真就杀死了……

冯　燕　杀死了！

张　妻　他……他流血了？

冯　燕　流血了。

张　妻　不动了？

冯　燕　不动了。

张　妻　地上有血吗？

冯　燕　有……

张　妻　我……我过去看看！

冯　燕　别过来，人都死了，还看什么？

张　妻　……死了……我与他毕竟是夫妻一场，他死了，我想看最后一眼呢。

冯　燕　（拦住）不看也罢，死都死过了，随他去吧。

张　妻　（手足无措）哥哥，他可是真的死了？

冯　燕　真的死了。

张　妻　那咱怎么办……哥，咱可怎么办？

（一拉手惊叫）呀，哥，你的手怎么这么冷……

冯　燕　……哪儿还有手啊……全身上下，除了这张嘴还在喘气，魂都没了。

张　妻　哥，你怕了？

冯　燕　何止是怕。

张　妻　哥，别怕，想想咱怎么办……

冯　燕　什么怎么办？先别问我……你让我坐会儿……你先让我坐会儿……（趔趄往张婴那边走）

张　妻　哎！哥，别往那边走。死人，别过去，往这边来。坐这儿，坐这边，离我近点。哥，靠着我……

冯　燕　……真的杀死了？

张　妻　杀死了。

冯　燕　真是我杀的？

张　妻　是你杀的……

冯　燕　他还能不能活过来？

张　妻　不能了哥，人死不能复活，他已经死了。

冯　燕　他死了，咱们怎么办？

张　妻　正想问你呢。

冯　燕　等等，我看他是不是真死了……

张　妻　别去了，真死了。

冯　燕　你没看，怎么知道的？

张　妻　哥不用看了，这么长时间，没动静了。

冯　燕　真就死了……他真就死了……

张　妻　死了。哥，咱不能等了，再等就天亮了，你拿个主意吧！

冯　燕　……还能有什么主意呀，你不是就等着这一天呢吗？主意该你拿才对。

张　妻　哥，那咱只有跑了……

冯　燕　只能跑吗？

张　妻　只能跑了……哥！你等等，我包点衣裳……（说完流泪，想掩盖）〔收拾衣物。

冯　燕　……你……你哭了，你哭了?！……哎，你让我杀完人，你倒哭了……

张　妻　不是那话，哥，这家我待了有快十年了，现在弄成这样了，乍一要离开心里有点舍不得呢……这床，这单子，这椅子，这碗，这米缸，一离开怕就再见不着了。

冯　燕　那你当初为什么给我刀……你干吗给我刀？

张　妻　那刀不是你要的吗？

冯　燕　我怎么会要刀，我要的是巾帻，你给我的是刀！

张　妻　哥，别那么大声。说不清，说不清了，人杀了，（哭）咱这儿还没出门呢，就吵起来了，以后出了门还不定怎么样呢。别吵了，哥，天快亮了，咱快走吧……

冯　燕　去哪儿？往哪儿走？

张　妻　我也不知道……出了这门再说吧……

冯　燕　刀怎么办……

张　妻　扔了……哥，快走吧……天要亮了。

〔刀扔了。

冯　燕　真想我这刀一丢下去，他能活着站起来……人死了，后悔也来不及了，此时一走，到哪儿是个头啊！

张　妻　快走吧，哥，街上有人了！

〔两人急急出门。

〔刚出门，躺着的张婴说话了。

张　婴　嘿，嘿嘿！别走，别急着走，等等！哎，等等！

张　妻　等什么？

张　婴　等等，我有话要说……

张　妻　哎，你死了怎么还能说话？

张　婴　你死了不也一样说话了吗？你死了多少回了都活过来了，我这才是第一次吧，我怎么就不能活过来？

冯　燕　好，又是一个杀不死的。

〔张婴点火抽烟。

张　婴　这叫什么戏呀！冯燕你是中了邪了还是怎么的，她让你杀人，你就杀啊？

别的先不说了，我想问问，凭什么杀我？杀人总得有道理吧，你们说出道理来，我让你们杀；没理甭想杀了我。这睡觉还睡出个死来了。

张　妻　你多余了。

张　婴　我多余了？我怎么就多余了？哎，我天天地这儿早走晚回地给你们腾着地儿，该喝不该喝的时候，我都喝醉了回来，看见看不见的，我都闭上眼了就当看不见了，就这样装聋作哑的三年了。这会儿我又多余了！哎，你们说清楚，我多余在哪儿了？

张　妻　还要说清楚啊，我与冯燕相亲相爱，你可不是多余了？

张　婴　话不可以这么说吧……当年我也是用八抬大轿把你抬进来拜过天地成过亲的。那会儿一张床上两个人，你恩我爱的，谁可也没嫌谁多余过，这会儿我多余了……哎，我要是多余了，你说话，好让我知道呀，知道了，我再做多余的打算，干吗要杀我？凭什么要杀我？

张　妻　讲不出口。

张　婴　听听，听听，多不讲理，有话讲不出口，有刀就抽得出来。冯燕，你就听她的……

冯　燕　我不知该怎么办了！

张　婴　不知该怎么办，这就是你们的理啊？天底下有这样的道理吗？我还说你多余呢，我杀你行不行？！（生气）你们不讲理了，我也不讲理，我也要杀人。我要杀人！

〔静场。

张　婴　没道理吧，是不是没道理？怎么不说话了？

听好了，杀谁不杀谁的，我原本也不太在乎，就是让我在这儿躺一晚上，没两句词，临了杀死了抬出去，我也没意见，该给多少戏份，给多少戏份就行了。我说的不是这意思。这谁死谁不死的有戏管着呢！杀我，生活里有，但排成了戏是个大俗套。

张　妻　杀我就不俗了？（也点烟）

张　婴　……你们听我说说。先一个，为男女私情的事杀人，这时代过去了。现在都网恋、一夜情什么的了，为这事杀多余的人少了，犯不上了，知道吗？再有，真要按照老年间的来演，《德伯家的苔丝》看过没有，哈代的玩意儿，看过吗？看过就好，杀我跟杀德伯有什么两样，这剧情不就落了前人的窠臼了吗？不新鲜了。这样的戏，一句话，没人看，排了也没人看。

再说，杀过我之后，还怎么演，还有戏吗？直接就该上绞架了……冯燕，绞架知道吧？对，就是那个丁字形的架子，到时死亡之号一吹，刽子手走上前来，他把那个结实的圆套套在你的脖子上，摘去你的眼罩，让你最后地看一眼蓝天白云……在你正留恋人生的瞬间，咣当脚板一开，嗖地你就挂起来了，挂在那儿的你像一件被人遗忘了的褪了色的破衣衫，无力地垂落，宣告人生的结束。到时你吊着，再想站也站不起来了，只有吊着！

没新鲜的，这就是下边的戏了……（又点烟）杀我没道理，从戏上、从理上都说不过去。不能杀我。

张　妻　杀我也没道理，一样。

张　婴　这事不争论了，不干，杀我不干。冯燕，你该杀谁杀谁去，别听了几句挑拨就往俗套里钻。跟你们说，我说的可是为你们好，杀张婴，没戏，千万别动这心思，这是条绝路，而且还是条老俗套子的绝路，咱千万别这样！

冯　燕　杀不了你……

张　婴　杀不了！

冯　燕　也杀不了你……

张　妻　不能杀……

冯　燕　那我杀谁，总要杀一个人吧？

张　婴　还有一个人没杀过呢。

张　妻　还有两个人没杀过呢。

冯　燕　谁，哪两个人……杀我？

张　妻　还有。

张　婴　杀你也算一出。

冯　燕　谁来杀？你杀？

张　婴　我不杀人。

冯　燕　那把刀给你。

张　妻　我舍不得杀。

冯　燕　那谁来杀？

张　婴　刀在你手里呢。

冯　燕　让我自己杀自己？

张　婴　不应该吗？

冯　燕　好，那我就自己杀自己。

张　婴　听好了，这话可是你自己说出来的！

冯　燕　……

张　婴　你要是气话，那咱就当没说。你要不是气话，那咱就……试试？

冯　燕　为出戏，我犯不上生气。

张　妻　等等，冯燕，你不会是真的想死吧？

冯　燕　想真死也死不了。

张　妻　你别用这话来变着法地想逃！

张　婴　不管真的假的，既然说出来了，来，演着说着，演到哪儿是哪儿。（来神了）这不都是戏吗？好，来，咱看看通不通啊。各自站好了位置，你先进米缸，你把刀拿好了，我躺着啊……来吧（高兴）……从她把刀递给你开始……然后你从米缸里出来，走！先一反应是她让你杀我，你冲过来。你看着酒醉的我，无辜且无助，你觉得都已然对不住我了，这么好的一位哥哥，没冤没仇的，凭什么杀人家……举起刀的手先就停了。由杀我不成而想到了，这妇人可真毒啊，结发的夫妻一丝情义都不讲，她自己不动手杀人，让我杀。他今天让我杀张婴，明儿个还指不定让谁杀我呢，就要杀她。到了她跟前又千不该万不该地记起了方才的床笫之事，软弱了，下不去手啊……不能杀，不忍杀，舍不得杀！哎呀，刀啊，刀啊，想想……罢！罢！罢！我把自己杀了吧……一刻也没犹豫，咔的一刀，刎颈而死……好！（高兴）这多有古人风范。

（张婴的台词，一直引着冯燕表演，最后冯燕自己一刀，结果了自己。砰！硬僵尸倒在台上）

张　婴　下边接着自己发挥吧。

〔静了一会儿再进戏。

〔张婴静静睡在凉椅上，冯燕自杀倒地了。

〔张妻惊怨地看着。又回到古代。

张　妻　（先小声后大声）哥哥，哥哥，哥哥啊！哥，你不能死……你怎么能撇下我自己走了……哥哥！你不能死！你死不得！哥哥！

张　婴　（惊起）怎么了？怎么了？大半夜的这是叫哪门子哥呢？家里哪儿又多出一个哥哥来了？哎哟，这是谁啊？谁死了？

（惊起一看，冯燕死在地中央了）呀，我的妈呀！这是谁啊？好好的怎么死在我家地上了？哎，先别哭，先别哭！我问你这是谁……

张　妻　（哭）哥……哥哥哎！人生苦短，你怎可抛我而去？

张　婴　哎，先别哭了，这是谁？你说清楚了再哭！

张　妻　你自己看！

张　婴　（看）……哎，这不是街面上的冯燕吗？他怎么会跑到咱家来死了？哎，等等，别哭，他怎么会死在咱家了，说！

张　妻　还用说吗！人死了，也没什么可怕了，跟你明说了，他是我养的汉子！我们好了三年了！

张　婴　好了三年了！呀！呀呀呸！好不要脸你……真不害臊啊！怪不得我左一声开门右一声门开的，门就是不开呢，敢情真有奸情……好你个不守妇道的，平日里我对你百依百顺，千恩万爱，你……你居然背着我与这市井之徒勾搭成奸，我……我……好，现在人也死了，事也瞒不住了，我先问你，他……他为什么死在这儿了？

张　妻　夫妻不成，他……他自然是为我而死，为情而亡！哪个像你，头上戴着绿帽子了，每天还醉酒装酣，你哪儿有一分的男人气概？！

张　婴　好个贱妇，不识好歹，滥情自恃，偷了情还骂夫君。男子气概？我原本是很不屑的，话顶到这儿了，我也只有拿出一回来让你看看！

〔一刀将张妻也杀死在台上。

张　婴　奸夫淫妇，死了干净。杀死干净……干净！

〔强烈过后，静场。提刀呆了半天。

张　婴　我……我这是杀了人了……我原来可不想杀人……我都忍了三年了，今天被这妇人一激，还是杀人了……看他俩，一个杀了自己，把自己杀成是风流鬼了；一个被我杀，也是为情而亡了。这事传出去，这街面上的人还不定怎么说呢，说我张婴妒情生恨，害了两个人。这一千年后的文人还不定怎么写呢……看着他们俩死了都躺在了一起，我这一个活着的人孤独啊……咱一辈子想平平常常地过日子，喝喝酒，上上差，不惹祸，不招灾。就这日子，今天，被这一刀给断了，过不成了，杀了人了我。我杀了人了，杀了两个人，两个人都死了，我一个人在这儿站着，我比他们死了的人还觉得孤独，我……（转圈子）

哎！起来，起来！不行，不干！冯燕你不能死……起来，起来，戏不能这么演。

冯　燕　哎，这是又怎么了，杀不成人，自杀也不成吗？这可真叫欲死无门了。

张　妻　刚才排戏的时候，你不是比谁都折腾得欢吗？这会儿怎么又不行了？

张　婴　不行，这戏不能这么演……回头剩我一个拿着刀站在这儿，我害怕，我不值。

冯燕，我不是不想让人死，你要是非死，你要非死不可也行，但有一个前提，你不能让我杀人。

冯　燕　我没有让你杀人啊。我自己杀了自己呀。

张　婴　你杀自己可以，别在我们家弄这事……冯燕，你要死，死到别处去，找个没人的河边去，你爱怎么死怎么死，但有一条，你不能在这儿死，你别牵上我们。你死你的去，我们的生活不想改变。

张　妻　是你的生活吧。

张　婴　怎么说都行，反正不想变。

冯　燕　你这是什么道理，哎，是我死哎！我愿在哪儿死在哪儿死，我干吗要听你的？

张　婴　你死这儿就不行！我不是不讲理，我有理，你听听，你们听听！

你在这儿死，一是逼着我杀人了，我不想杀人，你也别想逼我；二是……

张　妻　你杀了人怕坐班房。

张　婴　那倒是小事。冯燕，你要是在我这儿死，你就把自己杀成个英雄，把我杀成个小人了，懂不懂？

冯 燕 不懂。

张 婴 听着，听着！你在我这儿接了刀，不忍杀我也不忍杀她，自杀了，对我有义，对她有情。"情义"两个字都让你占上了，我算什么了，那我算什么东西？

张 妻 那得问你自己。

张 婴 你只要在我这儿一自杀，好，前罪一笔勾销不说，还落了个舍生取义、始乱终悔、以死谢天下的英名，好处都让你得了。不行！坚决不行！跟你说，你不能在这儿死。你死在这儿，我不干！

冯 燕 我死又不是你死。舍生取义，是我用命换的，有本事你也换一个来。再说，我想在哪儿死在哪儿死，哎，今天我就是要在这儿死了，我死！（抓了刀来）

张 婴 不行，（抢刀）把刀放下来，放下。你出了这门死去。不是开玩笑，去哪儿死都可以，不能在这儿……不行。（抢刀）快抢刀，抢刀！

冯 燕 我死我的，你还管得着我死了，放手，放手！我急了，我急了！

张 婴 不给，不给，快拦着他，拦着他！

张 妻 别抢了，死不了就不死，干吗非得寻死觅活的！冯燕，我看你是真想一死推干净了啊你！

冯 燕 怎么着，这又是我的不对了？杀你们，你们不干；杀我自己，你们还是不干。好，我也不死了，你们想辙。

张 妻 法子还没用尽呢，就看你用不用了。还有一个要死的人，今天没在。

冯 燕 闹了半天，你……你还惦记着我老婆……

张 婴 死，你还得死，只是不能死在这儿。

冯 燕 要么在这儿死，要么不死。

张 妻 别说气话。

张 婴 那要这样，这戏就没法演了。

冯 燕 不演就不演，早就想散了！（解衣裳）

张　婴　这你吓唬不住人，散就散。（也解衣裳）

〔冯燕、张婴都想走。

张　妻　不行，不能走，这条路不通还有别的路，不能走，再想想！

张　婴　我得走，（手机响，小声）喂……还没睡啊，你真会玩笑。我还没查你呢，你倒查起我来了……还能干什么，排戏呢……什么戏呀，杀人的戏，杀奸夫……哈，我这哪儿是敲打你呀，家里晚上谁来了？没人，没人最好，跟你说啊，别玩火，早晚地有那么一出，该递巾帻时拿错了刀……什么意思？没什么，睡吧，回去再说。（收电话）行，我先走了。

张　妻　谁也不能走，都是当事人。趁着还有点吃的，咱们坐下想想。坐下，都坐下，来！坐下想想，想通了走。我就不信想不出一个好结果来……刚才的想法都过去了，想别的，来，来吧。

〔三人坐下无聊安静待着。

张　妻　有点影儿吗？

冯　燕　三年了，有主意早想出来了！

张　婴　何止三年，从唐朝到现在了，哪儿有什么好办法？

张　婴　咱是从头想还是从中间想，从何想起呀？

张　妻　就从我会错了意，把刀递给冯燕开始。来，冯燕你拿着刀站在那儿摆个样让我们看着，咱都各自在自已的位置上，好了，站住……想想下边应该怎么办，想吧！

张　婴　行，各自归位，想吧。

〔坐回凉椅，躺下。

〔静场好一会儿。

〔冯燕拿着刀呆呆地站着想着……像是把所有与刀有关的路都想遍了。

冯　燕　什么都不愿想了，没心思了，烦了，累了……干吗想那么多？让一切自然地发生，自然地结束吧——我自然而然地偷情，我自然而然地厌倦，我自然而然地想着逃离。倘若这把刀是因为自然而然的误会交到我手中了，那我就自自然然地把它插回去吧。

我不想杀人，没有谁想死的，那就让这饱满的杀机被那刀鞘包藏住吧！当你不想分辨时，事情变得多么简单（过到张婴那儿，插回刀去）然后呢，然后，哎，张婴抬抬屁股，我的巾帻。（拿着巾帻）好了，我走了，现在我想明白了，我只想这样……这样才自然，天地间还有比自然更深刻的道理吗？我把刀插回去了，什么都结束了，什么都不必发生。像往日一样，我走我的，再回到一个我的夜中去，一切照常，没有任何的改变……

〔张妻和张婴看着要走的冯燕有点惊讶。

张　妻　把刀插回去了，哎，把我递给你的刀插回去了……就这么走了……

张　婴　这戏能往下演吗？把刀插回去了，下边还会有戏？

冯　燕　不是你说的吗？时代不同了，现而今可不就是个把刀插回去的时代吗？这不是挺好吗？

张　婴　这是戏啊？

冯　燕　怎么不是戏，把刀插回去了等待明天，生活继续。

张　妻　折腾了半天，这是又把刀插回去了。接着怎么演我听听！

冯　燕　咱们把矛盾都隔过去了，把不好处理的都不处理了。在一切乱麻似的事情即将发生时，我理智地退回去。让刀退回到鞘中，让巾帻戴在头上，让夫妻依旧是夫妻，让情人还是情人。刀插回去了，让一触即发的事件全部停止，生活将照常进行。张婴，你在凉椅上睡你的，明天你依旧是大醉晏回。英子，你来，咱接着演，你送送我，你送我到门口像往常一样……来，来搭句词。

〔两人演戏。

张　妻　（小声）哥，你要的不是刀啊？

冯　燕　我要刀干吗？我要巾帻。

张　妻　哎呀，那可真悬呢，我会错意了。

冯　燕　不碍的，我知道你会错意了。我先走了……然后你在门口与我拥吻，像三年中的每一次告别一样，接着你跟我约明天再来的时间……

〔两人拥别。

张　妻　哥，明天午后一定来啊，可不敢让我等太久！

冯　燕　知道了……明天一准儿来。

张　妻　看这一晚上闹的，还好，什么都过去了。哥，明天记得带点小菜过来，酒我这儿是现成的。

冯　燕　记住了，你回吧，早点歇啊，回头可别吵嘴。

张　妻　你回去也好好的……别忘了……给她吃药……

冯　燕　哎，忘不了，我走了……接着就第二天了。

张　妻　能这么演？

冯　燕　这不是演了吗？

张　婴　那从第二天演下去。

〔灯灭。

〔第二天。

〔舞台空出。张婴、冯燕都已不在了……张妻呆呆地坐在花床边上做绣活。唱，高兴。

张　妻　（轻轻哼唱）昨夜同郎说话长，失寝直困到大天光。金瓶儿养鱼它无出路，鸳鸯鸭子就两边慌。

张　妻　（放下绣活铺床）这被子铺了一遍又一遍，这床扫了一遭又一遭。当走的，他已走了；当到的，他就怎么还不到……（铺了床照镜子）偷情最怕等，这一等把人都等老了……可是，话又说回来了，不等哪儿来的滋味呢！真要是天天在一起，不用等了，那该生出多少愁烦来了啊……（唱）栀子花开六瓣头，我约情哥哥黄昏头，日长遥遥难得过，双手扳窗看日头……（刚唱到这儿，敲门声）来了，来了！

（整头，照镜飞快开门）哥哥，来了！哥，你可来了！呀，哥，带小菜了吗？

冯　燕　……没有……忘了。（表情木然）

张　妻　怎么没带啊，算了，没带没带吧，快进来！

冯　燕　（站着不动）我不进去了……

张　妻　什么话？不进来了，那你敲门做什么？

冯　燕　前日借给姐的话本就在这门口边还了我吧，我走了。

张　妻　走？往哪儿走？

冯　燕　回去，我有事。把话本给了我吧。

张　妻　（伸手就拉）哪儿有什么话本……进来说话。

冯　燕　哎！姐别拉，外人张见了不好！

张　妻　外人？我看你今天就像个外人。（一把拉进来了）哥哥，奴家才一晚没见你，怎么就觉得生分了……

冯　燕　……是啊，是才一晚上啊，怎么就……我也说不上，往日里我弯过巷子来，一想要见到你，便会心跳。今天一想到要见你，我就心慌。弯过巷子来，突地觉得阳光打在脸上，像是把人一下子抽醒了，好日头，很长时间没有感受了，定了心再看这条巷子，细一看时才觉得陌生得很……

张　妻　陌生？常走的巷子都生了？！

冯　燕　生得咱来来回回走了三遭。

张　妻　三遭？哥，你来来回回地走了三遭……为什么？不想来了，啊……想回去了？

冯　燕　……有些话我不说，你就别问了……

张　妻　不问，那不是隔着吗？哥哥，我不愿跟你隔着……

冯　燕　无心时，什么也就不隔了……

张　妻　哥，你是说奴家心多了……

冯　燕　你的心还不够多吗？

张　妻　我心多……哥哥，别这么虚呀幻地兜圈子，把话说出来，要是心多了，我收敛，啊！

冯　燕　……我说不出来，漫说说了，这事我一想，立时三刻地回身就想走……

张　妻　为什么？才一晚上，这才一晚上就千山万水了，陌生得咱们俩手心都凉了，为什么……哥哥你说……

冯　燕　……我说不出来……

张　妻　天涯海角了，哥哥这么近，你和我一句话都说不出来了。

冯　燕　你别让我说……说出来就更远了。

〔张妻开始慢慢解大襟衣裳。

冯　燕　你这是要干什么？

张　妻　哥！不想让你我这么生分着，我想回去，我要让你一步就把千山万水给迈过了。哥，你过来。

冯　燕　我不想，你把扣子扣上，快扣上。回不去了，跟你说，我现在就想走。回不去了。（说着要走）

张　妻　等等！你这是要杀我啊，哥哥，你这是要害死我啊！……怎么会这样了，你跟我说说啊！你跟我说清了，天塌地陷，我一个人毁我自己的，你说说，你说呀！

冯　燕　还用我说吗？

张　妻　怎么了，就因为昨夜，你要巾帻我会错了意，把刀给你了，我递错东西了，就因为这个吗？你不是说可以重来的吗？可以把刀插回去，就当一切都没发生吗？这话不是你说的吗？那刀不是你插回去的吗？你不是说要自然吗？

冯　燕　……

张　妻　哥，你昨儿个说不是可以重来的吗？

冯　燕　我是说过，可你……你都把刀递到我手里了，你已经把刀拔出来了，递到我手里了，你给我的是刀，你为什么给我刀，你给我刀是为什么，刀是用来杀人的，你要我去杀人。英子，你递我的是刀不是别的，你这把刀递过来的一刻，把咱们的过去和将来全杀了，杀光了，杀成三九天了，杀成冰了，怎么回去？我可万万没想到，你会让我去杀人！

张　妻　我错了，哥哥，我错了。哥，你不是喜欢人在桃花下说这三个字吗？我错了，哥，我跟你认错。

冯　燕　……我看不见桃花了。

张　妻　哥，就当现在咱在一树桃花下，我说我错了，咱把昨天忘了吧，咱把刀忘了，咱回去……咱们像什么也没发生一样，像以往一样……哥，三年了，我离不开你。（跪下了）哥，我错了，你就当那个写启事的人是我。你不是喜欢这样吗？

冯　燕　英子，起来，起来！不是这话，英子，那启事真到了自己身上就不是那个味儿了。英子起来。漫说现在中间隔着一个张婴了，就是没有张婴，我也回不去了……你递我刀的一刻咱就生分了，原来我想把刀插回去，就什么事也没有了。现在看不是这样的，我想了一夜了，你给了我一把刀，你想让我杀人。这念头把一切都杀了。那刀已经拔出来了，注定了就要见血，回不去了，收不回去了，没杀过人也回不去了。英子，我流血了，我现在连谈情说爱都不会了，你能看出来吧……英子，不说了，你把话本给我吧，我走。

张　妻　等等！哥，那刀是你要的！

冯　燕　我？我要的是巾帻。

张　妻　你要的是刀！

冯　燕　我干吗要刀？

张　妻　巾帻在张婴屁股底下，谁看得见？

冯　燕　那你也可以会意是别的，你怎么偏偏会意是一把刀！

张　妻　那儿只有一把刀，再说了，你说过，你疼我！

冯　燕　我疼你，可……可我没说过要为你去杀人！

张　妻　哥，先不说杀人的事，你疼过我没有？

冯　燕　你该知道。

张　妻　不愿说了，是不是？哥，三年前，你看我第一眼的时候，那眼珠子里可是有一个字写得明明白白的。

冯　燕　什么字？

张　妻　那字现在没法说了。

冯　燕　爱？

张　妻　成苍蝇了。

冯　燕　英子，三年过去了。

张　妻　对，一夜间就过去了。

冯　燕　一刹那，就那么一会儿，什么都不对了，我跟你说了，我现在就是想走。

张　妻　就因为我会错了意？

冯　燕　三年前要是你说想让我杀人，漫说三年了，咱们一天都不会有。英子，那我早早地就跑了。

张　妻　……好……冯燕，不说了，这会儿，你这话一说出来，我也就不认错了……怪呀是不是，我也觉得怪呢，刚才你又消失了，就那么一会儿，就那么一小会儿，我睁开眼睛没看见你，和那天在桃花下一样。可这次，我没想拉你。冯燕，我跟你说，你远了，你现在不走我也看不见你了，清清楚楚的，你真的没了，从我心里消失了，咱们真的就生分了，就这么一小会儿回不来了……冯燕……真吓人啊，心凉了，一手的冰。冯燕，三年来你想的，我想的，咱就没想到一起去过，原来以为的都是错的。我刚还为你铺床，为你照镜子，这会儿，我……我说心里话，我怎么就立时三刻地想让你走啊！

〔冯燕站起来走。

冯　燕　那我走了。

张　妻　等等，我还有话，不是要留你。冯燕，我算是看明白了，你就没爱过桃花……冯燕，说句掏心的话，我后悔啊，戏还不如就那么演了呢。

冯　燕　怎么演？

张　妻　就那么演，还不如你一刀把我杀死了……其实人家写得对，要不换到今天，还不是一把刀吗？昨天的刀，杀下来，最多是我的脖子流血，今天的刀杀得我心一滴一滴地淌血……是啊，还不如就那么演了，这会儿被你杀得我把什么都看清了。插回去的刀它更快、更无情，它把我的一生都给伤了……好了，你走。

冯　燕　英子，等等，要是那会儿你给我的是巾帻……

张　妻　那咱俩现在怕是还在床上混呢，是吧？什么事也就没了，是吧？你可别那么想了，哥，早晚地得出刀，不是昨天的刀，就是今天的。总有一天，早晚有一把刀抽出来！冯燕，别再想骗自己了，是我错了……我把一些事想岔了。你走吧！

冯　燕　英子，你要这么说，我可真有点留恋了，你可是说过，好日子就是好日子，锁在心里谁也偷不走。要不咱们像往常一样，上床说吧！（说着要脱靴子）

张　妻　别！穿上，穿上！穿得整整齐齐的咱坐会儿。冯燕，咱原来也吵过嘴，咱原来也吵过又和好过，这次不一样了，什么也没有了，没有床了，床上都是刀。我把床给叠起来，把帐子挂上。（动手，叠，挂。挂完帐子，彻底生分了）天涯海角了，生死各一了。哥，记住了，插回去的刀比拿在手里的更伤人。真就有那么快，这也是自然。你说的话，没有再比自然更深刻的道理了，是吧？

〔完全变陌生了。静，冰冷。

张　妻　您坐啊，我给您倒茶。（给冯燕倒茶）

冯　燕　……谢谢。（两人这会儿倒相敬如宾了）……您也请，您也请。（两人坐着别扭了）……茶不错呢，是正经的六安瓜片。

张　妻　啊，是吗？我也不怎么懂，是您哥哥出差从外边带过来的，您要喝着好，我给您包上点。

冯　燕　不用了，不用了，天不早了，大哥再不回来，那我就先走了。

张　妻　我去拿话本给你。

〔正说着，有人敲门，张婴回来了。

张　妻　（一点都不慌）回来了！您坐啊，我开门……哎，来了来了。

〔张婴进来，张妻赶忙拿掸子给他掸土，完全的一幅生活画卷。

张　妻　等等，在外边跺跺脚再进来，一下子泥。

张　婴　哟，冯燕兄弟在呢！

冯　燕　哥，您回来了！

张　婴　等半天了吧，别走啊，一块儿喝酒。

冯　燕　不啦，改天吧。

张　婴　有事吗？

冯　燕　也不是什么大事，哥，前两天借的那个话本，我也是借别人的，您要瞧好了，我先取走，借书的人等着要呢。

张　婴　瞧好了，瞧好了……我给你拿去啊。（说着要去找）

张　妻　你别找了，我记着在床头呢，我拿去。

张　婴　要是不急，坐下喝一杯。

冯　燕　改日吧……我先给人还书去。

张　妻　（拿书过来）您瞧瞧对不对？

冯　燕　对着呢！行，那我先走了，哥、嫂子，打扰了，打扰了。

（张婴送到门口）

张　婴　你要真有事我就不留你了，我说是一块儿喝一杯呢。

冯　燕　改天吧，改天我来，您留步，您留步！

（冯燕下）

张　婴　（关门回头）你怎么也不张罗着留留人家？

〔张妻给桌上摆杯子。

张　妻　留不住就不留了，也不是什么亲戚里道的。你先坐下，我给你烫酒去。

张　婴　哎，热着点烫啊！回头你也喝一杯……有小菜吗？

张　妻　呀，没有。要不我出去办点？

张　婴　不用了，我带了。

张　妻　……是啊，多亏你想着。来，坐下喝吧……问你句话，可别生气。关饷了吗？

张　婴　关了，都在这儿呢。（拿出银子来）

张　妻　……快过年了，你们家、我们家都得给点。别怨我跟你要钱，咱手得紧点了。

张　婴　话在理我生什么气啊……我总还想着给你置副头面呢。

张　妻　我的事你就不用挂记了，什么也不想了。

张　婴　你说什么？

张　妻　没什么，喝酒……

张　婴　来，喝。（两人喝）

张　妻　差上有什么新鲜事，跟我说说。

张　婴　没什么新鲜的，除了站班还是站班。听说有户人家失了盗了，丢了不少的钱，还有一副好头面，那妇人哭得伤心呢。不知谁干的，一副好头面，值得一哭。

张　妻　是啊，一副好头面呢！

张　婴　我总说给你置一副呢。

张　妻　有了机会再说吧，别放心上，不就是一副好头面吗？

张　婴　是啊，一副好头面啊，要置就置一副好的……来，再喝一个。

张　婴　……喝吧。

〔两人端杯，喝酒。

〔过了好一会儿了。

〔张婴怀里电话响了。

张　婴　对不起，忘关机了……我接个电话。

〔下了床接电话去了。

〔片段的静场。

〔冯燕——此时的身份是演员本人了。全部换好了时装，背了个包在台口站着，像在自言自语，实际是用耳机在打电话。有些阴暗。

冯　燕　啊！你说那么多有什么用，不行，有千丝万缕的关系呢……私奔？往哪儿奔啊？跟你说时代不同了……我从来没为你的执着骄傲过，我就是觉着累……（故意上台说给张妻听）好了，夜深了，戏散了，请你把电话放下吧……（砰，关电话）

〔张妻打火点烟抽。

冯　燕　……可算是全拉出来了。AB剧，古代和现代，戏里戏外都混着演的，到时我就担心，观众出出进进的，闹不明白。

张　妻　现在的观众比你高级，别说AB剧了，有本事你排个ABC三维的，也是一看就明白。戏剧结构，它能比魔方还难了？看那些小孩子玩魔方不是哗哗的吗？

张　妻　……谁的电话？

冯　燕　（从包里掏出矿泉水。故意不说往纸杯里倒水）……

张　妻　是英子？

冯　燕　……喝口水吧。

张　妻　不喝。

冯　燕　(又从包里拿出一个蜡丸开了封，搓药丸）回头我换个手机号。

张　妻　把人换了算了！

冯　燕　这话什么意思？

张　妻　还用问吗？你比我清楚。

冯　燕　我要是清楚，还至于到现在？

张　妻　自己招的……英子说什么？

冯　燕　……（搓药）

张　妻　讲给我听听。

冯　燕　真想听啊？

张　妻　……当个乐子吧。

冯　燕　她让我跟她私奔。

张　妻　先把我做了再说……

冯　燕　你怎么这么想……

张　妻　我该怎么想……我睁一眼闭一眼地由着你们来往……左一个电话右一个短信的，看着一天天你像个特务似的在屋里屋外地转！王（可以是演员的真名），三年了，我受够了，好好坏坏，热闹是不是？……换手机，你除了换手机还想过别的法子没有？

冯　燕　想过……

张　妻　说说。

冯　燕　我想跑……

张　妻　一个人？

冯　燕　一个人。

张　妻　真是个好男人……你跑吧……

冯　燕　可我不知往哪儿跑……

张　妻　我给你指条道，八宝山，往棺材里跑，真有了那一天，清明节都没人去吵你。

冯　燕　……想过！

张　妻　想过？那干吗不去？

冯　燕　舍不得！真要有一天我伸手摸着自己不在了，那滋味是悲是喜我吃不准……

张　妻　我能吃准。

冯　燕　是什么？

张　妻　注定了大喜过望。

冯　燕　那指定了是你。

张　妻　还想过什么？

冯　燕　不想说……

张　妻　王，你想过让我死吗？王，想没想过让你老婆我死了？

冯　燕　……你怎么会死？

张　妻　想过，是吗？没关系，说出来吧，想没想过——出车祸，让我出车祸死了……砰地撞死了，你恰恰不在身边，转眼我就在灵堂里躺着了。一条白单子盖在我身上，露出来的脸被那种鲜艳的粉底霜涂得更加像个死人，死得你都不敢认了……我死了，你到灵堂里来谢谢我，谢谢我让你摆脱了……你哭不哭，到时你哭不哭，跟我说说……

冯　燕　……

张　妻　你一定会哭，一边流泪，一边高兴是不是，说话呀，是不是？你就不怕我死了变厉鬼来找你？

冯　燕　这是你想的，不是我想的！你用自己的心思来想别人，我不接受！（有点急了，有点说中了）

张　妻　急了？别急，你就是这么想过，我也爱你，王……这是我爱你的一部分，我的爱中包括你一直想让我死……别怕，我能承受……还想过什么？再说说，把话都说明了……说呀，还想过什么？（亲热地过来了）

冯　燕　（把她的手推开）夫妻间，不是谁敢说真话，谁他妈的就占理。要都把真话说出来，这世界就坍了……

张　妻　是啊，咱俩的世界就是被你的假话支撑着呢。

冯　燕　假话也是这个世界的一部分。

张　妻　尤其在你我之间。演戏，这会儿咱们是在演戏吧？

冯　燕　问你自己吧，我说不明白。

〔铃！冯燕的手机响了。

张　妻　（抢过来看着冯燕把手机接了）喂！喂！说话啊！干吗不说话？接电话的人不对是吗？别挂，别挂……英子别挂，听我说句话。

冯　燕　给我！（要抓，被张妻拦开）

张　妻　等等！你喘气的声音我都听见了，喂，英子，你不说话没关系，你听着。（小声）我和王正讨论着要怎么害你呢！哈，想不到吧，想听听吗？真的非常好玩哎。我这儿有本书，你等等啊，我拿出来，念给你听听……一百七十八页，对，这儿呢，鸽子粪泡酒，对就是鸽子粪，能致人眩晕，长饮可使人中毒而亡。怎么样，你愿意试试吗？鸽子粪泡酒……多有想象力呀！我真想看看你天天喝着鸽子粪的感觉。喝完鸽子粪酒，就像鸽子一样地飞起来了，越飞越臭，一臭千里地奔向死亡，我们想让你喝鸽子粪泡酒去死！对我们说句话吧，你想不想死？喂，说话！

冯　燕　（急了，抢过来）给我！给我！喂！喂！（挂了）

〔冯燕边说边飞快地翻那本书。

冯　燕　你……你哪儿来的这种想法，跟你说这可不是闹着玩儿的，要出人命的。

张　妻　奸出人命赌出贼，这没什么新鲜的。不出个把子人命，消停不下来。（又点烟）

冯　燕　一百七十八页，哪儿有什么鸽子粪啊？这……这不是菜谱吗？

张　妻　是菜谱……奸情菜谱。王，你怕她死……

冯　燕　谁死我都怕。

〔铃！电话又响了。

冯　燕　我接……

张　妻　（拦住）等等，听我说……刚才我在电话里说的那番话她没听见，我一接电话她就挂了，那番话是说给你听的。

冯　燕　喂！有事儿吗？没呢，还没走呢！……是……是她接的，（边接电话边向一边而去）没有，她以为有人打错电话了……没事，你说吧……这事你不用问了，真成了你自然会知道，不是急的事，我希望你别再往这儿打电话了，还有什么事儿……什么？怎么会呢？喝酒自然会有点难受，喝惯了就好了，喝吧，喝过之后夜就不长了……我没有任何办法，现在是要你想办法！好，我挂了，你睡吧！

〔张妻在听电话时，边听边愤怒地撕着那本书，一页一页地撕坏了，一沓一沓地撕着。

张　妻　绝路，绝路，世上原本就有绝路，走的人多了还是绝路。

〔张婴突然从后台着急忙慌地上来了。

张　婴　你们都在呢！回头真有事了，你们一定要给我做个证啊！

冯　燕　什么证？

张　婴　不在现场啊。（说完头也不回走了）

冯　燕　……不在现场，这是都怎么了，世界好像一下子充满了杀机似的……连电话那头的声音都像是另一个世界的，这亘古不变的星空、月色都病人似的变了形……你干吗呢？

张　妻　（还在撕书）撕了……有些事知道得越少越好！罪恶都是被一棵毒草引出来的，撕了，没刀的时候想这种招儿，真是不如古人了。

冯　燕　不就是个玩笑吗，别认真。

张　妻　王，跟你说，我心里有把刀，这刀已经拔出来了。

冯　燕　鸽子粪怎么能毒死人？！

张　妻　刀拔出来了，人死不死是另回事。王，就是玩笑，我也杀过人了……

冯　燕　……

冯　燕　别说了，把药吃了咱走吧！

张　妻　什么药？（警觉）

冯　燕　乌鸡丸……

张　妻　你干吗总惦记着让我吃药？

冯　燕　是你让我提醒你的……

张　妻　这药我吃着难受。

冯　燕　你可以不吃……我就把它扔了。

张　妻　等等！给我，我吃。

冯　燕　你不怕它有毒？

张　妻　怕！怕也吃……我不吃怕冤枉了你……我宁可信你的话，因为我还爱你。王……我爱你。你能回来吗？

冯　燕　我一直都在。

张　妻　爱像赌博一样，我愿意用命来赌个输赢，我把它吃了，我把它吃了。

冯　燕　等等，没那么悲壮，这药是街上买的，你可以不吃。

张　妻　我不是那么想。王，这真要是毒药，你敢不敢吃？

冯　燕　我不敢。

张　妻　我敢，我吃了，你明白我的心吗？

冯　燕　明白。但这药是街上买的，蜡封着的。

张　妻　我把它当毒药吃了，你看我把它吃了……

〔音乐起。

〔接戏前。

〔接演开场戏。

冯　燕　（吟唱）帷飘白玉堂，簟卷碧牙床，楚女当时意，萧萧发彩凉……

张　妻　哥哥你作了那么多的诗，这会儿奴家也作一首给你听听。（说着也下床）

冯　燕　洗耳恭听。

张　妻　哥哥你听着啊。（数板，出帐，舞）桐叶惊飞秋来到，芭蕉着雨，隔着那窗儿敲。听天边一声一声的雁儿叫。明月高，杵砧声中盼郎到。盼郎到，郎不到，害得俺对银灯独自斜把那鸳枕靠。薄命的人啊，可是命儿薄……自己的名字……自己叫。（真伤心了）自己的名字，自己叫。

〔两人边歌边舞。

附：

《我爱桃花》笔记

创作前

1999年，人艺的领导锦云院长、任鸣副院长、六乙导演、梓夫先生邀请刘恒、毕淑敏、王刚（作家）和我，看新上演的《茶馆》，同时约写剧本。写话剧剧本是个让人兴奋的事，不是没想过，只是真到要写时无从下手。

在此之前跟任鸣导演就认识有几年了，记得是在1995年左右的一次诗歌朗诵会上，他当导演，我在上边念诗。再后来他提到了写话剧剧本的事，那时我想把自己的一篇小说拿出来改，好像不行，还有一个想法又太不着边际。再有一个选题可以，但太大了，我知道自己的力量暂时不够。

1996年我写过一部不大的歌剧脚本《夜宴》（郭文景作曲）。但那毕竟是歌剧，话剧要多少语言来填充啊。

从1998年开始，就一直想着写，但没写。我知道那时连写一个失败的本子的能力我都没有。

搭上在忙别的事，想写话剧而写不动的感觉就像望着大河对岸的鲜桃吃不着一样，撩人，无奈。

现在想明白了，那时的焦灼最要紧的是找不到一个较为合适的讲故事的方法。想新鲜太难，能够合适就好。

李渔在《闲情偶寄》中说“古人呼剧本为传奇者，因其事甚奇特，未经人见而传之，是以得名，可见非奇不传。‘新’即‘奇’之别名也”。李渔那个时代传媒不发达，认为故事的奇特才是出新之所在，现在不一样了，传媒那么发达，再奇特的故事天天都有。再有，从电影到戏剧，故事不都讲遍了吗？天下的故事又有多大的不同呢？所以讲什么不重要，怎么讲在现在才变得更要紧。

结构故事，讲故事的方法在现今才是“新”的关键（我没有想发明一个讲故事的方式，我只是想找一个合适的方式）。

《茶馆》的结构是大智慧，《罗生门》也是，《罗拉快跑》更加新鲜。这些戏当然不只是因为结构而杰出，结构故事的方法是其成为典范的重要因素吧。

知道重要了，就开始想，可再想也不可能从一个结构来反推一个故事呀，还要从故事来想讲的方法，可那个时候故事也没有，方法也没有。

想努力地把那个大的现实主义的选题做出来，可一想到要写了满脑子都是那些演过了的戏的套路，想不出新鲜来。资料也看了，还是下不了笔。觉得自己还没写呢，就在人家的窠臼里了，那还有什么劲。也不是说有了《茶馆》，《酒馆》就不能写了，但总得有个新的结构吧。找不着，被无边的现实主义罩住了。

桃子还在，可是河也在。

没办法，拿不起来的东西只有放下。

在那一段也看过一些话剧。最喜欢的是《生死场》，喜欢那种演戏的感觉，“下雪了！好冷啊！”把宣叙调当咏叹来念了。其实到戏院里可不就是看戏去了。把戏演得像生活或把戏演得更像戏，是不同的观念，都有过杰出的作品，都出过大师。这不奇怪，看过毕加索早年的画，是写实的，变化有时就是创作。

多少年来现实主义是显学，没什么不好，但还有更多样的风格可以用啊。

亚里士多德在《诗学》中有一段旧话，对我后来有很大的启发：显而易见，诗人的职责不在于描述已发生的事，而在于描述可能发生的事，即按照可然律或必然律可能发生的事。历史家与诗人的差别不在于一用散文，一用韵文。希罗多德的著作可以改写为韵文，但仍是一种历史，有没有韵律都是一样。两者的差别在于一叙述已发生的事，一描述可能发生的事。因此，写诗这种活动比写历史更富于哲学意味，更被严肃地对待；因为诗所描绘的事带有普遍性，历史则叙述个别的事。

这段话的光芒照耀了几千年后，比如《罗拉快跑》这类戏的结构。因为这段话，我自由了（后来《我爱桃花》的结构源自这段话的启示）。

在想和犹豫中，2002 年到了，初夏，想出了三个选题，跟任鸣导演通了电话。他问我对哪个选题更感兴趣，我说了《我爱桃花》，他同意就先写这一部吧。

创 作 中

故事源自《型世言》第五回前的一个小故事帽儿，有四百来字。《型世言》为明代崇祯年间刊行的拟话本小说集，十卷四十回，陆人龙著，原本今藏韩国汉城大学奎章阁。此书自明末清初以来，湮没已久，不为人知。原书中国本土没有了，自清到现在那么多的图书著录都没有关于这本书的文字。

我是 1993 年左右读到这本书的，读过后觉得也没什么新奇的，很多故事与“三言二拍”相似。但是独独就把那个小帽儿记住了。要这个小故事是它能成个由头，扩大了演绎这个故事没有意义，而“要巾帻会错了意，递过去一把刀”真是一个想不出来的大扣子，是千百年来旷男怨女悲剧的症结。恋人会错了意的事一定是必然的，以此来讨论情感是可拆可解的。

又要提到讲故事的方法，古代的现代的千百年的时空转换和角色的转换，怎么自然起来、自由起来并合理而新鲜，真让人费脑筋。后来就想到了现在这样的结构方式，也没什么更新奇的，但在话剧中还是有挑战的，想想只要能把事说出来、说好，就该是好活。

就在一个场景中，完成时间和角色的转换，优点是可以把该要说的话都说了，集中而自由，同时自然而然地把一个故事解构了。

准备工作做了，想一个开头，只想一个开头就写了，相信戏会自然地生长，像戏中的台词那样认为“这世界上没有比自然更深的道理了”。

写的过程中，从不拒绝灵光偶然的出现，越偶然越天成越不矫情，它的可贵之处是流淌，阳光下的小溪闪烁着流淌。写诗也有那种感觉，突然从泥土里挖出一粒珠子来，再挖又有了一粒，还有一粒，悬念和期待都有了，写就是一种发现。

先是那么铺张地写出来了（挺快的，可能不到六天），写出来改了一个多月，写的时候汹涌，改的时候平静，总有的可改，那也是一种乐趣。想着永远地把这东西改下去也无所谓，东西有的可改时是高兴，没的改就该扔了。

夏天，任鸣导演住院期间，我们讨论了第一稿。过了几天第二次讨论时，他提出了“三维”的想法，这让我知道有难度。我觉得这一想法并不是没有路，算个挑战吧。我让他放心，我能弄出来。

加第三维用的时间比写第一稿剧本的时间还长，关键是怎么有机地贴上去。断断续续地改了四稿，中间曾推倒重来，因为最初的设想没有这一维，想做到浑然就很难。后来终于写出来了，加进了很多奔涌的诗情，更改角色的语言方式，用以区别戏中所表现的时间。抱着没有把握的兴奋（主要是三维），交稿时已是第六稿了。

诚惶诚恐，第一次写话剧，热情多于经验，突然觉得这是一出永远不能演出的话剧也不错，它可以不断地完善下去。这是我第一次尝试的文体，意犹未尽……

创作后

1 月 20 日建组了。我觉得排一个话剧真像是做个大工程。

27 日去看了半场排练，前夜因改稿子一夜没睡，但看排练时精神专注。看过之后，谈了些外行的话，我知道那只是我的一厢情愿，是一种想法而已。

其实我接触最多的话剧是听（收音机）来的，真正到剧场看过的话剧实在有限，近两年还多了一点。

读和听的话剧是声音的话剧，我曾迷恋这种听到了声音而想象着表演的话剧，也就是说我喜欢那种吟诵的声音在剧场回荡的感觉胜过表演。

小学二年级听过的话剧（《孔雀胆》），剧情忘了，台词的意义也忘了，但那些声音在我的记忆中一直表演着。我迷恋话剧的声音，这与我接触话剧的经历有关。

我总想剧场的效果有很多种，笑是一种，掌声是一种，而凝神也是一种。出了剧场还在想这戏的话，那可能是更大的效果。不管电影也好，戏剧也好，能让人把效果带到剧场外去，缓不过神了，是最大最大的效果，谈何容易。

刚排了七天，还处在对词的阶段，我对将要立起来的戏，有那种陌生的亲切感，那天看了半场排练。

过了春节，任鸣导演在正月十五左右来了一次电话，做了一个大的决定，说要把第三维拿掉了。我同意，因为那一部分也是第一稿就没有的，我也没什么把握。第三维如果作为文学把它们捏在一起还有转折的可行性，确实也新鲜，可在舞台上它会怎么样自然是导演吃得更准。我同意，也松了口气。不过我觉得就是白写了也不冤，那实在是一次挑战，下次也许能用上呢。

虽然只看了一次排练，但我非常感谢导演和演员们付出的辛苦。排戏是另外的一种发现、创作，对他们对艺术的专注，我深表敬意。

在这里我也想说，感谢人艺对我的关照。

3 月，戏将进入剧场排练，我期待再去看一次，也期待演出的检验。我从心里希望城市中的剧场夜夜有新戏，夜夜有观众。我希望更多的作家来写戏剧。

话剧

花事如期

时　间　当代某夜

地　点　北京郊外某公寓楼海伦家

人　物　海伦（张桂花），女，大学毕业后留在北京工作的公司白领

青子，男，快递员

〔幕开。

〔一间租来的独身青年公寓的一居室，其中有厨具和灶台。

〔一个磨砂门的浴室兼卫生间，一张大的铁架的单人床，一张梳妆台兼电脑桌，桌上有粉红色外壳的电脑。屋内有一些二手或山寨的装饰。

〔单身女子卧室，有一些暧昧的不经意，挂着一些像是展示身体部分的衣裤、丝袜、文胸等。

〔海伦（张桂花）正在梳妆台兼电脑桌前梳妆打扮着……

海　伦　……女人化妆是为了表示对生活的态度……原本活着就不遂心了，你还要顶着一张打官司的脸去见人家，那谁要看你啊？……要化得他想要什么你都能拿得出来才好……（作态）噢，淑女；噢，小西红柿；噢，豆豆姑娘；噢，我的小肉丸子……明艳、伤感都要有……别怕那个镜子里的人不是你了……你可以戴着面具作态啊。梦露，可以呀，只要你想要，那今天就是梦露了……（照着镜子叫着）噢，我的天啊……那样谈情说爱才有意思，让他看到一个弯曲的我，一个丰富、多变的，噢，像影子一样捕捉不到的，在怀里小鹿一样挣扎的……我，那将是怎样的惊讶和兴奋啊！

……先用一号粉底霜，把脸上十二个较为明显的雀斑一一地遮盖；然后用二号，在已然雪白的皮肤上，打出一点阳光的感觉……啊，浮在水面的晨光啊，请写上我的激情和傲慢吧……让男人的微笑朝向我，让那些细长的手臂探出人群环绕我……噢，让细雨贴近我温润的香腮…… 你好吗？啊，很好，你呢？我好。

……真迷人。这样的场景，今夜就要出现了，在今夜……不过话说回来了，从来想象的爱情比现实的爱情美妙得多。化妆也无法掩盖的是赤裸的夜，你身体的缺陷靠两只手是捂不过来的……那样的夜晚真想哭。别吹牛，谁在男人面前都不是维纳斯……你要是换成傲慢而坦荡的裸露会怎样？他们会像奴仆一样地趴在地上，舔你的脚指头……记住，只要你自惭形秽，接下来必定是眼泪……要傲慢而坦荡，当然这其中有一些技巧——腮红……知道吗？古代人涂的胭脂。不，不，今天不讨论颜色，位置，位置很重要，要打得高一点，对，比平常要高……再高一点，对了！这才是羞涩，看到了吧，用红的位置来表现羞涩……啊，多么迷人的情态，单纯、慌张、渴望和依偎。啊，羞涩是一件发出香味的容器……对，高一点再高一点……好，这样的装扮你将迎来一个水汪汪的夜晚（点过腮红后，对着镜子满意看着）……当然还要把声音装扮一下（走到门口做迎接状）……宝贝，你来了……宝？不太好，像个风尘女子……（换个声音）啊！你怎么才来啊！也不好，像个猴急的怨妇。（细嗓）……来了吗？外面冷吗？……（又说了一遍像是在自己听）来了吗？外面冷吗？……像个小三。噢，什么样的开场白才配得上这样的夜晚和这张迷人的脸呢？

直来直去？咳，来了，跟你说今天晚上最多两次啊，然后聊天，睡个长觉。明天起床后你走你的，我不负责早饭。……真像是带着仇恨相会的一夜情，粗俗的性。跟你说性是分粗俗和优雅的……要是什么也不说可以吗？打开门，深情地看着他，阳光一样的脸晃得他眯起了眼睛，他适时地现出了惊艳的表情……啊，你……你怎么可以这样?！这时，你略带几分幽怨地转过身去，他挟着寒气跟着你，意料中地把两只手从后边绕过来轻扣在你的胸前，呼出的热气吹动着你耳边的绒发，脸贴过来了。你一闪，轻描淡写地说了句“把门关上！”……“把门关上”，啊，多好，直白却富于暗示。“把门关上……把门关上”，温暖而亲昵，有期待也还有一点点的威严。（此时海伦真就走上前先打开门，然后砰的一声关上）“把门关上！”……哈！这样的开场甚至有声音效果。

〔坐下准备画眉毛。

海　伦　好像……也不是太好，太日常了，太……现实主义了。来点戏剧性，昏倒在门口怎么样？就这样地躺下，噢，睡袍零乱地张开着，一条弯曲的腿露出春色，头发散开在地板上，像一片水草浮着的奥菲利娅……这时他抱着鲜花推门进来，一见到我，手上的鲜花惊恐地落下……然后扑倒身体呼唤着……海伦！海伦！

〔正陶醉时，敲门声真来了。

〔海伦惊慌坐起又躺倒在地不动了，也不回应。

〔依旧敲门……

〔海伦抽空换了个性感的卧姿。

青　子　（门外）有人吗？（砰砰又敲）

海　伦　（深情自语）啊，夜晚，你如约而至了……

青　子　（推开门，往前看）家里有人吗？

〔海伦闭眼等着。

〔这时观众看到的是一个背着大包、满身汗臭的快递员青子，拿着邮件进来了……

〔青子光往前看，没有看到横陈在门口的海伦，完全是自然而巧合地迈过她的身体，往房间里边走了两步问着。

青　子　对不起，有人吗？

〔海伦妖艳地横陈着不出声。

青　子　刚还听着门响了，怎么没人了……

〔青子转身往回走，一脚要踩在海伦的肚子上……

〔尖叫，两人都吓坏了……（浪漫结束了）

〔海伦砰地坐了起来……

海　伦　你是谁啊?!谁让你进来的?!

青　子　啊，对不起……（要伸手拉）你没事儿吧?

海　伦　你才有事儿呢!

青　子　好好的躺在地上干吗?叫门也不应……（掏快递邮件）

海　伦　什么叫好好的，你给我出去，出去!把门关上!

〔青子完全被震住了，出门，门砰地关上了。

海　伦　……什么东西，这生活就不能让人有一点点的设计，粗俗透了!把门关上!刚才我说“把门关上”了?……扫兴!不能躺着，不能这样……如果表现得不经意怎么样?在这样一个重要的夜晚，他赶着来表白的夜晚，我就是那种寻常地开门。（此时海伦完全沉浸在自己设想的情境中，上去开门，此时青子还站在门口，海伦完全是专注地投入想象中的情境，把青子当成道具了）自然地拥抱接吻就可以了，大方点，不要设计，大大方方，完全不要设计。

〔海伦边说着，边梦游般地拥抱、接吻，吻着了青子脸……脸的汗味……

海　伦　进来吧。

〔青子有点受宠若惊地跟进。

海　伦　（突然觉得嘴里别扭，吐）你脸上怎么这么多的汗?

青　子　（擦脸）现在还有你的唾沫……

海　伦　啊?谁啊你?

青　子　我，送快递的……你真的没事儿?（想躲，他倒有点不敢相信刚才的情境，以为海伦有病。海伦一听送快递的没法发火了）

海　伦　我?好好的!（看着一身邋遢的青子）生活真无聊……

〔青子看着化了妆的海伦，跟着进来。

海　伦　……站着别动。谁的快递?

青　子　张桂花……

海　伦　谁送来的?

青　子　李山。

海　伦　这完全是李山的做派，人都该来了还要送什么快递……像皇家出行时的仪仗，干什么都要有前戏！

〔海伦拿了快递拆开了看。

〔包里先是掉出了两张麻将牌——白板。

海　伦　……这算是什么？一张是白板，还有一张也是白板。李山他喜欢鲁迅的文风。

青　子　……两张都是白板。

海　伦　……两张白板是什么意思？

青　子　（想了会儿）应该是……再见。

海　伦　（惊诧）为什么是再见？

青　子　“白……白。”

海　伦　“白白”，怎么会这样？他在跟谁再见？还有什么？

青　子　一条领带捆着的发票……

〔青子拎起领带，像一个东西在上吊。

海　伦　这是我送给他的领带……发票？

青　子　像是他过去为你花过的钱。

海　伦　这又说明什么？

青　子　……谁也不欠谁的，还有就是让我们把过去吊死吧。

海　伦　（接过吊着的东西，太像了）你怎么知道的？

青　子　现在人分手，总要把账算清……

海　伦　谁说我们要分手了，我们在谈婚论嫁……

青　子　还好没嫁。

海　伦　什么意思，你……那我该嫁给谁？我为他梳妆为他打扮，为他设计台词，就在刚才我还为他昏倒在了门口。他倒好，来跟我说“白白”了。

青　子　……“白白”。

海　伦　……真的是“白白”吗？在这样的容颜面前，在这样的妖冶装束面前，在这个充满诗意的夜晚，“白白”了，这话你怎么说得出口！

青　子　……这不是我说的。

海　伦　（反应过来了）那你接什么话！

青　子　……你一直在问我……

海　伦　你……想看我笑话对吗？

青　子　不想……（还没把话说完）

海　伦　出去，把门关上！

（青子再次被推出门，砰地门关上了……）

海　伦　……把门关上，把门关上，什么也别进来，把门关上！……不祥的言语……他一直跟我说要在今天给我一个交代，要像风一样地卷着我飞上山巅，他说要将我的肉身抛进羽毛，让飞翔代替等待……他说要把我折叠起来揣在怀里，想的时候随时打开……他说了那么多的乱七八糟押韵动人的话，我为那些铿锵的语言，生出了无限的遐想……我被他语言的锣鼓敲打着，就像在台上被人戏耍的玩偶……

我被自己的一厢情愿羞辱着，无地自容，我无地自容！“把门关上”这下应验了，我听到了身后“砰！砰！”的关门声。生活的门，爱情的门，希望的门，亲人的门，“砰！砰！”都关上了。

〔海伦心力交瘁地坐下了……

海　伦　……我以为我的爱是对他的恩赐，他竟然寄来了白板……多么庸俗的比喻，他根本就不配。（把白板扔了）

〔海伦又坐下。

海　伦　……说气话有什么用，（拎起领带捆着的发票）这哪儿是要把过去吊死啊，他是要把我吊死……残酷吧，用这样的方式，羞辱一个有过肌肤之触的女人……我恨自己——你怎么对这样的男人心存幻想。

〔海伦静静坐着，过了一会儿，又是轻轻的敲门声……

〔海伦无心理会……

〔又过了一会儿，再轻轻的敲门声……

海　伦　谁?!

〔没有回答……

海　伦　是他吧？刚才是恶作剧……这会儿他真的要来了……（一下紧张忙乱起来）可怜吧，一个一再绝望的女人也总是怀有一线希望……

〔海伦在镜前飞快整理了下容貌，然后回身又问了一句。

海　伦　谁?!

〔又是轻轻的敲门声……

〔海伦充满希望地还是强打着精神妖艳地过去把门打开了。

〔依然是背着大包、拿着一支笔和回执的青子。

海　伦　（一看，失望加失望）你还要做什么？

青　子　……对不起，您得在回执上签个名字……

海　伦　签字？

青　子　（胆怯地）这是个保价邮件，要求您在这儿签上全名。

海　伦　我在接到了你这个乌鸦信使送来的人生最为屈辱的消息之后，还要在这屈辱上签上自己的名字是吗？

青　子　没有人要您在屈辱上签名，是在这张回执上签个名……这样是对快递送达的认可，它是一个程序……

海　伦　程序，逼死人不偿命的程序，一把刀递过来的程序，在一些狗屁不通的比喻之后，我还要签字认同它吗？

青　子　这跟认同也没关系……比如，我没有认同我想活在这个世界上，但还是被生出来了，生出来后爹妈没有经过我的认同就给起了个名字叫青子，之后人家也不管我的感受是怎样的就这么叫着我，不管好听不好听我都得答应着。我从没认同过要送快速，但不送就没法生活。认同？你跟这个世界只有认命，没有认同。

海　伦　……你可以改名字……

青　子　把张桂花改成海伦？

海　伦　嘲笑?！你在嘲笑我！啊，上天啊，在我这么伤心的时候你还会派一个不相干的陌生人来嘲笑我。

青　子　没有，绝对没有嘲笑，张桂花和海伦对我来说没有区别。

海　伦　这还不是嘲笑？我现在怀疑你是李山派来的，假扮的邮差，你怎么知道我叫海伦？你到底是什么人？

青　子　……这邮件在张桂花的后边有一个括号写着海伦。（指给她看）请你不拘哪个名字签一个吧……

海　伦　我不签！

青　子　请签一个吧，我还有好多活儿呢。

海　伦　除非你让他亲自把这些东西送过来，当面给我解释一遍！懦夫，连分手都不敢面对的懦夫！去吧，让他来！（要关门）

青　子　我有什么权力让人家来啊？我是个送快递的……这单子上有他的电话，你可以给他打电话，把想说的话对他说一遍啊。

海　伦　……你提醒了我。

〔海伦找来电话打着……（戏太紧的话，这儿可以松一点）

〔电话刚一通，海伦又害怕地把电话递给了青子。青子不接，海伦硬塞给他。

青　子　……喂，李先生吗？您的快递，对，送到了，可是对方不签字，您能来一趟吗？……啊……噢？

青　子　（捂上话筒对海伦学说）他说正因为不想见你，才让快递送的呢。他不来。

海　伦　（开始大声地发泄）懦夫！用甜言蜜语粉刷枯木般内心的懦夫！

青　子　（重复海伦）懦夫！用甜言蜜语粉刷枯木般内心的懦夫！

海　伦　一个在深夜做过爱后，叮叮当当在内裤中算钱的账房先生……

青　子　一个在深夜做过爱后，叮叮当当在内裤中算钱的账房先生……

海　伦　一个按照表格生活的无聊的石头子……

青　子　一个按照表格生活的无聊的石头子……

海　伦　一个从抄袭文字到抄袭内心的大骗子，一个二手的唐璜和六手的西门庆，一个在电影院里边吃着爆米花边放臭屁的粗俗的恶痞，一个把不成功的做爱变成口水的意淫者，一个……

〔青子后来不学了，就让话筒对着海伦……

海　伦　……一个……（一时想不起来了，对青子命令着）你帮我想一个骂男人的句子……

青　子　他挂了……

海　伦　挂了，什么时候挂的？

青　子　在你骂他第一句之后就……（突然想起一句，对着话筒喊叫般地说了）一个连女人的责骂都经受不住急着挂电话的狗屁男人！

海　伦　他不是挂了吗？

青　子　是挂了。

海　伦　……那你为什么还让我说下去？

青　子　我觉得你在气头上的时候，不应该打断。这跟写作一样，灵感来了，一定要写出来才行。

海　伦　你写作？

青　子　……这只是个比喻。

海　伦　……我现在还想骂。

青　子　他真的挂了，你听。（给海伦听）

海　伦　（听了，有点冷地说）你倒是蛮体贴的。

青　子　这样的男人就该骂，一个……（马上被打断）

海　伦　这事跟你没关系。

青　子　说得也是……那请您给我签个字吧。

海　伦　……不签！

青　子　您怎么不讲理呢？！

海　伦　我就是因为太讲理了才沦落到今天这个地步。（伤心）

〔此时，海伦飞跑着把刀、绳子、剪子都拿了出来，把煤气打开，咝咝的声音发出。

〔瞬间一系列可以使人死的东西都展示了……青子惊讶地看着。

海　伦　你不能让一个准备死的人还讲什么道理……你走吧。

〔青子看着，愣了会儿，飞快地冲上前把刀、绳子、剪子收起，把煤气关上了。

青　子　……你不能这样，你怎么能这样啊……你想就这么死了？

海　伦　那我该怎么死？

青　子　……你应该到活不下去的时候再死啊。

海　伦　那是什么时候？

青　子　……活不下去的时候。

海　伦　我现在就活不下去了。（返回来看着青子凛然质问）你面对一个人的死一点都不在乎？

〔海伦直直地怒视青子。

〔青子躲着没法回答。

海　伦　你对一个现在的我、这样的我要去死了，根本就不在乎，对吗？

〔青子躲着没法回答……

青　子　你别这么看着我，这话太突然了，我不知该怎么说……

海　伦　（伤心，哭腔）你让我对这个世界一点留恋都没有……你在一个与你无关的女人要死时，不伸手也就算了，连一句劝慰的话都舍不得说出来。这个我曾经爱过的世界吝啬到一丝的挽留都不想表现，（问青子）冰冷吗？

〔青子被一步步逼得说不出话来，突然扑上去抱住海伦。

青　子　在乎，挽留，留恋……我当然在乎一个漂亮女人的死活……为什么要死？为什么要在这空房里为一个送来两个白板的人伤心？为他去死，我在乎……我当然在乎！（完全失控了，背着大包紧抱着海伦，笨拙地拱着追着说着亲着，有点过了）

海　伦　（两手垂着，反而被抱冷静了）请把你的手臂松开，松开！……

〔青子有点不舍地把手臂松开了，有点伤感的羞涩。

海　伦　（有点受用，但要矜持）你在哪儿学的这一套……嗯？

青　子　（有点犹豫地说了）韩剧。

海　伦　什么？

青　子　韩剧……女人在伤心欲绝时，说什么话都没用，上去一抱一亲就好了，说话在这时没用。紧紧地抱住了，是最大的……安慰。

海　伦　真好……我的脸上现在有了你的吐沫了……（擦着）你认为这时说话没用？

青　子　没用。

海　伦　韩剧是这么表现的？

青　子　我知道他们是从欧美剧学来的。

海　伦　我又多了一个不看电视剧的理由。你走吧。

青　子　你不想死了？

海　伦　我看到了世上最虚伪的效仿和挽留……还不如没有呢，你看看你的样子，满头的大汗，背着个大包，你的样子跟韩剧有什么关系。

青　子　（想了很久）……没关系才会吸引……

海　伦　什么？

青　子　没关系才吸引人。

海　伦　道理？

青　子　因为……向往。

海　伦　向往？……哲学是吗？你在跟我谈哲学？

青　子　……我还没有哲学，就像我没有房子一样。

海　伦　你要有了该怎么办……哲学（刚说到这个词，屋里灯一下就灭了），你一谈哲学电都停了……（完全黑了）你还在吗？

青　子　在。

海　伦　站着别动。（这儿可以慢点，静会儿）

青　子　……

海　伦　一个孤单的女子和一个陌生的男人，在黑暗中会发生什么？（海伦一边摸着，一边说着。方向错了，摸到了自己的衣架，吓得大叫）啊！

〔青子在门口把手机打开了，光从底下照着他的脸，有点让人恐惧，他依然在门口站着。

海　伦　你真的没动？

青　子　没动……你想让我动吗？（有点深情款款）

海　伦　……（有点失落，男人并没有来爱抚自己）不想，什么也不会发生……过来，跟着我，给我照着点亮……跟着我（青子跟着，海

伦突然回头）不许有非分之想！（其实是试验，或者说有点鼓励）

〔青子很正经地跟着，没有任何的淫亵之意。

青　子　要么你拿着它。（指手机）

海　伦　你跟着吧，我对男人烦透了……你还算正经。

青　子　……我尊重妇女。

海　伦　多迷人的语言，久违了。去那个抽屉里找找看，我记得还有根蜡烛。

〔青子过去打开抽屉，找出了一根蜡烛。

海　伦　你有火吗？

青　子　我不抽烟，也不喝酒，进城没谈过恋爱……不是因为别的，主要是经济的原因……

海　伦　我可没想征婚。

〔海伦走到煤气那儿啪地打着了，点着了蜡烛，然后拿到了桌子边上。

〔这时的屋里只有烛光，有一些情调。两人静着……海伦呆看烛光。

海　伦　……听说打开煤气自杀并不痛苦。

青　子　……

海　伦　你听见我说话了吗？

青　子　这，我还没试过。

海　伦　你说话真损，跟你说，你现在不能走……

青　子　我没说要走。

海　伦　我怕黑，从小就怕，睡着了还好，要是没睡着，所有的妖魔鬼怪都会在黑暗中出来找我。一会儿这个出来吓我一下，一会儿那个出来吓我一下……小时我不懂事，跟奶奶说，等我结了婚就好了，身边睡个男的，那些妖怪就都冲他去了……

青　子　这话说得……早了点。

海　伦　是，所以到现在，我身边还是空的……一个人的长夜比死都可怕，我不怕死，怕孤单的长夜漫漫。

青　子　……

海　伦　……你也说点什么吧……坐下。

〔青子无奈，在椅子上坐下了。

海　伦　把包摘了。

〔青子把包摘了。

海　伦　说点什么，就着这光，你说点什么……

青　子　……你想听什么？

海　伦　……你干吗到北京来了？

青　子　……为了梦想。

海　伦　俗，说点实在的。

青　子　……我在老家的时候，经历过一件事，那件事不写出来，我心里过不去……

海　伦　偏远地区的文学梦。

青　子　……写出来后，就寄给了北京的一家文学刊物……寄出去后等了很久都没信儿。我心里放不下，就想过来看看……

海　伦　你可以在网上发表。

青　子　那时我还不知网是干什么的……我平生头一次出门，坐了很远的火车，来到这个城市，找了两天才找到了那个编辑部……找它我就是想，如果这个稿子他们不用了，我就拿回去……

海　伦　……用了吗？

青　子　……编辑部比我想象的要破旧，到处是灰尘和成捆的写过字的废纸。我在等那个编辑时，读了一些废纸上的字，都是小说或诗歌，我不能确定我的那个故事是不是也在那堆纸里。

……编辑来了，我对他说了故事的名称和我的名字……他一点印象都没有。他告诉我，这个城市写故事的人很多，和那些会写故事的人比，我没有什么机会。

我说，那我想把我的那个稿子拿回去，因为我是手写的，只有这一份底稿……他说那很难找到了……我说不用他动手，我可以自己找，只要他允许……他指着那堆废纸说那你就找吧。我在那个编辑部翻了三天……在这三天，我看到了很多的人写出的故事或诗歌……我觉得有那么多的人在认真地倾诉着自己……我开始怀疑这个世界真的需要这么多的诉说吗。

找到第四天的时候，来了一个拿着编织袋的人，他把那些我翻阅过的稿子，以一毛钱一公斤的价格当废纸收走了……我看着他拖着一堆口袋下楼的样子，就没有再翻下去的决心了，我对编辑说这些都处理掉吧……，我说我从家里往编辑部寄这个故事，寄费也是按公斤计算的，当时花了有三十七块多钱的邮费，加上写字用的纸、笔，总共有一百多块钱，写作误工的时间还不算……这一百多块钱在邮寄和审读后变成一毛钱一公斤了，这个账一下把我算明白了……我说，您说得对，我没什么机会……这些和我一样的人都没有机会……他听完后说，你这么想就算是明白了。

我说我想回家了，编辑老师说，干吗走啊？城里活儿有的是，你可以打工挣钱啊。

海　伦　……把梦想推进了现实，一种逃跑的行径！

青　子　……你说的是哲学吗？

海　伦　（听出是嘲讽）你看着老实，其实蔫儿坏……我想听你写的那个故事。

青　子　从那天起，我就下定决心把它给忘了，越彻底越好。

海　伦　……总还记得一点。

青　子　……有些事你越想忘就越忘不掉……

海　伦　……忘不掉的是血写的，忘了的是水写的。

〔青子从怀里拿出些纸片。

青　子　忘不了，我就又把它记下来了……写出来的目的是想让它们把我放过去……

海　伦　……念吧，我听着。

青　子　（看了会儿）……要么，你念一段，我念一段……

〔海伦拿过纸片看着，等了一会儿，读起来。

海　伦　……葛妞子站在土坯的门楼前边……

葛妞子是谁？

青　子　……往下念就知道了。

海　伦　……大太阳照在她新洗的清水罩衣上，她知道我在看她呢，她不回头。让你看呢，花儿一样地看吧，花儿给你开的，你不看谁看。

昨夜，她问我手冷不冷。她把我的手抓进她的怀里，一点一点我都摸到她的心跳了。光滑、滚圆的心跳，比我的心，跳得更响，真让人揪心。她看着我，问我暖不暖。……沉甸甸的暖呢，把手黏住了，吸进她的骨头缝里了。

月亮从我家的房后升起来，脸贴脸的近呀。葛妞子哎……

这是你写的？

青　子　别念了，没想给人看。

〔青子想抓回来。海伦一躲。

海　伦　写得不错。你念一段。

青　子　（拿过一张纸，但完全是平实地背下来了的）……葛妞子把辫子甩过来了，她要回头看我了，那样的眉眼，让我兴奋。天亮着，街上没人，她清水的身子像针一样，扎得我想喊。葛妞子，妞子呀，我真想先从名字、然后眉毛、然后是嘴唇地把你一口两口地吃下去。白天吃了你，晚上再光鲜鲜地在大月亮地里吐出你来，你让我疼啊！像一块病一样地让我疼……

可这些话在我心里，一句也说不出来。

街那边犏牛们饮了水了，叮当地过来了。这个村子不只是我们两个，这个甘肃也不只是我们两个……很多话我说不出来，什么时候，我心里的话能像糖一样，嘴对嘴地传给她，让她吃，让她觉得甜。

海　伦　我的手空着，葛妞子就在那儿，看着她清水的身子，我的手空得像白云都没有的蓝天……

心里急呀！犏牛们饮着水，三叔走过来问我，地里活儿都受了？

葛妞子回过头来，笑着，嘴里叼着一根麦秸。她笑了，大地都发昏。妞子，我长到十九岁了，没有一刻像现在这样，觉得心在大地上跑起来了，疼爱，我真想把手里的空旷端给你看。妞子，你把笑的蜜糖放一点点在我手上吧，让我舌头舔舔那香、那药、那爱的粮食。

三叔看着我，我看着妞子，妞子看着蝙牛，这个世界上不止我们俩人。妞子，这会儿你心跳得疼不疼，我不能亲近你的身体，有多么可惜……

青　子　葛妞子哭了，泪珠子滴在我的手上，又滑进掌心。冰冷的泪珠，像玉石一样在我手窝里晃动。她说想人咋就那么苦，看见你了，抱住你了，还想你呢。

我把葛妞子抱紧，像是把我两辈子都抱住了。我心疼，在嗓子里咽着泪。我不说话，用嘴亲她的耳根和脖子，那么有暖暖的气味，葛妞子的气味。

不用翅膀就能飞的飞啊！

葛妞子抱着我的头，流着泪哭着笑着。

那泪水流进我的耳窝，我的心里又苦又痒。

葛妞子说俺大带俺到西岗是要让俺嫁人……

海　伦　葛妞子从树的背后移出来时，风一下住了。她在等我，我还没跑近，她的手就张开了。葛妞子，她在等我的时候，眼睛里都是我。

青　子　她在我的脸上叫着我，在我嘴上、眼窝里、耳根上，她叫我青宝！青宝！她叫我的声音像蘸了蜜的刀一样一下扎到我心里。她说青宝我要把你揣进怀里，暖着你，焐着你，一生一世，想你就把你拿出来看。

我亲着妞子的脖子，我咬着她怕自己哭出声来，眼泪顺着她的奶沟沟流啊，咸的香的，一万年都等不来的葛妞子，我的妞子呀！

她用手扳我的头，她要看月亮下我流泪的双眼，她用脸给我擦泪，她用心跳给我擦泪。她说青宝你别哭，好好地在一起，要不天上的月亮都哭不见了。

她躺下，摸着我的手解她的腰带。她说，今夜给了你了，今夜给你，今生就不悔了。

她清水的身体覆盖了大地。

葛妞子白色的身体，像枪一样地把我打倒了。一遍又一遍，我听到她欢乐的吟唱。葛妞子抱紧了我，像在天地边缘说，青宝，你不能忘了你姐，你不能忘了你姐。我怎么能忘啊？

我们紧贴在一起，像水面上晃动的星星。

海　伦　天快亮了，葛妞子一夜没睡地看着我。我睁开眼，看见她瞳仁里的我，唯一的我。葛妞子呀，你清水的身体，比我的村子大，比我的家大，比我大，是装我的一只盒子。她用手摸我的眉毛，她青春的乳房划过我的嘴和耳朵。她从怀里拿出一块手绢包，她一折一折地打开了。她说青宝，姐没什么东西，除了这身子给你外，还有这五年攒下的二十块六毛钱，姐把它给了你了，你好好进城，别恨姐。今后，姐要真有福气走在你前边了，你赶上了就给姐烧张纸，姐知足了，姐谢你疼姐了！

〔两人都有些伤感。

青　子　……不想再说了。

海　伦　（伤怀）她叫你青宝……

青　子　……哎，青宝……

海　伦　这是真事？

青　子　你别笑话……这故事没给人听就对了……不是什么了不起的事。

海　伦　你比他们写得好。

青　子　那不能算是写的，那就不能算是写的……（嗫嚅）是真事……要是那个编辑看过了，你就是天下第二个看这故事的人，要是他看都没看过，就你一个人听过这故事。

海　伦　可惜吗？

青　子　那就是它的命，天底下的好东西可惜不过来……话说回来了，要是没这个故事，我就不能来北京城，我也不会在这样的晚上跟你又提到它。事情就是那样，再远的东西细想不知为啥是勾连着的。

〔刚说到这儿，电来了。

海　伦　你一谈哲学电又来了……你比我幸福，或者说你比那些男人幸福……（伤心）你走吧。

青　子　……你还没签字。

海　伦　这回我要跟你说清楚，我不会在回执上签一个字的。我想明白了，如果我死了，就算是代表这个世界唱了对爱的挽歌。你走吧，我绝不会签字！

青　子　那你写一张字条也行。

海　伦　写什么？

青　子　写“我死了，与快递员没关系，他挽留过我了，是我自己要死的”。

海　伦　我为什么要写这些废话，就因为你讲了一个故事，告诉我这世界还有美好的东西我就应觉悟是吗？没用！跟你说，我不能靠别人的过去来滋养现在的自己。

青　子　你刚才说，没有梦想还有现实。

海　伦　我什么都不想有了……你还想让我写上什么？写这个世界很好，所有的男人都不怨他们，死是由于我自己的原因？啊，我死了，是我自己想死的，我活腻了，我活该，对吧？这样让你们看着才更有意思对吗？好，我一定会死给你们看的。

青　子　你干吗跟死过不去，这世界要是真气着你了，你该说姑奶奶一定要活给你们看才对啊。

海　伦　这也是韩剧里的台词？

青　子　村里的王奶奶。

海　伦　你的知识面可真广……你走吧，我什么也不写……

青　子　那我怎么交账？

海　伦　出去。（想把青子推出去）

青　子　等等，不说别的了，换个说法，如果你是现在的我该怎么办？

海　伦　我不知道，我自己的事都没办法，更别说别人的事儿了。

青　子　你在怨天地无情的时候，也在无情地对待我……你没想过这也是冰冷，这世界的冰冷中有你的一份？

海　伦　你说得对。你走吧。

青　子　你从来就没真想过要去死，一个真想死的人，应该不会这么大张旗鼓地告诉别人。（说完要走）

海　伦　你别走，你认为我根本就不想死是吧，是装的，做样子给你看的？

青　子　我也没按一个想死的人来对待你，如果你真想死，那我要说一句，请别死。跟你说，这个世界只要有一个人对你说别死，你就不应该死。

海　伦　我怎么才能向每一个人去询问？

青　子　不用问每一个人，只要有一个人说“别死”，你就不用问了。现在我说“你别死”。

海　伦　真好，可我想让你坐在这儿看着我死去，好吗？

青　子　……我走了。

〔要走了，海伦凛然地说。

海　伦　你走了也脱不了干系，这屋子里留下了你太多的痕迹，刀、绳子、煤气开关、剪子上都有你的指纹……

青　子　那我打110。

海　伦　我不反对。

〔青子要拨手机，放下又问。

青　子　你想好了吗？

海　伦　我说过了，我不反对。

青　子　我该怎么说？

海　伦　照实说。

〔青子拨手机。

青　子　110吗？我要报案……

〔海伦一看玩真的了，一把把手机抢了过去。

海　伦　警察同志，对……是他要报的案，他想证明一下，如果他走了之后，我自杀了，与他没有关系……对，就是这样。（把手机放在

青子耳边）

青　子　是这样。

海　伦　（又抓回手机）我现在很好……也许会死，也许不会……不，绝对不是开玩笑……我们为这个事吵了很久了……他不是我丈夫，也不是男朋友，他是一个送快递的……想不到吧，我也想不到，我们根本就不认识。可笑吗？不，不，是他在无理取闹，你可以问他是不是这样的。

〔青子接过电话。

〔对方把电话挂了。

青　子　挂了。

海　伦　真话没人信了。好了，案也报了，一切的一切都与你无关了，门在你身后，转过身，走吧。

〔青子接过来电话，懵懂地转身出门。

〔海伦跟着把门插上了。

〔海伦坐在沙发上，静静地坐着。

海　伦　人生太漫长了，等不到结局了……我怀疑我有过真的爱。先是旁的人在嘲笑，然后是亲人，现在是自己在嘲笑自己，人活到这个地步，没有退路……（捡起白板）"白白"，多么轻蔑的嘲笑……夜晚来临，羞愧从那新鲜的粉底霜下弥漫出来。上过妆的佳人啊，请卸下你沉重的容颜吧，将那些可爱的小雀斑露出来，留给自己，留给那些迷人的时辰，那些在某一个时刻给过我蜜糖和疼痛的男人，瞬间的男人，即使是恨，也要把他们留下……爱在没有回应的时候，就像一只无能为力的流浪狗被遗弃在车流滚滚的高速路上，这个世界从你眼前轰轰而过，没有一条缝隙可以容你前行……这世界，对我该有多少的愧疚啊……

〔卸妆。

海　伦　我好像一天都没吃一口东西了……饿吗？饿！……还好，还知道饿，在纷繁过后还知道饿。饿让人感受到生命的真实。我现在知道死刑前的人为什么要大吃大喝了，他要对生命做最后的印证。

啊，多么美好，在这时候还能吃出肉的香味，我还活着……生命就是红烧肉，这香味我已很久吃不出来了。

我现在想吃东西，我现在要吃东西，随你们怎么想，哪怕为完成最终的仪式。我虽然没有红烧肉，但是，我有速冻饺子。

〔海伦边说边找东西吃，找来找去只有一些速冻饺子。

〔海伦打煤气开关，很响，一下没着，再一下还没着。

〔啪啪的煤气声打了几下，着了。海伦伤感着回身拿起锅放在火上。

〔海伦安静地看着火苗。

海　伦　我不相信一个知道自己就要死的人还能吃得下去……

〔安静之后，突然嘭的一声，门一下就被撞开了。

〔青子背着大包冲了进来，看着灶台。

青　子　我听见开煤气了。

〔冲进来就把煤气关上了。关完煤气又翻出那些刀子、剪子、绳子……全收进自己的包里。

青　子　这屋子里还有什么能让人死？

〔海伦看着，有点幻觉般地回答。

海　伦　想死的话一脸盆水就够了。

青　子　还有什么？都说出来！

海　伦　把床单撕成条，编成绳子可以吊死……

青　子　还有？

海　伦　打开窗户跳下去摔死，把两根手指伸进电门，吃安眠药，用刀片割腕，拿枕头捂住脸……

青　子　（忙着在收东西，最后没办法了）防不胜防？

海　伦　只要想死……（两人相对看着）

青　子　好，我不走了……最起码今夜我不走了……

海　伦　我没准备留你。

青　子　我命令自己必须留下。

海　伦　这是我的家。

青　子　我有留下的理由。

海　伦　那是什么？

青　子　我不能让你死，我不能因为你的死，搞得我不清不楚不明不白的。我要看着你是活的……

海　伦　……韩剧是这么演的吗？

青　子　我不管，我就这样了……我不走，说什么也不走……我要先洗个澡！

海　伦　什么？你要……洗个澡？

青　子　对。

海　伦　在哪儿？

青　子　在……浴室。我身上的汗味太重了，这对女人不尊重，也是诱惑……

海　伦　你对我有诱惑？

青　子　我也不想。

海　伦　好，诱惑先生，请你现在当下就这时候给我从这儿出去！

青　子　除非你再报一次警，让警察亲自来，我才走。

海　伦　谁报？

青　子　你报。

〔正说到这儿，青子电话响了，接。

青　子　喂，啊，警察同志……是，是，您是回访是吧，正想给您打呢，是的，我刚报过案……

〔海伦飞快又把电话抢了过去。

海　伦　对，没事儿了，什么事儿也没有了，一切正常。对，他是快递员，他来得挺快，走得却很慢，（边说边递给青子浴巾，指着浴室，让青子去洗澡，青子没动，在一旁听着）不，什么事儿也没发生，他现在想在我这儿洗澡……啊，对，我同意了，太脏了，没事儿了，他洗完我再洗。自杀？你觉得我现在像想死的人吗？啊，您不用来了，好吧，不用来了。

〔青子此时在浴室门口站着。

青　子　你干吗不让警察来？

海　伦　那我也许就死不成了。

青　子　……好吧……你最好坐在床边上……这边，对，就在这儿。

海　伦　（以为与男女有关）你要干什么？

青　子　你不能乱来，我要一伸头就能看见你！（边进浴室边说）我也不想报案，那样对咱们都没好处。今年我没办暂住证，他们来了，你要自杀这事也会被传出去，到时死不成让人笑话。（海伦站起来要动，青子发现头伸出）哎！干什么？！

海　伦　我把门锁上，刚才插销让你撞坏了……

青　子　锁吧，我看着。

〔青子在卫生间探出头看着。

〔海伦回身把门关上，用钥匙锁上门。

〔海伦看着洗澡的青子透出来的身影。

海　伦　（自语）生活真的让人措手不及，怎么会变成这样了……（打开衣柜找男人衣裳。洗澡冲水的声音一直响着，日常地响着）喂！

青　子　什么？

海　伦　你有换的衣服吗？

青　子　没有！

海　伦　我找几件男人穿的衣裳，你试试……

〔海伦拿了几件衣裳，递了进去。

海　伦　你吃饭了吗？

青　子　没有，一天没吃……能做点什么吃的吗？

海　伦　速冻饺子……我看看还有什么可吃的。

〔海伦走过去，打开冰箱，拿出酒、面包、肠……

〔海伦给自己套上一件主妇的围裙，开始日常那样地拌青菜，没有刀。青子时不时地探头出来。

海　伦　能把刀还给我吗？

青　子　不行。

海　伦　好吧，我用手撕。

〔海伦忙着拌菜，做饭。

〔那个磨砂玻璃浴室中，青子在洗澡。

〔青子洗完澡了，完全像温馨两口之家一样，用浴巾胡噜着头出来，穿着一件男人短小的衣服，露肚脐眼了……

〔海伦抬头看。

海　伦　（惊叫）不行！不能穿这件！这件是那个从肋条骨上往下扯钱的小男人穿过的！阴魂不散，快，换一件！你看他买的衣服穿一次就缩成这样了，处理货，我不能面对一个吝啬鬼过一晚上。快换了！

〔青子一听，回去换了一件。

〔青子换好了，慢慢地移出上身，然后看到他穿着一件大花衬衫。

海　伦　啊，不行！我第一次想到去死，就是因为他，不行！他曾在大街上跪着向我求婚，哭得惊天动地的，转眼又在高速公路上把我从车里推下来，绝尘而去。魔鬼！神经病！自大狂！换！

〔青子只好又回去换了一件，这次是粉色的T恤。

〔青子刚出来，听到海伦一声喊就要回去。

海　伦　啊，别回去了，就穿这件吧，别换了，你今天送来的东西就是他的，你就扮成他吧。在你没来的时候，我一直等着他，美美地等着，打扮好了等着，等他来向我求婚。就穿着这件吧，我要让他晚上做噩梦。

青　子　这是那个白板的？

海　伦　对，就是他。你别换了。

〔青子不听，回浴室了。

〔海伦摆弄着桌上的菜叶，等着。

〔再出来的青子光着个膀子披着一个大红浴巾。

海　伦　这是什么？

青　子　我自己，我不想扮演那些乱七八糟的男人了，我也不想接受你的炫耀。

海　伦　我炫耀了？

青　子　那些男人留在你这儿的衣服，是你性爱履历中的勋章对吧？你自以为得到了很多，你其实丢得更多，丢了相思，丢了心跳，丢了羞涩，丢了见不着时的撕心裂肺……性太方便了，方便得丢了那么多好东西都不知道。对不起，我不是他们，也不想碰你的勋章，我就是我青子！虽然现在有点衣冠不整……

海　伦　衣冠不整？你好像什么也没穿！

青　子　衣服洗了。

海　伦　你这不算诱惑吗？

青　子　比汗味好一点……我饿了！

海　伦　你饿了？

青　子　对，我饿了。

海　伦　等等，等等，让我想想……（由慢而快地叙述）一个从不相识的送快递的男人，先是带给了我人生最难堪最羞辱的坏消息；接着逼着我在这羞辱上签字；再之后借口怕我死了，赖在我家不走，并且用我的浴房洗了个澡；洗过澡后，披着我的大红色的浴巾，赤着膊，坐在了我的对面，然后用命令式语气对我说，我饿了……等等，我先想清楚了，事情是怎么发展到这儿的？你先站起来！起立！这是我的家，你饿了，我还没说饿呢！

青　子　（站起来后，又坐下了）都饿了那就一起吃吧，现在想什么也没用，今晚我必须看着你……

海　伦　为什么？

青　子　要看着你好好的，知冷知热地活着……

海　伦　我活着对你有那么重要吗？

青　子　对谁都重要。我奶说人冤死了，三伏天都会下大雪，我不想看着雪在夏天落下……对了，我该叫你什么？

海　伦　随便。

青　子　张桂花？

海　伦　（觉得太难受了，有点扭捏）海（咳）伦。

青　子　海（咳）伦。好，海伦……你卸妆了？

海　伦　你看得可真细。

青　子　哈，我好像一下把你认出来了哎！（太像搭讪了）

海　伦　这样老土的开场白，还不如不说。

青　子　卸妆比化妆的时候好，女人最诱人的时候是不化妆的时候。

海　伦　为什么？

青　子　不拒人于千里之外。那些化了妆的女人，像样品一样写着暂不出售……又像玻璃饰品，无处下手。

海　伦　（一下生气了）接下来我们是不是要讨论对女人如何下手的问题，啊？！真不知事儿怎么发展成这样了。

青　子　发展了吗？这几个小时我除了说没做什么。

海　伦　你还想做什么是吗？好吧，告诉我你准备从哪儿下手？

青　子　我不想讨论这个问题。

海　伦　这不是你挑起来的话题吗？

青　子　我不想再深入地讨论下去了。

海　伦　为什么？

青　子　你懂的。（网络流行语）

海　伦　还说自己不上网，欺骗。“你懂的”，真时尚。

青　子　我是这两年才开始上网的，你的QQ号能告诉我吗？

海　伦　我没有那东西。

青　子　网很好，能帮助我想通很多事情……

海　伦　比如？

青　子　……网上说男人女人有很大的不同。

海　伦　有什么不同，说说吧。

青　子　你看那个征婚的节目吗？

海　伦　看过。

青　子　那些可怜的站在一盏灯后边的女人们，挑来挑去挑到最后总是把最好的男人都放走了，留下些不合适的。她们口口声声在说着要有眼缘要来电，我真不知道她们想挑什么。后来我想通了，她们自己也不知道。

海　伦　你除了学韩剧还学了些主持人的风格。

青　子　请别居高临下地嘲笑我。我这样的人没有能力改变生活，我只有接受。

海　伦　好了，接着说吧。

青　子　网上有一个帖子说，专营女性婚姻服务的六层大楼里，女人们可以像挑选商品一样找一个心仪的配偶。规则是：只能上不能下。店里的一层写着“这儿的男人有工作”，没有女人停下。到了二楼写着“这儿的男人有工作且帅气”，还是没有人留下。接着一层比一层好，女人们不停地上着，不想错过更好的，到五层时写的是“这里的男人有工作且热爱小孩，令人窒息地帅，还会做家务，更有着强烈的浪漫情怀”。女人们有些犹豫了，但看到还有一层，还是坚定地上去了……

海　伦　在最后的六层写着：这里不存在任何男人，这层楼的存在只是为了证明女人有多么难以取悦……

青　子　你也看过？

海　伦　你以为女人都这样吗？

青　子　这个寓言最起码被那个征婚的节目印证了。女人的心里不是要白马王子，她们只要看见一匹白马就好了，至于马上驮的是什么并不重要。或者说，只要骑着白马来的，她们认为都是王子。比如，今天给你送白板来的人。

海　伦　男人呢？不看马只看人是吧？这个测试的下文不是说也有男性婚姻服务店吗？第一层说“这儿的女人长得漂亮”，马上有一半男人消失了。到了第二层说“这儿的女人长得漂亮且波（可以不说比画一下）大”，结果三楼以上从来没人去过。无聊，这些编出来的东西想说明什么？

青　子　与其两手空空，还不如抓住现有的。

海　伦　（笑着问）你算是现有的吗？

青　子　……我说的是道理，不牵扯到个人。当然，夜晚有时会发生一些事情的……

海　伦　你想吗？

青　子　现在的这种状态已经够我想会儿的了……

海　伦　我还以为你是个堂堂正正的男人。

青　子　我是在说一些笑话让你开心，你不想听了，我可以闭嘴。我也认为自己是个堂正的人，从没有非分之想。

〔青子这么一说又让女人有点失落。

海　伦　没有人能限制非分之想，像崖口滴下的水滴，谁也拉不住它。好了，你想吧，我也要洗个澡了。

青　子　啊，那太好了……那我把碗都洗了……

海　伦　（回头严肃地看着青子）用不着，我在洗澡的时候，你最好站在这个位置跟我不停地说话。

青　子　请问这是一种癖好吗？

海　伦　我要听着你一直在一个地方没有移动，声音要大。

青　子　为什么？

海　伦　我对你不放心。

青　子　好吧，我说什么？

海　伦　随便，只是不能停。（进浴室关门插上）请吧。

青　子　啊？啊……水温怎么样？

海　伦　正好。

青　子　那洗衣机里有我的衣服。

海　伦　知道。

青　子　如果你需要换洗的衣服，我可以递给你。

海　伦　暂时不要。

青　子　我……我……我看过一个电影，主仆两个男女，女的是主人，男的是仆人，当那个女主人洗澡时，会让那个男仆进去给她搓背……哈，外国人怎么会这样？真没羞。如果你让我这么做，我一定不会答应的。或者我只是把手伸出去，绝对不会看……你听着呢吗？

海　伦　别说洗澡了，说点别的。

青　子　我老家有一种野果子叫菇了。听着像姑娘，不是姑娘，是叫菇了。那东西熟了后，皮和肉能分开，皮很涩。你含一个在嘴里，那样地裹来裹去的，就能把里边的肉肉和籽籽都裹出来吃了，然后，皮就变成了一个空的气泡。那些女孩子不断地用嘴鼓那个皮，吐出来裹进去，会发出菇了菇了的声音，情况很像后来我看见的城里人吹泡泡糖。真奇怪，世界上的事没什么太大的区别……我是觉得女人那么做很有诱惑力，你听着呢吗？

海　伦　说点别的，说点哲学。

青　子　哲学，哲学，我……我说不了。我一直想学习这类东西，我觉得哲学很好，伟大的人才有哲学，但我没有，像没钱一样，我也没有哲学，因为哲学跟吃饭没有直接的关系，你不懂哲学，也能吃上饭。我虽然没有哲学，但我知道哲学是关于人生的学问。如果这么说，那我其实也有一些，只是不多而已，谁对人生都有想法，我也一直在想，不停地想。比如，我曾认为，这个地球其实就是一个大的蚂蚁窝，没什么了不起的……这个宇宙，是个更大的蚂蚁窝，也没什么了不起的……你别笑，这么想和不这么想是不一样的，当你这么想了之后，就不会因为一套房子跟最亲的亲人打架了，不会因为钱把自己的老婆杀死了……你听着呢吗？

海　伦　听见了，很好，接着说。

青　子　也不会因为一些人伤了你的心，就想着要去死了。

海　伦　说别的。

青　子　我曾经在最走投无路的时候想过一些事情，不是一件事，是一些事，不知算不算哲学。我想人为什么要活着，或者说人为什么而活着，再或者说人活着为了什么。在我想了很久后，我觉得我得出了答案。

表面看，我们是活着，我们在生活。比如，你现在在洗澡，洗澡前，一个男人伤了你的心，你为他哭了；我呢，我早上起来，我去上工，我出大汗，被人吆来喝去，晚上回工棚，饿得见什么就吃什么，然后累得在厕所解手时就睡着了……我们的生活不一样，但问的问题一样——这就是活着的意义吗？想不通，想不通就会拐弯。比如，活得好好的，突然想到自杀，那就是拐到一个死弯上去了。我在思想了很久之后拐了很多的弯，终于拐通了。请你现在把水关小一点声好吗？我想把答案告诉你，你听我说——我们的人生，其实生活都是假的，梦才是真的。我们活着是为了得到梦。在人生中做过的梦都是真实的。梦里吃过的食物，爱过的女人，见过的怪兽、高山大河都是真的。对，你其实可以日行千里，可以像《牡丹亭》那样，与远在天边不认识的男女共涉春梦。这些才是真的，梦是另外一个空间里，那里有你，有你的经历，那里的你是真实的，生活中的你是个皮囊，你是为了在温暖的被窝中得到梦才活着的。你见过酿酒吗？酒糟发酵后，才能酿造出酒来。酒是真的，酒糟是假的，被抛弃的。你经历的生活就是酒糟，梦是酒，你为得到梦而活着，苦难、伤心、劳累、高兴都是酒糟在发酵，都是为了得到梦。

当我破解了这个秘密后，生活变得简单了，为了梦，就要过酒糟的生活，这就是我们活着的理由，这就是活的意义所在。（沉醉在自己的叙述中）哲学吗，这些？

［海伦出来了，清清爽爽。

海　伦　先不说哲学，我想问你对物理、化学这类自然学科的看法。

青　子　我不喜欢。

海　伦　看得出来。请问为什么？

青　子　它们并没有让世界变得更好。

海　伦　如果你把这些所谓的道理当作劝说我的梦话，我接受，其他则不。你说的关于梦的真理，是典型的遁世哲学，庄子、老子的遗毒。你是一个彻头彻尾的生活的背叛者，你哪儿来的那么多乱七八糟的想法……再跟你说一次，这是我的家……

青　子　都是酒糟。

海　伦　你才是酒糟呢！如果我过的生活是假的，我宁可去死！好了，你穿上衣服，走吧！

青　子　我不能走。

海　伦　为什么？

青　子　你还没……

海　伦　签字对吧？好，我签，拿来吧。

〔青子有点不信地磨蹭地把回执找了出来给海伦。

〔海伦真的签了。其实是话赶话，海伦并没有那么强烈地想要青子走，因为她还有目的。

青　子　好吧，现在你签字了，按理说我该走了，可我暂时还不能走。

海　伦　还要做什么？

青　子　衣服都洗了，我不能就这么上街去。

〔海伦冲进浴室，把那些男人的衣裳都抱了出来，扔在青子脚下。

海　伦　好，把这些臭男人的衣裳都穿上，带着它们走吧！

青　子　这些勋章应该挂在你的身上。我不走，你现在太过愤怒，很危险，我要等到天亮，看着你没事儿了，我再走。

海　伦　（有一点点的感动）这儿只有一间屋子……

青　子　不妨碍做梦。

海　伦　你待下去可能会后悔的。

青　子　我没有后悔的资本。

海　伦　在夜晚，我有欲望。

青　子　我是一个健康的男人。

海　伦　记住，我从不把这些看成是爱，它是对生活的医治，是对我被伤透了的心的医治。

青　子　因为男人伤的心还得男人治，这我懂。

海　伦　既然说到这儿了，我想告诉你，我有一些个人的癖好。

青　子　在网络时代，不只是日光之下无新事，月光之下也无新事。

〔海伦先把灯关小了，舞台一下暧昧了，青子在等待着。

〔海伦拿出一副手铐。

海　伦　请把手伸出来。

青　子　（有点吃惊，浴巾掉下了）真的要这样吗？（有点兴奋）酒糟发酵的时刻到了。

〔海伦飞快把青子一只手铐上，然后拉着他到了铁架床头，让他躺下，然后一铐，把他的两只手都铐上了。

〔青子充满想象地喜悦地顺从着，完全被铐在了铁架床上。

青　子　啊，手铐，不管是在架上还是在铁窗里，总让人感觉与罪过有关……

〔海伦这时不说话了，静静地坐在椅子上。梳妆台的光照着她。

海　伦　（像是自语，又像是商量）我想画一张白脸，与夜有关的，忧伤的白脸。

青　子　其实关上灯，什么也看不见。

〔海伦把那件粉红的李山的T恤扔在了青子身上。伤感吟诵。

海　伦　我一直有预感，怕这样的结局出现……这个世界给我的机会越来越少……恋爱到我这个年龄就是找归宿了……我赌气般地爱着，以为自己不会输……在我二十岁的时候从没想到要嫁这样的男人。你说对了，女人有更高的品位和自视，男人是些趴在地上的牲口，可我想不到竟然会输了……这个粗俗的时代，贬损艺术、嘲讽品位的时代……一个高贵的再也输不起的人，今夜就要谢幕了……我想死，不是为了别的人，是为了我自己。为了祭奠我的青春，为了我对爱的不倦的追求和对品质的坚持，为了对这个粗俗世界的控诉。

我内心的隐忧在今天被验证了。白板，多让人恶心，我会因为跟这样的人相处而鄙视自己，我一定要让一个男人看着我是怎么死的……一个活的，美好的，有着姣好的眉眼、高挺的乳房和雪白的大腿的海伦是怎么一寸一寸一丝一丝地从活着变成一具冰冷、苍白、僵硬的流出死亡汁液的海伦……

〔从青子的包里把那些刀啊剪啊都拿了出来。

打碎一只花瓶的惋惜只是瞬间，杀死一个女人的阴影将弥漫你的一生……可惜那个叫李山的懦夫没来，这个让懦夫横行并庇护懦夫的世界让他逃脱了……你叫青子对吗？

青　子　我叫青子。

海　伦　你是无辜的。

青　子　我什么也没做。

海　伦　青子，这跟做不做没关系。我想好了，不能默默地死，我需要见证。再说，你也不是一个堂正的人……

青　子　……我的非分之想里有温暖的一面。

海　伦　夕阳的余晖！那稀薄的温暖让一个临死的人热不起来……我曾警告过你，留下来一定会后悔……

青　子　你……你不能跟酒糟生活太认真。

海　伦　哈，我想到你的哲学了，绕来绕去的，酒糟啊真实啊梦啊，自欺欺人。放心，你不会死，我只是让你看着我一寸寸地死去……

青　子　解开我！我要起来！

海　伦　不可能了，你的性幻想害了你，这手铐我准备了很久。看，它锈了。我已被伤害得锈蚀了！

〔海伦准备死。

青　子　（突然大喊）救命啊！有人要自杀！救命啊！救……

〔海伦不动，青子不喊了，看着海伦。

海　伦　喊吧，没用，这栋偏僻的楼房人们买了不住，等着涨价后再卖给别人，这个世界有大批空着的房子，也有深夜在大街上游走住不上房子的孤魂。你说对了，我们在被伤害时，也加害于人。你喊吧！没有人会听见，还不如说一些委婉的话，送送我。

〔海伦说着坐下打扮。

青　子　你不能死……

海　伦　（边打扮边说）说说理由。

青　子　你还年轻……

海　伦　这我知道。

青　子　你依旧美丽……

海　伦　这我也知道。

青　子　这世界很大，男人很多，爱你的男人你只是还没碰到……

海　伦　他们把我碰碎了！

青　子　你想怎么个死法……

海　伦　用刀怎么样，刀很凛冽，哗地下去，鲜红的血会溅向四壁……一个躺在血泊中的女人，是刺向这个世界的一刀，会让这个沉重的世界有一点点的疼……这样好吗？

青　子　不好。

海　伦　还有就是上吊。把头套在绳子里，把椅子蹬开了，让拉直的绳索勒紧咽喉，一声不发地伸出舌头，伸得越长越好，让那些惊恐的男人仰望着一个吊在半空中嘲讽他们的女人……

青　子　不好！

海　伦　不管怎样，我不会服安眠药，太安静了，没有表示，像一个失踪的隐者，为什么我不可以对人世表明态度？我也不会跳楼，那样太快了，一瞬间把自己摔烂了，然后被一条肮脏的床单盖住，留下的血迹，招来嗡嗡的苍蝇……

青　子　这些都不好！如果你一定要死，那最好还是把煤气打开……

海　伦　现在？

青　子　就现在。

海　伦　在这间屋子里？

青　子　就在这间屋子里。

海　伦　这儿有我们两个人。

青　子　我想跟你一起死。

海　伦　为什么？

青　子　死没什么了不起。

海　伦　还是酒糟哲学。

青　子　别嘲笑一个远不如你的人！你该明白，怎样的不如意才会逼着人想出用做梦来支撑生活。恓惶，按我们那儿的话是这人活得恓惶了，一个恓惶的人你不该再嘲笑他了。还有，我想说天底下也不只你一个人在受着委屈，你要是心疼我，你就开煤气，你一个人走恓惶，我一个人走也恓惶，咱俩相跟着，不说是温暖，算是个伴吧。你开吧。

〔海伦听进去了，走过去把煤气打开。

〔煤气嗞嗞的声音响着，好长一会儿。

〔青子平静地等着。好长一会儿。

〔海伦啪地把煤气又关上了。

海　伦　我不能那么做……你跟我没关系，我们想死的目的也不一样，我是为情，你是生活所迫，这样的死加在一起会相互抵消……不说了，你今天只是个看客，将死的是我。我早准备好了——砒霜，古老的毒药，少吃会慢性中毒，超过三十克时会让人在一小时后死透。我要让你一寸一寸地看着美丽化为乌有！

〔海伦开始准备毒药了。

〔青子在床上想挣扎，没用。

青　子　你能不能，等等，你能不能，再等等！

海　伦　（不理）是一口都吞进去呢，还是一小口一小口地吃下去……（尝了一下）嗯？这东西没什么怪味，一杯清水，一大口，就好了……（伤心了）

〔说着接了一杯水。

青　子　哎，等等，等等，不能不能。哎，再等等！

〔青子在床上挣扎着。

青　子　你等等，想想我的那个故事！

海　伦　谢谢你，天下的故事都讲完了。

〔海伦开始从容地准备死了。

青　子　救命，救命啊！有人吗？救命！

海　伦　（平静了）喊吧，这使我伤透了的心有一点点的慰藉……我要一口把它喝下去……

〔海伦拿起砒霜。这时青子挣扎着疯了一样地在床上先是把床板掀了，接着两手拖着一个铁床头冲了过来。海伦一看，抢着把药吞下。

〔青子背着铁架子床头冲过来，用头对准海伦的后背一撞，海伦嘴里的药哇地冲了出来，吐在了地上。

青　子　你不能死！

海　伦　（愤怒大喊）给我理由！

青　子　你不能死……吐，吐，快点吐了！

海　伦　……给我理由，你……

青　子　吐，再吐！

〔海伦哗地真吐了。

青　子　不能死，谁都不能死，你坐下，你坐下，漱漱口再吐一口……吐啊，不能死，听见没有，你已经死过了！就在刚才，你已经死了一回了，不能再死了。吐！

〔海伦听话漱口吐。

青　子　对了，这就对了，坐下，坐下，你能不能把我解开……（拉住了海伦）

海　伦　如果你让我死……

青　子　你死过了，不能再死了，不能，再不能了！

〔海伦站起来。

〔青子就那么举着床铁架子拦她。

青　子　不行，你别动，坐下，哪儿也不能去，你别动，哪儿也别去，坐着，你坐着，我有理由，你听我讲理由，我有理由！……等等，等我把这床架子转到前边来，这样在后边太难受了。好了，你坐好了，让我抓着你的手，咱俩隔着床栏杆相互抓着手……让我抓住你的手，你听我说，听我说……

海　伦　跟我无关。

青　子　跟你有关！

海　伦　你一晚上都在想说服我，谢谢，我除了感谢没有别的……

青　子　不要感谢，什么也不要，你静一静……你的手热了，没事了，你静一静……我不要让你谢谢，我该谢谢你。

海　伦　……

青　子　我在两年前就认识你了……别笑，别再嘲笑我了，其实我一进门就想跟你说，但我没说，太像编造了，现在我能说了。两年前，那时我在这条街上挖沟，你记得吗？在现在的超市的前边挖电缆沟，埋管线……那年的春天刚一来，你穿着一条红花的裙子出门了……对，长的，你能不能把衣柜打开找找，把它找出来。（海伦打开衣柜，真有一条红花的长裙子）对，就是这条，穿上吧，就是这条，穿上……多迷人啊，这是一条春天的裙子……春天的你从街上走过，从肮脏困倦的民工眼前走过，你早出晚归地从挖沟人的面前走过去再走回来……你不知道有一个民工把能看见你当作一天中的粮食，这你不会知道。我说这话没有一点怨气，你从成千上万的民工面前走过都会视而不见，我要是你我也这样。你还有三种颜色的提包，一只黑色的，一只白色的，一只大红的……你根据不同的衣裙交替地换着这些提包。（海伦从衣柜中拿出三只旧包来……）对，穿红花裙子的时候，你总爱拎白色的包，就是这样的，人显得真干净。这时你会穿一双白色的高跟鞋，（海伦去柜子里真的拿出了一双白色的高跟鞋）有一天早上，你走过时，鞋的后跟印在了我新挖出的一块胶泥块上，留下了清晰的印迹，那是你的印迹……在这个世界上除了看见你，我没有一件与你有关的物件，这个鞋印我要留下来。我小心地用刀把那个小鞋印从胶泥块上切了下来。那么小的一块你的鞋印，有着清楚的花纹的你的可爱的小后跟，在我的手心里像个小肉丸子，我为拥有一件与你有关的实物而高兴着。晚上，我把它烧得像石头一样的硬，然后拴了根绳子戴在了脖子上。亲切的小肉丸子，平时它在我心口摩擦时，我会幻化出和你有关的美好，那个微小的印迹带给了我具体的向往。冬天来的时候，沟挖完了，我没跟着施工队走。那时你偶然跟一个高高的男人回家，他开车接送你，他是把星光掩藏起来的盒子，我恨他。我在他的车上划了道子后走了。半年前我从别的街区又找回到这儿，你没搬家，那个黑盒子也不见了，你上下班的时间没变，但人显得有些落寞。恋爱让人憔悴。我曾在这条街上的各个建筑物的角落等着你走过，看着你回家或出门。我找了一个送快递的工作，一直期待着能为你送一件快递，只要给你送一件快递，我就离开这个城市回老家去。但一件也没有，你活得不够热闹。我没想到今天的信是给你送的……我不知道你的名字，也不知道你住在几楼，我没有准备……见到你时我很紧张，你也许看出来了，我为我浑身的臭汗紧张，为我这粗鄙的装束紧张……当我从你的眼中看到两年来你从未感受到我的存在时，我放松下来。这没什么，这个城市所有的东西都不属于我，哪怕一粒粉尘、一缕风，都不属于我。但你走过街道的一刻是应该属于我的，你每天从这条街上走过是属于我的，这个完全一厢情愿的等待是属于我的，谁也不能剥夺，甚至你也不能。请把那白皮鞋拿过来好吗？

〔海伦听着，脱下左脚的鞋递过去。

青　子　右脚，我记得是右脚。

〔海伦把右脚的鞋脱下，这时青子艰难晃出脖子上的那个鞋跟的印符。

青　子　右脚，对，右脚……请从我脖子上取下这个印符，用这鞋的后跟对准它，印上吧……一样的大小，相同的花纹，看到了吗？两年了，它还是那么清晰，像新的一样……

这就是我的理由，我请求你活下去。

〔海伦听着，流泪了。

海　伦　……

〔海伦把青子的手铐打开了。

〔这样简单而传奇的故事，照耀了对方。两个人先是开始把拆了的床搭起来，然后青子到了浴室把自己的衣服穿上了。

〔海伦一直在收拾屋子，收拾，收拾。

〔青子从浴室出来，背上大包从她的身后走过去，打开门，走了。

海　伦　在他人的眼中我看到了一个光彩照人的我，不属于我的我。这个世界终于对我有所表达。

〔海伦站着，回身收起了桌上的杂物，从另一侧下台。

剧终

2011 年 8 月 5 日至 16 日草稿

9 月 16 日改成

至 9 月 24 日读改

10 月 7 日再改

10 月 8 日再再改

10 月 9 日再改

10 月 10 日改

10 月 15 日改

10 月 18 日定

12 月 17 日改定

2012 年 1 月 4 日再改定定

2012 年 1 月 14 日再改定

2012 年 2 月 25 日文字又改

莲花

话剧

第一幕

〔串货场大门口。

〔高大的门楼紧贴着天幕，大台阶铺下来。门口的空场很大。右边停着一辆洋车。左台口有块可以坐着的石礅。

〔天还没亮。

〔扫地刘带着小力巴从串货场大门口出来。

〔扫地刘挑了盏灯笼，小力巴扛着大竹扫帚。

扫地刘　扫啊！扫啊！（边说边把灯杆插在墙缝里）

〔小力巴扫地。

扫地刘　（边扎围裙边说）人分三六九等，木分花梨紫檀。富不过三代，穷不出五辈，赶上热的吃热的，赶上凉的喝凉的，命里定的啊。扫啊……这早晚，（看天）有人还没回家呢，有人才刚睡下，咱们是里外上下，生炉子、坐水、擦桌子、扫地……手不拾闲地干了两个多时辰了。没别的，就是出汗啊，汗顺着裤裆直往下流哎。（松大腰带抖搂裤裆）知道累不？知道。得给累磕头。（喊着给力巴听）给累磕头啊！（小力巴扔了扫帚就跪下给累砰砰磕头。扫地刘边用脚跟着小力巴磕头的节奏狠跺台板，边用弯曲的右手指在左手掌面上碰着，做着磕头的架势）起来吧，记住了，这早晚能累着，是咱的福分，不累没人给饭吃……福分啊，福分……扫地！

小力巴　（山东口）师傅，今儿头磕得咋那响呢？

扫地刘　我帮着跺脚来着，不响力巴神听不见。扫地，使劲儿扫！（命令别人干着，自己进台阶走了，小力巴往台里扫去）

小力巴　（山东口）奴使奴，用死奴。忍着，我忍着，等出头了，我也这么使人。

〔樊掌柜的拎着鸽子大跨上，青色的长袍，深色的马褂，清瘦，像影子一样从三道幕中斜着飘了上来。那胳膊上的大跨，像是也轻着。

樊掌柜　来早了呢。（看着扫过的地，听见了扫地的声音）还扫着地呢……（放下跨，在场子左边的一石礅上坐下）俗话说无利不起早，买卖人，都是让钱给坠的……没出息，没出息呢。

〔幕里有人搭话。

路　人　（幕内）哎！樊老板早啊！

樊老板　（做着对话的样子爱搭不理地说着）啊，去鸽子市呢。

路　人　（幕内）抓着喜兴的没有？

樊掌柜　没有呗，全是吃货。

路　人　（幕内）回见啊。

樊掌柜　回见！（以上对话像是跳出的，樊只是回答，没有语气和身体的表情）

樊掌柜　倒腾古董这行，看着干正事的时候少，玩儿的时候多，其实呢，不然，心里绷得紧呢。手里有货卖不出去着急，进不来货也着急，一买一卖都是成千上万的大数，心里能不急吗？只是面子上不露，不露呢。

〔话刚说完，何掌柜带一位朋友，拉着王掌柜上来了。追光跟上。此时樊掌柜像个旁观者在暗处一边看一边听着。以下三段是写意。

何掌柜　王掌柜，那幅仇英您要是不喜欢，我这位朋友打算加两百块收了。您就地不挪窝，干挣一百，我也能跟着多落点。钱咱挣了，画归我这朋友。

王掌柜　怎么了？啊？怕我们尔雅堂没银子是不是？（面上冰冷些）

何掌柜　不是那话，您能没银子吗？您买古董敢包圆了，您没银子，琉璃厂半条街就都开不出来了。

王掌柜　哼，别架着我，说点实在的。（其实高兴）

何掌柜　王掌柜（拉一边去说），不为别的，是怕您拿走了又不喜欢，碍着面儿，送回来又不好意思的。正赶上我这朋友想要，价也出得起，匀给他得了，大家三得利！

王掌柜　明白，这是嫌弃我钱掏慢了，（马上掏钱）是不？啊？有话明说，想要我的短儿啊？没有！带着呢！（银票）一万对吧，收下。跟您说啊，何掌柜，全琉璃厂几千大万地这么痛快买玩意儿的人没几个，（走过去又回过头来对着何伸出手晃着）伸出一只巴掌来，还得扳下三个指头去，就那么俩半的。

何掌柜　那是，那是，您算头一号。（三人说着，下）

樊掌柜　做人就怕争脸斗气呢。蒙人的被蒙的都得拿着劲儿，不愿松了这口气。刚才这手叫紧气吃，活拿的玩意儿，什么叫活拿啊，就是货先拿走了没给钱，主意没定呢。这时卖家又带个朋友来了，说东西人家也想要，且比你出得起价呢，您不要，他分外高兴呢。您一听，货有人争也就不犹豫了，咬着牙买了。这手叫紧气吃，行里人使的活！

〔何掌柜、王掌柜还有那朋友又上。还是那三个人。

何掌柜　王先生，您买的凤头壶，那盖儿找着了，在我这朋友手里呢。（拿出来给王看）

王掌柜　对吗？

何掌柜　正对。

王掌柜　多少钱？

何掌柜　东西跟您的壶是一套，先甭说钱，您那壶要是没盖就是个残壶，您要不要？

王掌柜　问您多少钱。

何掌柜　人家的东西，价儿我不能开，我是义务给您二位搭个桥，说好了白忙活啊，问他吧。

朋　友　一万。

王掌柜　怎么那么贵啊？加一起比卖整壶还贵呢！

何掌柜　您要是不要，把壶退给我吧，我要……

王掌柜　一万就一万，就是死了，也得落个全尸不是。

何掌柜　现钱。

王掌柜　明白。拿上东西，上家拿钱去。

〔三人说完又下去了。

樊掌柜　这手叫大劈叉，原本就是个整器，偏要分着卖，先便宜卖您个壶是少盖的，过后必然地把东西找齐了，再卖给您，比完整地卖您还挣钱呢。小人的买卖经，哼，不长远。这事大行家不干，大行家不做鸡零狗碎的事。

刘！刘啊！

〔扫地刘听见喊上。

扫地刘　哎！樊掌柜早您呢，抓鸽子去了？

樊掌柜　里边坐了多少人了？

扫地刘　二十多位了。樊掌柜问您一句，今儿……怎么看着几位爷比平日里都早呢？

樊掌柜　这也用问啊？都等着掐尖呢。（从怀里往外掏茶叶包）先给我沏上，靠右首的桌子啊，离班掌柜远着点，我烦他。

扫地刘　得，我给您沏茶去！（刚要下去）

樊掌柜　等等！（左右看着）刘啊，等等，来，说会儿话，说会儿话……成家了吗？

扫地刘　谢爷惦着，还没呢。

樊掌柜　今儿我来呢，就为争一件东西。这件东西，一会儿呢，我必然地要与班掌柜争起价来呢，争到了第五口，他要是还跟着，你等我大声地报个价，你就摔个茶壶，把场子惊了，好让管事的落槌……

扫地刘　什么玩意儿啊？

樊掌柜　甭问。事成了，亏不了你呢。

扫地刘　哎，我办！

樊掌柜　让你娶媳妇，买房啊！

扫地刘　哎！樊掌柜的，要能这样了，下辈子我变牛做马伺候您。

樊掌柜　去吧。

〔扫地刘下去了，樊掌柜站着不动，突然像是刚看见了那辆人力车不对，不放心，飘着过去了。

〔樊掌柜到了车跟前问话。

樊掌柜　车里有人吗？车里可有人？不应我可撩帘子了！

莲　花　（没想到在车帘内）有。

樊掌柜　什么人啊？

莲　花　您甭怕，跟您的事不挨着，我在这儿等人。

樊掌柜　朋友，风马雁雀，金皮彩挂，您吃的哪碗饭啊？（春典）

莲　花　您甭费心了，我不在道上……

樊掌柜　最好了，跟您说一句，可别踹了我的买卖！

莲　花　您去吧，隔着帘子，我什么也没听见……

樊掌柜　麻烦您了呢。（看见了莲花的大脚）

〔莲花把脚收回。

樊掌柜　（欲走又回）您是旗下人？老姓是？

莲　花　郭络罗氏。

樊掌柜　连着亲呢，我是瓜尔佳氏。话不多说了，买卖成了呢，我谢您呢。

莲　花　用不着，您请便吧。

〔樊掌柜退着走。

〔正门管事的急出来了。

管　事　樊掌柜的哎，怎么还没进去呢？里边都开了……

〔里边隐隐传来买卖的报价声。

樊掌柜　不迟，这就进……（起阵风，有紧张气氛）

管　事　（看着门口喊）还有人吗？哎！还有人吗？（往门里边喊）老刘，老刘……

小力巴　（冲出来）爷，我师傅正续水呢，您吩咐。

管　事　那你在这儿候着。（小声）等会儿有位姓洪的大爷到了，马上进去报一声。

小力巴　爷，姓洪的我不认识。

管　事　不会问啊。

小力巴　哎！

〔管事不放心地又看了看，往台阶里走，疑惑地看着那辆洋车喊着。

管　事　那洋车是谁的啊，往一边靠着去。

生　子　（在台里）哎，这就走。（气氛紧张了）

管　事　（回头对小力巴）让他快走啊。

小力巴　回爷，知道了。

〔小力巴垂手看着管事进去了。

〔小力巴往洋车那儿走，突然听见了车里的莲花说话，吓了他一跳。

莲　花　（在帘子内）兄弟。

小力巴　哟，怎么里边还有人呢？

莲　花　兄弟你来，我跟你说句话。

小力巴　吗事？

莲　花　这儿有五毛钱，你拿着买糖吃吧。回头有个人来了，你悄摸地帮我把他喊过来。

小力巴　什么人，俺不认识。

莲　花　回头来了，我点给你。

小力巴　（拿着钱）行。

〔小力巴进门。

〔生子上来了，在车边上小声跟莲花说着话。

生　子　（小声）我说，听见了吧，人家让挪车呢。

莲　花　听见了，等会儿吧。

生　子　我还是那句话，跟着我过，不比跟他过差。

莲　花　生子，多的话不再说了……人来了，你先避避吧。

〔喜珠子、洪爷、天和说着到了。生子连忙下。

〔喜珠子搀扶着穿得讲究的洪爷上。

喜珠子　爷快着吧，早出手了咱早走，我这左眼皮子一早就跳呢。

洪　爷　急什么？皇亲国戚有着急的事吗？真有了急事，也得让他们等咱。尤其跟买卖人着急，爷我犯不上。

喜珠子　天和，天和。

〔天和穿着西服上，看着有点不惯的样子，但身板子好，穿着帅。

天　和　哎，来了。爷让车等着吧？

洪　爷　等，从今往后是人是车都得等着咱。过去看看，是不是串货的场子。

喜珠子　地方对，刚开车的问过了。

洪　爷　那怎么也没个撩高支客的呀！就这么着没人接，我可不往门里进！（喊着给人听）

〔小力巴跑出来。

天　和　小二，你们管事的呢？

小力巴　在里边呢。

天　和　叫出来，迎客！

小力巴　您姓什么？

洪　爷　呸！一个力巴也敢直眉瞪眼地问爷姓了，改朝换代真就不一样了，爷我在京城都没人认识了！

喜珠子　你进去报有客就是了。

小力巴　管事的说姓洪的才报呢！

天　和　就是姓洪！（小力巴往里冲去）

小力巴　爷，爷，洪爷到了，洪爷到了！

洪　爷　什么规矩，大早上让爷我跟个小力巴生闲气，搁原来的脾气，我一把火点了他的门楼子。

〔管家边喊着边急着出来，小力巴跟着出来。

管　事　哟，洪爷，洪爷，对不住，对不住，分不开身，里边窜着货呢。您吉祥，您吉祥，照顾不周，多有得罪。（请安）

洪　爷　免了吧，这早晚不兴这个了。

管　事　洪爷，里边全都候着您呢，您快请，快请！

洪　爷　（皮笑肉不笑）候着我？你们是候着我们爷们的玩意儿呢吧！皇上没了，旗下乱了，爷们的铁杆庄稼倒了，也只有卖点玩意儿了，让祖宗看着丢人。呸（破的音），丢人！来，扶着！（力巴刚要上，管事的给轰开，自己上手）

管　事　爷，您请。

〔这时轰在一边的小力巴正好站在人力车旁。

〔洪爷在管事的搀扶下，往里边走。喜珠子、天和跟着。

〔三轮车里，莲花跟小力巴说话。

莲　花　小兄弟！

小力巴　哎，听着呢！

莲　花　快！看见那穿洋服的人了吧，帮我叫过来，就说有人想跟他说话，快去！

〔小力巴飞跑进大门。

〔串货场里边乱着的声音传了出来。……宣德民窑青花大缸，何老板开三千。……清仿宋官窑笔山子，王老板一千五。

〔过了一会儿天和从门里出来了。

〔天和静静在门口站着，看着。静一会儿。

天　和　谁呀？谁找我？

〔天和看着三轮车。

莲　花　（在车帘内）天和，知道你不愿见我，我就在车里待着，你走近点，听我说几句话。

天　和　话早说明白了，没什么说的了。你回吧，事儿成就在今天了。（冰冷地站在台阶上不动）

莲　花　这会儿，咱们不以夫妻论，我比你大，我叫你声兄弟，应我一声……

天　和　（半天不应）……有话说吧。

莲　花　跟我回家，这事儿到这儿算结了。

天　和　结不了了，上去就下不来了。

莲　花　那东西我不要了，咱回家！

天　和　往哪儿回啊，天和我半辈子快过去了，从生出来到现在一头扎进穷堆里就没拔出来过，原以为一辈子就这么穷着过了呢，这是好不容易一个岔道给我带出来了。这会儿你让我回去，回不去了。莲花，这事要怨怨你自己……

〔里边喜珠子叫天和，天和应着。

天　和　哎！这就来！（说完，要往台阶里走）

莲　花　你别走！怨我，我认。你跟我回去，我给你赔不是……（天和还要走，莲花大喊）你别走！别让那骚娘儿们一叫，你魂就没了，让她等着。（莲花从车里出来了，身子有点重）

〔喜珠子还在叫天和。

天　和　（不耐烦地回）等等！（看着莲花）

莲　花　天和，你不看我，看我这肚里有了你的后的分上，跟我回去吧。（莲花衣着朴素，清贫，看着跟天和没法比。这是刚才她不愿从车里出来的原因）

天　和　（冰冷地着看）生吧，生去吧，我养着。（正要往里走）

莲　花　先别走！

天　和　那东西就要出手了！

莲　花　不稀罕，卖十万、一百万，我一个子儿都不要了。你听我的，咱回去，咱回去卖力气过日子，咱过平平常常的日子，有饱有饿，有困有乏。累了，我给你捏背唱曲。拌嘴了，呵口气，我哄你。这会儿，咱就当是敲错了门，投错了店了，咱退出来，大不了还是苦日子，咱回去好好过啊……

天　和　甭说了，那日子撒了手，就再拾不起来了！

〔里边争价的声音吵起来了。

何掌柜　两万。

王掌柜　两万五。

班掌柜　三万。

樊掌柜　五万。

〔砰！茶壶砸了，里边大哗。

扫地刘　对不起爷，烫着没有，烫着没有……（一片乱了）

管　事　五万有没有？五万！五万，五万，归樊掌柜了！

〔两人静着。

天　和　莲花，你回吧，甭劝我了。我人在，心不在了，明说了吧，我还得娶喜珠子，后半辈子我得风风光光地过日子。（说完要走）

莲　花　天和，我这儿给你跪下了，你就心疼我一回。咱是夫妻，我这辈子、下辈子两辈子都对你好，啊……咱回吧！

〔砰！带着身子跪下了。

〔天和不动。

〔串货场里边散了，吵吵嚷嚷的人往外出。

天　和　你起来，别给我在这儿现眼！（上手就拉）起来！（莲花不起，天和把莲花在地上拖走，拖到一边去，怕丢人，用身子挡着）

〔洪爷被簇拥着出来，边下台阶边说着。

洪　爷　……别净拣好听的说……跟你们说啊，国倒了可家还在，没别的，有玩意儿，老辈的旗人就是锄子没有了，吃碟子吃碗吃花盆也够吃两辈子的……

众　人　那是，那是。

喜珠子　天和，你去哪儿了？东西眨眼的工夫就卖了，快来呀，来扶着爷。

天　和　你们先走……

喜珠子　快来吧。（上手一拉，闪出了跪着的莲花）

〔天和跟着走，不管莲花跪着。

〔天和一走，跪着的莲花暴露了出来。

管　事　洪爷，那您得多照顾我们大家伙儿。

何掌柜　托您的福……

〔樊掌柜托着锦盒在旁边站着，像是没听见人说话。洪爷早就看见了跪着的莲花，看着。

洪　爷　哟，怎么还有跪着的啊？（众人目光都看着了跪着的莲花）这是知道卖了钱了……（从怀里往外掏银票，数出一张）天和，给她。

天　和　舅爷，咱快走吧，车等着。（喜珠子要拉着走）

洪　爷　给她！

〔天和接了银票。

〔天和过来给莲花银票。

〔天和把莲花拉着站起来了，天和把银票塞给她。

〔莲花站着不动。

天　和　接着，换个房子，买点粮食，把孩子生下来先过着。

〔莲花站着。场面静。

洪　爷　怎么，连句谢都没有吗？（莲花不动）啊？

莲　花　（由弱到强）舅爷，你别在这儿摆臭架子了，我谢，天底下我磕一万八千个头，谢也谢不到你这儿！跟你说，东西是我的，你把银票还给人家，把东西还给我！

洪　爷　呸！真给爷我丢人，可四九城打听去，我洪爷什么时候拉出屎来往回坐过！

莲　花　东西是我的，我不想卖了，你把东西还给我……还我。（走近了，冷静，逼紧）舅爷，别逼我往外掏东西。

洪　爷　你能耐。

莲　花　把我的东西还给我，咱们从此两不沾了。（众人都愣了）

洪　爷　莲花，你这是当街上撕我的老脸呀！天和，你就不能管管她！（不怕）

〔天和刚要动。

莲　花　谁也别动！（静静地把枪掏出来了）你们谁买的玩意儿，把它还给我。（枪指着众人）

樊掌柜　（拿出东西来，交给洪爷）洪爷，银票，银票您还我吧，怎么把枪都亮出来了呢！（锦盒递给洪爷）

管　事　（参着胆喊了一声）不，不，不成！

〔莲花砰开了一枪。

莲　花　跟你们说，枪是真的。舅爷把钱还给人家。

〔洪爷把银票掏出来了，还了。

莲　花　（亲切）天和，把东西抱好了，跟我上车，咱回去！

〔天和不动。

莲　花　（平静）天和，听见了吧？

〔天和从洪爷手里接过锦盒。

莲　花　几位爷对不住了，这事就算了了。天和，来扶我一把，咱上车。生子，生子！（冲幕里喊）咱走了！

生　子　哎，来了。（从幕里边应着边跑出生子来）

〔生子打帘子。

〔天和与莲花上车，众人都静静看着。

〔帘子放下了。生子把车把端起来。

〔众人看着车端起来走了。

〔车刚走了两步，突然车里砰的一声枪响。

〔生子撂下把就趴下了，众人都吓得抱头趴下，唯有洪爷站着。

〔接着砰又一枪。

〔再一枪。

〔静了，蹲着的人都不敢动。

〔三轮车里冒出烟来。

〔洪爷一人站着。

〔洪爷等了会儿，慢慢过去了，把车帘子撩开，莲花与天和都死在了车里。

〔洪爷把一个穿了洞的锦盒抱了出来，打开，碎了的瓷片撒在台上。

〔幕落。

第二幕

字　幕　第一幕前场六天

〔城南苇子坑边上。

〔秋虫的声音。

〔一个孩子在小坡上，勤苦地练着绕口令，声音不大。

孩　子　你会炖我的冻豆腐，你就炖我的冻豆腐，你不会炖我的冻豆腐，你就别动我的炖冻豆腐……

师　傅　（男人女人腔慢慢地）什么豆腐？

孩　子　炖冻豆腐。

师　傅　快着点念。

孩　子　炖冻豆腐！

师　傅　十遍！

孩　子　炖冻豆腐，炖豆腐，炖豆腐……

师　傅　（啪，抽了一荆条，女人腔）什么豆腐，再念一遍。

孩　子　炖冻豆腐。

师　傅　别怨我打你，好好练，嘴里头干净了，祖师爷才赏饭吃。再练。

〔远处山坡上有人吊嗓子。

吊嗓人　噫！啊！（唱）玉兔啊又……东升。（此人可做后来出现的象征祖先的唱戏人）

〔土坡后边。

〔莲花慢慢地站了起来。

莲　花　……冷了，（走出了土坡）生子，冷了。

生　子　（从土坡后起来）我说上家去吧。

莲　花　街坊邻居的，不好看。

生　子　不就是说说话吗？谁家没门亲戚啊？来披上点衣裳。（捞起铺在墓碑上的衣裳给莲花披上，自己穿着坎肩）

莲　花　你不冷？

生　子　肚子里酒暖着呢！

莲　花　刚才咱们是不是坐在人家坟头上了？

生　子　就这儿高嘛，（看着半倒着的石碑）旗下人的坟。

莲　花　姓什么？

生　子　郭……络罗氏……

莲　花　什么?!

生　子　郭络罗氏。

莲　花　（惊诧着）……

生　子　怎么了？

莲　花　……我家的老姓。

生　子　啊呸！多忌讳啊。

〔莲花在土坡上坐着，披着衣裳，呆想。

〔生子在收包袱。

〔练嗓、练绕口令的声音大着又小了。

莲　花　（冷笑着）活该着的，活该着的，天底下哪儿有这么寸的事，老天爷就是让我在祖宗跟前丢人现眼呢，活该着的，活该着的！

生　子　别那么说，别那么说啊，你这么一说，我也不是东西了。往这边咱们挪挪，过来，过来呀！

〔练嗓的人越来越多，此起彼伏。一群富连成的学员嘴里念着锣鼓点踢着腿在走着过场。

〔两人坐着。

莲　花　早起的人可真多……

生　子　看着唱戏挣钱，都想吃开口饭，一百个蛤蟆出不来一个。小时我还练过两天呢，记着吧莲花，那程子，咱在大杂院里住着。

莲　花　……什么也记不住了。这会儿我一天一天地记着的就是天和他对不起我！

生　子　莲花跟了我吧……三年前要不是我让抓了丁，可真没有天和什么戏，咱们是好好的一对……莲花跟了我吧。

莲　花　生子，再别说那话了，我有家了。

生　子　有家没人，不是白搭吗？他心变了……莲花，你跟上我，保准不让你饿着。话说到这儿了，今儿这事就是寸了，咱就着您的祖宗石碑，磕两个头，这事咱就算定下来了。（说着拉着要跪）

莲　花　（挣扎）生子别乱来，不成，不成。

生　子　怎么就不成呢？怎么就不成呢？（拉）

莲　花　生子，你就别再让我为难了，别拉我了，别拉我了，我苦呢。

（突然啪地抽自己的嘴巴子，生子吓得一下给拦住了）

生　子　莲花，你干吗呀这是?！你……（心疼）

莲　花　你甭疼我，甭疼我。我自己都不疼我自己了，这会儿恨不得有人打我才对呢。我知道我犯了气迷心了，我没出息，天和让我过不去了……我心里难受！

生　子　莲花……

莲　花　生子，不多说了。跟你说的事儿，你应了我就算心疼我了……

生　子　不是不想应你，你再好好想想。

莲　花　不想了，你应了我吧。（有人练着功飘飘从台上过）

生　子　莲花，生子在你跟前不充圣人，可话我得先说在头里。枪这东西，没有就没事，有了，事就来了，只要一出了事就不是小事。到时，后悔药都没地方吃去。

莲　花　我这辈子后悔的事儿多了，不多这么一件。你应了我，就算疼我了。

〔生子没办法，从坟头石板下拿出一支枪来。

生　子　莲花，你再往回想想，不是我舍不得这杆枪……我虽是倒腾这玩意儿的，可谁来我都劝他，不到那一步，甭想着使它，不是好东西。

莲　花　生子我心疼，疼在尖上了，睡着了心都疼着……我整个人就剩下这点揪人的疼了，什么都没了……我过不去了。

〔生子压上了子弹。

生　子　别总往一条道想啊。

莲　花　没旁的路了。

生　子　（摆弄枪）话我不多说了，给，五连珠，土造。我教给你怎么使。

莲　花　（接过来看着）这就是枪啊。

生　子　可不是！其实吓唬吓唬他也就行了。

莲　花　（温情地）能吓唬住人吗？

生　子　能。

莲　花　是呀，那最好了。天和倒是胆小呢，那么大个老爷们儿，他怕耗子，见了小耗子他跳着脚地叫唤，叫唤着非让我把耗子轰走了，才能踏实下来了，你说他胆子多小啊（向往）……我见了他，真要是能说上两句体己的话，他跟我回家了最好了……这事儿之前，他可一直心疼我呢。

生　子　是啊，那就别拿着它了，两口子动枪就是亮出来了不用也伤人。甭使了。（收走）

莲　花　等等，（把枪抢回来）万一他要变得真不是东西了呢？我……我……

生　子　你返过头来跟着我过不就结了。莲花，我跟天和比差哪儿去了？

莲　花　……这会儿，天底下的男人，我就觉着我家天和好。（哭了）

生　子　让委屈给拿住了。

莲　花　是委屈，我真的是委屈呢。（伤心）

〔这时那墓碑后边，一个穿着白衫的人出来了（可以是师傅或吊嗓人），声音很小地像飘飘的声音一样唱着京剧的段落，像是祖先的灵魂。

生　子　莲花，我也不劝你了，可有句话我撂下了，天底下人心可换不来人心！（也影射自己好心没有得到认可）

莲　花　你说什么……

生　子　天底下人心换不来人心。

莲　花　你这话说得让人多心寒啊，我不信。

生　子　莲花，我不多说了，这枪，我压石板底下了，你用是不用自己拿主意吧。

〔生子走到墓前把枪压在石板下了。

生　子　（拍着手上的土）走吧。

莲　花　你先走，我静会儿……

〔生子下。莲花像是看见了祖先的白衣魂灵一样，看着那唱戏的人退了。

莲　花　（走到倒了的墓碑那儿跪下了）祖宗，惊着您了，您回去吧，您有再大的福荫，连我的脚尖都没照着过。我苦啊，没沾着您的福，您也别埋怨我丢人了……真到了阴间地府，我不说是您的后人！莲花我是被逼无奈，我得拿着这玩意儿（找枪）让天和他回头！……他不回头我就给自个儿用了……我到地底下好好地孝敬您去！

〔白衣唱戏的人声音越来越大。

〔莲花掀起石板把枪拿出来了。

〔唱戏的高腔戛然而止，回头走了。

〔幕落。

第三幕

第一场

字　幕　距前一幕十五天。

〔六国饭店大套房。

〔豪华大套间。外边是客厅，内有三个睡房门。客厅是四十年代的流行沙发……落地灯，各式的家具。

〔落地式收音机前，天和光脚穿着睡衣、拖鞋，耳朵贴在喇叭那儿，在听余叔岩的唱段，很投入，跟着哼（当年北京市拉三轮的也都有几口唱……）

〔洪爷人没出来，里边闻鼻烟的两个大喷嚏先响了。喷嚏到人出。华丽的睡衣、睡帽，白丝手绢擦鼻子。

洪　爷　……正经的洋烟，通神……土货不成，就是天蕙斋的都……不（阿嚏）成。

〔边说着边去雪茄盒旁边取雪茄。

〔一眼发现了耳朵贴着收音机的天和在听戏。

〔洪爷看着天和那个下三烂的样儿，不高兴。

洪　爷　听话匣子，别挨那么近……（天和没听见，入戏）哎！说你呢！

天　和　……舅爷，您起来了，给您道早安。

洪　爷　我说你听话匣子别离那么近，这不是有现成的沙发吗？坐下来好好地听。该品茶品茶，该喝咖啡喝咖啡，嫌那玩意儿声音小把声音开大了，干吗非得贴着听啊？

天　和　这么听惯了，不这么贴着，像是拢不住神似的。

洪　爷　不好看！回头真进来位客人，瞧见你这模样，多一句都不用问，一眼就断出来了，是个站街口柜台边上听蹭戏的主儿，那咱这玩意儿还怎么卖啊。房白包，衣裳白穿，架子白支，白热闹了。

〔天和被说不过，在沙发上坐直了。

洪　爷　哎！这就对喽！（把根雪茄递了过去，先让看牌子）记住了牌子——大号的高路分拿。

天　和　高路……分拿。

洪　爷　别起来，我给你点上。（噼啪地打着打火机）哎对啦，把腿跷着点……就说听戏啊，听话匣子那不叫听玩意儿，过了电的唱，味儿都走了。要说讲究，最不济的也得听唱盘，一张一张地花钱买，想听哪段听哪段。再讲究点的，园子里包个厢座，有好角儿好戏码时过去听听，听完了就走，没好戏，就那么闲空着。最为有头脸的是把角儿叫家来唱堂会，想听什么点什么。上海远不远，钱使到了名角一样去。（顿拐杖）这才叫听戏……

天　和　舅爷，我明白了。

洪　爷　明白？皮毛！我听了一辈子戏了，都不敢说明白了，这里的规矩多了……喜珠子！喜珠子起了吗？

喜珠子　起了。（应着声出）

洪　爷　喜老板，我们这正说着戏呢。您受累，来段“醉酒”吧，四平调那段，我跟着您打鼓板啊……

喜珠子　大早上刚起的，嗓子不在家。（嗽嗓子）

洪　爷　甭拿着啊，甭拿着。这不是为了调教天和吗？

喜珠子　谁知人家爱听不爱听啊。（递话）

天　和　（谦恭）爱听，就好听戏。

〔天和站起来了，看着是真想听戏。

〔喜珠子到了天和跟前。喜珠子试了两声嗓子，看着天和。

〔天和不好意思看着。（这时还淳朴）

〔喜珠子一个动作走起台步来了，开唱。

〔天和跟着台步看着。

洪　爷　坐好了听，不要看！听戏，听戏，听的是唱，不看。尤其碰着旦角，甭跟没见过人似的，浑身上下地用眼珠子剥人家衣裳，那不行，不雅。闭上眼听……哎！对！好了！（天和非常配合地闭眼，听起来）

〔洪舅爷往台角走，边走边说着，声不大。（说话的当儿，可以往台上上那些想买东西的人）

洪　爷　人在场面上走啊，不讲究排场不成。不讲究，那些个专看着你衣裳做派掂分量的主儿，就把你给看轻了；但排场过了也不成，山外有山，要是到哪儿你都显摆着，几斤几两全在面上，那一眼人家就断出你是个暴发户了，得知道进退。分寸，就是分寸难拿……天和，你听着啊，比如说，咱想卖玩意儿，这满世界求着人买，和搭上架子等着人来买，一定的价钱不一样。别看咱现在住饭店，置行头，下馆子，包戏子，看着挑费大，但回头赚的一定比用出去的多，明白吗？（天和点头）……点头了啊，明白就好，真要卖萝卜用不着费这力气，卖古董一定得这么办。

〔何掌柜、王掌柜都相应着谦卑地上来了。

樊掌柜　（站在边上悄声地说着，不跟前边何、王掺和）古董这行，大买主一定是一个人来去的，来的人多，中间必有骑驴拼缝，掌眼出主意的；再么是钱不够，想伙着买的。这样来的都不能算是大行家呢。

何掌柜　（对天和说着）这位爷，好大的阵势啊，弄得我们来一趟都得换行头。

天　和　（学着拿劲儿了）瞧玩意儿啊！（劲儿拿起来了。洪爷看着）

王掌柜　您让我们开开眼。

天　和　甭跟我说，我跟买卖人不过话，跟我舅爷说去……

何掌柜　得。洪爷！

王掌柜　洪爷。

洪　爷　来了？

王掌柜　啊，您让我们长长见识，开开眼。

洪　爷　不巧，东西让我一朋友拿走了，二位改日吧。

何、王掌柜　您别价呀。

洪　爷　实话，真是不巧得很。

樊掌柜　凡这路伙着的人来看货，卖家一定地不热情呢。

王掌柜　您心疼我们一回吧，我们可带着银票呢！

洪　爷　实在对不住，我那朋友开着银号呢！二位，请回吧。（两人下去，洪爷反过来又对天和说）天和，就得这样。东西不能是个人来就给看，来的人多了，有买的有看的，有出得上价，有出不上价，你得看清了看准了谁是真买主谁是凑热闹的。

天　和　舅爷我学着。（有些高兴）

〔樊掌柜悄悄再上前，静静站在一边，像自语一样地说着。

樊掌柜　（自言自语地小声对观众）哪一行都是一样，情分第一呢，不能上来就说买卖。打个不合适的比方啊，您就是进了前门外的南音小班还得讲究有十天半月的帮衬呢，啊棋琴书画的要交流呢！真熬到了眉眼之间有了来去了，那才有后话呢。老话说的是嫖情赌义啊，单为了上炕去的主，除了力巴就是生犸蛋子，不讲究呢。

〔说着就过来了，垂手而立。舅爷这边忙着自己的。

樊掌柜　几位爷晚上哪儿的局呀？（很优雅很平和）

洪　爷　还没拿捏好呢。

樊掌柜　二位爷您赏个面，我请几位西绅总会吃牛扒去吧。新来的法国厨子，不光牛扒地道，红酒也好。吃完了咱广和楼听大轴。瞧完戏，华清池泡澡，洗过了咱就近天蕙斋美美地抽口烟。今晚上您二位爷交给兄弟我了，怎么样呢？

天　和　这位先生，哪儿高就呀？

樊掌柜　您可别客气，攀不上，我是个买卖人，在琉璃厂开了个小铺子。

洪　爷　现在就买卖人吃香了！

樊掌柜　洪爷，您吉祥……

洪　爷　得了，甭使老礼儿了，不兴了。

樊掌柜　洪爷，我也在旗呢。

洪　爷　好啊，今晚上我们爷们就交给你了，天和。

天　和　哎，您说。

洪　爷　（跳出）听见了吧，这是会办事会说话的，看着谦卑，实际上由吃到玩，一件一件都说得在行，算是硬里子给你亮出来了。那话里话外透着的是，爷我也不是个寻常的主儿……

天　和　看着是不一样。

洪　爷　（进入）得了，叫车吧。

樊掌柜　几位下楼吧，车在门口候着了。

天　和　喜老板，您换换衣裳。

喜珠子　哎，来了。

洪　爷　以后别叫老板，叫珠子。

天　和　叫不出口。

喜珠子　我还能把你吃了。

（暗）

第二场

〔大套转了个方向。

〔大门口朝左了。

〔莲花从左台口急急上。

〔穿长衫的茶房追了上来。

茶　房　大嫂您站住，您看看这是什么地方，能让您随着性地找人……您别往里进了。

莲　花　我找天和。

茶　房　没这人。

莲　花　找洪舅爷。

茶　房　没有！有也不敢让您进去，谁知人家想不想见您。

〔莲花不听还要走。

茶　房　大嫂，大嫂，您心疼心疼我们做下人的吧，回头我们为了这点事，把事由丢了，一家大小可没的吃了……

莲　花　那我喊一声，天……

〔刚一喊，茶房追上来，把她嘴捂上了。

茶　房　可不能喊，您知道这里都住着什么人啊。您回吧，我帮您留心着，您先回吧！（把莲花劝下去了）我留心了。（劝下去）叫什么？

莲　花　天和。

茶　房　得，我记住了。（劝着下去了）

〔台上静了一会儿。

〔又是大套客厅。

〔天和从沙发上坐起来。

〔刚坐起来，喜珠子穿着睡衣，从一个小套间里生气着出来了。

〔天和不好意思，假装找东西。

喜珠子　干吗不进来?!

天　和　我……我找烟抽。（找理由）

〔喜珠子拿出烟扔给他。砰！给他点火。

喜珠子　嫌我风尘是吗?!（质问）

天　和　活到今天，从来都是人家嫌我，我没嫌过人家。

喜珠子　心里头有什么话，说说。

天　和　生分。

喜珠子　什么?

天　和　这日子我过着生分，吃穿住、行为派头都生分。我原来是干活出汗的力巴，这会儿坐着就出汗，不自在。

喜珠子　瞧你说的，穷日子过不了，有钱的日子还不会过吗?

天　和　实话说吧，我没钱，不单这辈子没有，上辈子也没有。乍一让我这么过，心里虚得慌。

喜珠子　谁让你来的呢？

天　和　为了卖东西。

喜珠子　那东西真就那么值钱？

天　和　见过三万五了……

喜珠子　多少?!

天　和　有人出到三万五了，没卖。

喜珠子　三万五啊，够开两个大厂子了！你心可真大，还说没钱呢！

天　和　不踏实。

喜珠子　穷命，来，你坐近点。（天和坐近了）

喜珠子　（小声）不怕老东西把你的钱哄了去？

天　和　说好了的数，成了给他一成半。是远亲，信得着。

喜珠子　那我呢……（天和不知怎么回答，想着。喜珠子站起来，亮身段）我合不合尺寸？

天　和　衣裳？

喜珠子　人！有样儿吗？

天　和　……有。

喜珠子　把我娶了吧，哪怕当个小的，真是救了我了……

天　和　救你？看着你可风光呢！

喜珠子　面上的，我比你苦。打小爹妈就没了，头上插草卖给人家学戏，到现在自己是哪个村、哪个店儿的都不知道了。从五岁开始，无冬历夏没睡过一个囫囵觉，吊嗓，练功，打出手，踩跷，伤了碰了，打摆子发烧，都不让歇着，动不动就是一顿打……现在想，我都不知道怎么活过来的……谢谢老天爷让我成人，出落了……看着我风光是吗？

天　和　是。

喜珠子　（伤感）真会瞧人……（风情）

天　和　不是听您说这些个，我真看不出来。找人家嫁了吧。

喜珠子　好人家没人要我，有钱的只是做做戏，穷人又养不活我……你娶了我吧，算是做回善事了。（艳）

天　和　（怀疑）这话是舅爷让你跟我说的吧？

喜珠子　呸！我可还没那么贱，拿着自己的苦情卖给人家当作料。跟你说，我褪了胭脂，换身衣裳，跟街上的小媳妇一个样。你不是好听戏吗，我还能唱，跟了你，我能好好地过日子，让你见天地听不花钱的戏，嗯？

天　和　我有媳妇。

喜珠子　那不是事儿。

天　和　我问您句想不通的话。

喜珠子　说。

天　和　我要是个没钱的主儿，你跟不跟我？

喜珠子　不跟！

天　和　那你这会儿觉着我是个有钱人？

喜珠子　你要是没钱，我不跟你费这个唾沫。

天　和　我有钱？

喜珠子　你当然有钱。

天　和　（一下有悟）这么些天了，住饭店，穿洋服，舅爷怎么教我，我都觉着不自在，为什么，我没拿自己当个有钱人，看着这些天这么花钱，不踏实。说句没出息的话，梦都没这么做过。虚，自己都不信。可就刚才那么一会儿，您那么一两句话，一个眼神，我的心转过来了，再由不得不信了。我有钱这事儿实了，我是个有钱人了。

喜珠子　你可不就是有钱吗！

天　和　我有钱？

喜珠子　有！

天　和　我是有钱人？

喜珠子　是！

天　和　得了，喜珠子，这么些天我可没叫过你的名，总觉得自己是个力巴，中间差着呢。这会儿我第一回叫你，你得应我。

喜珠子　哎。

天　和　我有钱就不拘着了。那我就得按有钱的人那么过，是不是？

喜珠子　还用这么问自己吗？

天　和　您别笑话，我信，乍一有钱的人都这么问过自己……不敢信啊，没想过。那好，有钱了，不按有钱人那么过也不对是不是？

喜珠子　不那么过，人家说你装穷，抠门。

天　和　有钱了该怎么过？

喜珠子　先由着性子。

天　和　不管不顾了。

喜珠子　凭心性。

天　和　那这会儿，我该干吗？

喜珠子　你说呢？（艳）

天　和　我这会儿是个有钱人了，你又在身边，香香的，搭着是大半夜，又说了那么多的体己的话，那我就该……（上手要抱）

喜珠子　你算是明白过来了。（上手来拉）

天　和　等等！等会儿，我还得问一句，那我大半辈子明白了的是非呢？还有我媳妇呢？

喜珠子　还是没转过来。是非都让钱给迈过去了。

天　和　从哪儿迈？

喜珠子　从钱上就迈过了。有钱了，人家量你的尺子就不一样了。打个比方啊，你要是个皇上，有个三宫六院的谁说你啊？你要是个穷力巴，找个三妻四妾，那人得拿唾沫唾死你。

天　和　都是人。

喜珠子　不一样，要么争着奔着的呢，有钱能使鬼推磨这话听过吧。

天　和　老话。

喜珠子　有钱了也能使磨推鬼，你信吗？

天　和　可以反着了！

喜珠子　反着。

天　和　是啊，那我原来看不惯的，现在都能干了，是非变了。

喜珠子　由着性了。

天　和　行，那我不想了，这些天想得脑瓜仁儿疼了，喜珠子。

喜珠子　哎！

天　和　（一把把喜珠子抱了起来）咱进房。

第三场

〔大套间又转到正面来了。

〔早晨。

〔灯大亮。莲花拎着个食盒站在台中央。

〔莲花放下食盒，看着三扇套间门，想悄悄看看去。

〔刚走近，天和穿着白西服出来了。

天　和　哎！怎么还站着啊，放下食盒走人！（人是有点变了，有点凶）

〔天和奔食盒子，打开盖拿吃的。

〔莲花冷冷看着，有喜有悲，快不认识了。

莲　花　还没算账呢！

天　和　问茶房要去。（拿着东西吃）

莲　花　（此时看着光鲜的天和）不认人了？这才多少天啊，还真就不认人了？天和！

〔天和吃的东西停在嘴上，这才回过神来。

天　和　哟，莲花啊！咳，我说怎么听着怪耳熟的。你……

莲　花　远了，是吧？

天　和　想不到的呢。

莲　花　真跟戏里唱的似的，贵易友，富换妻，小妖精在不在？（说着就要冲进里屋，天和赶紧拦住）

天　和　不住一个屋，做戏给人家看的。莲花，你可别那么叫，人家也是个苦人……

莲　花　苦人？你怎么知道的？在一块儿说体己话了是吧？细聊过了是吗？啊！知道她苦了？都有什么苦跟我说说。（天和不语）还有苦的你没见着呢！你把这身衣裳脱了，东西拿着咱回家，不卖了。

天　和　这又是怎么了？

莲　花　怎么了？还没怎么着呢，你人都见不着了。今天为找你，我扮个送吃食的老妈子才能进来。听见了吗？脱了衣服！旧衣裳我带了，换上，咱回家。

天　和　我不脱，东西是你让卖的，事儿是你安排的，这会儿眼瞅着该有钱了……我不脱……（两人追厮着）

莲　花　真是衣裳长精神，几天不见话都横着出来了，脱！

天　和　不脱。

莲　花　（突然）天和！这事不能办了，偏了，你知道吗？东西咱不卖了，回家……你这一天一天地在洋房这么待着，我受不了，受不了的滋味比受穷还难过。咱回去，回家去啊，咱该怎么过怎么过，实在过不下去，咱再说。这会儿不行，不卖了，你脱了衣裳咱走……（叫喊了）

〔天和愣着。

莲　花　怎么着，还让我给你跪下啊？走，东西是我的，我不卖了！

洪　爷　（从里屋出来了）成！上赶着不是买卖，有什么呀？卖也是你说的，不卖也是你说的。是你的东西你说了算。

莲　花　不卖了，舅爷，事是我求你的不错，可现在我看着天和他生分了，不卖了。

洪　爷　我不跟你多说。喜珠子，喜珠子，给柜上打电话，结了账咱走人……咱可犯不上劳心费力地在这儿耗着。

〔喜珠子梳着头出来，不正眼看莲花。

喜珠子　打过了，柜上这就来人。

〔话音刚落，茶房与账房上，敲门。

〔喜珠子上前开门。所有人站着。

账　房　几位爷早啊！要结账是吗？（没人应话）账理清了，给几位报报。吃住，带置办衣裳，外加叫车送餐洗衣裳拢共十五项，五百一十三元五角八分。哪位会钞？

〔天和看着莲花。

莲　花　钱不是我花的，甭看我。

〔所有人站着不动。

〔莲花站着。

〔账房、茶房也不敢催，站着。气氛尴尬。

洪　爷　行了！知道数了，你们先回去吧！

账　房　哎，账单子给您留在这儿了，几位歇着。（退下）

（静场）

洪　爷　跟你们真是丢不起人，不是说不卖了吗，结账走人啊！

莲　花　我没钱！

洪　爷　晃范儿啊！洪爷我活这么些年可没这么被耍过。天和你小子倒是说话啊！待会儿还有日本客人来呢，我拿什么话回人家？天和！

天　和　……

喜珠子　爷，依着我，您甭生气，人家家里的事，让他们再商量商量。我陪您下楼吃早点去。

〔喜珠子和洪爷下去了，人走了，静场。

莲　花　她心疼你了，截话，她心疼你了，为你截话打遮拦呢，她心疼你了！

天　和　没有。

莲　花　我听出来了！她可是心疼上你了，跟我说，你跟她怎么样了？

天　和　没有的事！莲花，你甭乱想了，说句实话，这东西还得卖，眼看着就见着钱了。

莲　花　天和，才这么两天没见着你，你可变了样了，我不放心了。

天　和　我变什么了？

莲　花　你连人都不认了，你还说没变啊。

天　和　你要不放心，回家收拾收拾，也搬过来，咱们一块儿住着。等卖了钱，咱合计以后的日子怎么过，这行了吧？

莲　花　（看着帅气的天和）我回家收拾东西去。

天　和　收拾了回来。

莲　花　那我可怕。

天　和　怕什么？

莲　花　怕你这会儿把我支走了，你们好挪地方，让我再找不着了。（近着，看着自己的天和）

天　和　那你在这儿待着，我回家里等去！（说着要走）

莲　花　老娘们儿卖玩意儿，我怕受欺负。（更近更亲）

〔莲花欲亲吻。

天　和　甭闹。

莲　花　几天不见了，我想你，没心肝的，穿上衣裳就忘了人！天和，这些日子你可让我做的梦都是疼的，（看着沙发）多软和的床，多松的毯子……天和你……

天　和　莲花，我说一句话你得信我。

莲　花　你说。

天　和　……我不能不是人了！

莲　花　话接得多快，想过和她，是吗？

天　和　我不能不管不顾了。

莲　花　谅你也不敢！（话冲，可心里高兴）天和，你过来，你要真不是东西了，我买杆枪崩了你……（用手指点天和的头，天和愣着。莲花说着就起身，把食盒腾空了，要走）

天　和　干吗去？

莲　花　你等着我啊，我回家交代交代就回来！

天　和　……去吧。

莲　花　我也想明白了，我过来跟你们一块儿过。不行了我就扮个老妈子，天天看着你，我心里踏实。

天　和　用不着，买几身好衣裳，咱该是夫妻就是夫妻。

莲　花　花那个钱，那得多贵啊。

天　和　莲花，咱有钱了。

莲　花　是啊，你这么想了。

天　和　不用我想，人家都这么看咱了。

〔天和抱过莲花来，亲了一下。

天　和　（飞快又放手）快去吧……我等你啊。

〔莲花甜美地站了起来。

莲　花　天和，就这么几天，你算调教出来了，行，我真认不得了。我走了。（出屋）

天　和　快去快回啊。

〔天和坐回到沙发上，点烟。

〔洪爷、喜珠子影子一样站在后边。

洪　爷　人走了！

喜珠子　刚才在楼下看见了……真到了街上，人也不那么显老！

天　和　还回来呢！

〔两人听到后愣着。

洪　爷　搅局！

喜珠子　那咱怎么办？（眼睛看着天和）

〔天和不说话。喜珠子看洪爷。

洪　爷　我不管，听他的。（坐下抽烟）

〔喜珠子、洪爷都等着天和。

天　和　这儿的账结不了，咱想走也走不成啊……

喜珠子　（飞快回答）把我首饰押上。

〔又沉默。

洪　爷　天和，等不等她，你可想好了。

天　和　……你有首饰？

喜珠子　有。（看着天和怎么办）等不等她这事儿还得看你。

天　和　那……咱挪个地方……（梆鼓声大作。自己说完了都觉不是自己该说的话，愣着）咱躲开这儿！

喜珠子　得了，我办去。

〔幕急落。

〔灯黑着。

莲　花　（大喊）天和，天和！

茶房伙计　甭喊了，人走了。

第四幕

字　幕　距上一幕十五天前。

〔天和与莲花的穷家。在台的左侧。

〔天还没亮。

〔莲花挑着灯笼进来了，照见了穿着力巴短衣坐在炕上还犯困的天和——太早了，天和像没睡醒一样地呆坐着。

〔房梁上悬挂着一件长衫。

莲　花　哟！怎么还没换上呢？快换上了好出门啊！

天　和　穿不惯，没穿过……

莲　花　净说那不靠谱的话，我好不容易借来的，快穿上啊。

〔上炕把长衫摘了下来，张罗给天和穿衣服。

天　和　不就是去鬼市卖件东西吗？又不是卖人去，还得换身皮。

莲　花　什么话！你这是什么话！跟你说天和，大清早的你别惹我生气。卖人，这日子再这么过，还就得卖人了……快，伸胳膊……跟着你我真是着不完的急。卖东西是不假，可这东西不是萝卜白菜，到底值多少钱咱也不知道。再说了，这东西绝不是平民百姓家该有的，你穿件长衫给人家开个好价钱，人家也信你。（边说边给穿着）瞧，这不是挺好的嘛，跟个先生似的。等等，拿镜子，我给你照照。

〔莲花极欣赏地拿个镜子角儿给天和照着。

天　和　甭照了，身上像了，肚子里没有……

莲　花　（生气）见不得你这份德行……要不是你对我好，我他妈的蹬了你……

天　和　……还不知谁蹬谁呢！

莲　花　嘿好！长行市了，会顶嘴了，（点天和头）回头你蹬了我试试。来，快把这半块窝头吃了，我陪着你去！（挎卖干果、烟卷的篮子）

天　和　那还不如你去呢，我去攒口儿等活儿去，好歹也能挣个仨俩的。

莲　花　天和，你别总跟我这儿打磨磨好不好！老娘们儿卖东西受人欺负，你不知道啊！要不是为了多卖俩钱儿，我犯不着跟你生闲气。走吧！

〔以下两人边走边说，后边边换鬼市的景。

莲　花　听话啊，有看上的就大着胆地给他开个价，不怕开高了，漫天要价就地还钱，这东西要是个宝贝，可不能要低了……

天　和　高啊低的，上琉璃厂一问不就知道了？

莲　花　不是跟你说了嘛，不成！让行里人瞄上了，商量好了绷着你，你一点辙都没有！这路事，你不懂。

〔鬼市到了。

〔突然台上上来了各种各样的灯，有灯笼，有汽灯，有电石灯，有油灯，都晃着上来了。

〔人多，有摆摊的卖一堆的，有就拿了一件东西在卖的。

〔有看好了东西在袖子里还价的，有买卖成了交钱点货的。这个站起来，那个蹲下；那个蹲下，这个站起来。人多声音不大，都悄没声儿的。(这场戏要热闹)

〔这些人都在灯下晃着……

甲买主　(掏钱) 东西我要了，跟你说天亮了，我要是看着不对，可找您退货啊。

甲卖主　看您说的，我见天地在这儿，看不好了您拿回来，我再加一成收您的，本来就没挣您钱。

(这上下两段可以一起演)

乙买主　什么呀？

青　子　(有点紧张) 瓶子。

乙买主　还有什么？

青　子　缂丝的四扇屏。

乙买主　怎么没带灯啊？

青　子　您那边借个亮看看吧，着急出来，没备着……（一个小伙计过来

看过青子后，急急地下去了）

〔闲逛的买主中间有刘掌柜、何掌柜、王掌柜（还是那仨人）。

〔樊掌柜这次拎了个纸灯笼，幽幽从台右上来了。

贩子甲　哎！（上手要拦正拿着青铜器拿鼻子闻的刘掌柜）怎么还要啃啊？

刘掌柜　谁啃了，我闻闻。

贩子甲　又不是买女人用的粉儿，怎么还闻啊？

刘掌柜　怕你是尿坑里起出来的。

贩子甲　真有您的，得，闻吧！

樊掌柜　鬼市与铺子里的坐商说出的话都不一样，斗嘴争锋，做托砍价，两边都横，不像买东西，像是抢东西的，不这么着不行，争的是那股子气势。在这儿只有较着劲儿才能把东西买下来。

〔正说到这儿，王掌柜的上来没话找话。

王掌柜　何掌柜，您这打着白灯笼这是等谁呢？

何掌柜　等鬼呢！

王掌柜　哟，您这是跟谁啊，我可没说您什么。

何掌柜　打着白灯笼，依着你，我该上坟地是吗？

王掌柜　我就这么一说，玩笑呗！

何掌柜　（生气）我不识逗！

王掌柜　得了，惹不起我躲着点。（走了）

刘掌柜　呸，好味儿，你自己闻闻。

贩子甲　我不闻。

刘掌柜　尿坑里的玩意儿。

贩子甲　哎！哪儿那么多的话，不要你走人，踹我的买卖是吧！

刘掌柜　我说实话。

贩子甲　我他妈揍你！（两人拉巴起来了，众人劝开）

樊掌柜　看着东西不对了，话可不能直着说出来，说一句“看不好，您收着吧”，两边就都能明白了，非要把话说明了，那还有不打起来的。

〔天和挑着个灯笼，受气包似的站在台口。

天　和　大清早跑这儿站着受罪来，不如干活出汗踏实。老话，辛苦钱，万万年。

〔莲花挎着烟笸子走过来走过去，边吆喝边看着。

莲　花　小蜜蜂、大双刀啊，哈德门、红锡包啊……卖烟卷呀！洋烟卷、桂花糖。（走到天和面前）

莲　花　你倒是喊一声啊，不喊谁知你干吗的。

天　和　喊什么呀？

莲　花　有东西卖！

天　和　喊不出来。

莲　花　那把东西亮出来。

天　和　人多怕挤砸了。

莲　花　怕，怕，怕咱甭吃饭……快亮出来，喊！

天　和　有东西……卖啊！有东西……卖……

〔文人李先生过来挑灯看着天和的东西，看过后。

李先生　谢您，收好了。

樊掌柜　（看着）常来鬼市的买家不用看东西，看人就成了，天天来摆摊的你不用去看，从他那儿您捡不着漏。有没见过的生客来了你得过去问问，备不住就有传家的玩意儿。可是呢也有那路力巴穿长衫的，（看着天和）假人物手里有不了什么正经的玩意儿。

〔刚才看过后跑下去的小伙计，带着大户人家的管事上来找刚卖缂丝的青子来了。

小伙计　刘爷，您看看吧，人对不对？

〔刘爷带着打手、警察上前一看。

刘　爷　可不是他嘛，青子！（青子放下东西要跑，众人上手就给抓了）甭让他跑了，抓人，收东西！

青　子　刘爷，我是没辙了，家里逢着事了……

刘　爷　没辙了你就偷主家啊！警爷，上铐子，他会功夫。（青子动手，被人拧住了。这时鬼市的人全躲在了一边）

〔天和吓得把灯笼也吹了。

警　察　人对啊？

刘　爷　错了找我，是家里的长差。快把东西收好了，人你带走。

警　察　东西可不能拿走了，得先上局子里录供去！

刘　爷　（拿钱，塞过去）免了吧，人你们收好了就成，我们老爷等着验玩意儿呢，您受累。得，回吧！

警　察　那行。得了别看了，走，走，你干什么不好，偷主家，走……

〔天和站着。

〔莲花早躲没了。

〔这些人下去了。鬼市的人又都回来了，恢复日常。

〔文雅的李先生带了一个拄着棍的老头儿上来了。

老太爷　（南方文明口，不要像小品一样学南方话，低沉点）人在哪里？

李先生　刚还在呢，哎，在那儿呢，打白灯笼那个。您先坐这儿（老太爷坐在台口的一个路边茶馆的椅子上）等着，我给人叫过来。

老太爷　东西要看准了！

李先生　刚在灯底下照了一眼，是件让人心跳的东西。

〔李先生跑到天和跟前。

李先生　哎，这位先生，玩意儿没出手呢吧？

天　和　没……没有，（还惊呢）这儿怪乱的！

李先生　他乱他的，咱交易咱的，第一次吧？

天　和　头一回。

李先生　实话说，我眼力也不成，刚瞄了一眼您手里的玩意儿。这会儿找了懂行的来给掌掌眼，您受累移两步驾，您受累，受累。

〔天和刚被惊住了还怕。莲花在一旁吆喝着。

天　和　（害怕）东西，我……我不想卖了……

李先生　可不能！亏不了您，您移两步，老太爷有身份不愿往跟前凑。

天　和　我……

〔莲花看着生气过来了，边吆喝边从后边顶了下天和。

〔天和无奈，跟着李先生过去了。

〔老太爷坐着。

〔天和到跟前把东西递过去，灯笼挑起来了，给人照着。还是怕，回头找莲花，找不着人了。

〔老太爷接过东西不看，先一摸底。

樊掌柜　瓷器对不对，不用看，以手略探下底，就知一二了，讲究的是美人背、孩儿面。底只是细还不够，还要糯，（摸到了字，有点吃惊）怎么，还刻了款吗？

〔天和挑着灯笼不说话。

老太爷　是什么字？

天　和　诗！

老太爷　（翻过来）挑灯。（灯一下挑高了）

老太爷　镜子。（李先生把花镜递过来）

老太爷　什么诗？

天　和　您看吧。

〔莲花这时不在边上，应是远远地看着，也听不见吆喝了。

老太爷　（看着手都抖了）你……你……你……（也不说买，也不说不买，坐着不动）这位先生，您坐。

天　和　您坐，我站着。

老太爷　您坐下。（天和坐下）

〔老太爷起身拉李先生去了一边。

老太爷　乾隆御题钧窑水仙盆，宫里最上上品的东西。他开了多少钱？

李先生　没说呢。

老太爷　就他一个人吗？

李先生　没见着别人。

老太爷　（自己先紧张）好，好，且不可紧张，不可紧张，沉住了气，好东西别……别买炸了！

李先生　开多少合适啊？

老太爷　他不像此行中的玩家，听他的。

〔这时旁边摊有打起来的。

甲摊主　干什么？干什么？你看着我开张你眼气是不是？

乙摊主　你他妈的作假蒙人！先生别买他的东西，都是瞎活。（两边打起

来）

〔天和有点陌生，害怕地抱着东西。

天　和　莲花，莲花……我……我想回了，莲花……（没人理他）

〔这回老太爷往天和这边来了，李先生跟着。

老太爷　这位先生，家里祖上在宫里应过差吧？

天　和　老辈的旗人。

老太爷　东西不错，就这么一件吗？

天　和　这东西，也就有个一件半件的，不能多了。

老太爷　说得在理，打算多少钱割爱？

〔天和想找人，没看见莲花，半天后伸起一个指头。

李先生　一百？（天和不知如何）

〔天和站起想找人。

老太爷　（扔了拐棍，一把抓住天和的指头）一千？（天和有点吃惊，愣着）好，我要了！

天　和　家里急用，现钱……

老太爷　当然给现钱！（掏钥匙给李先生）快回家拿钱去！快去！来，这位先生坐下，我陪您等着。（拉天和）

〔樊掌柜在暗处看着。

〔莲花也看着一切。

〔天和看不见莲花，只好坐着，刚坐下。

〔这时只见下定了决心的莲花突然冲上台来。李先生还没走开。

〔莲花冲上来就给天和一个大嘴巴，天和惊了。

莲　花　臭硌背的，我就知道你上这儿来！（天和蒙了，老太爷、李先生也蒙了）祖宗留下的东西也敢往外拿，读书读傻了是吧，明理的事儿都不懂了，啊?！把东西给我！

〔天和完全被打蒙了。

天　和　你……

莲　花　你什么你，还有什么说的，把东西给我。（一下抢了回来）

老太爷　怎么回事？这是怎么回事？

李先生　哎！什么人啊？哎！东西我们要了……要了！

老太爷　说好了一千块钱要了！

莲　花　起来，走！（拉起天和）对不起二位爷，家传的东西不能卖，多少钱也不能卖，对不起，对不起。他是我兄弟，人穷志短了，不懂事，偷着拿出来的，不卖，我们不卖！（拉着走）快走！

李先生　哎，怎么能这样？怎么能，哎！

天　和　莲花，你……

莲　花　走！

老太爷　（上手拉住了）不要走！说好了的价，怎么反悔啊？这不行，（上手要抢）不行！

莲　花　不行，你把我杀了，你把我杀了啊！跟您说，祖宗留下的东西，杀了我也不能卖。

李先生　那再商量商量，那你多少钱卖？开个价啊。

莲　花　多少钱也不卖，走！

李先生　再商量商量。

〔莲花急拉天和下去。

〔樊掌柜看着。

老太爷　（愣在台口失神了）说了，别买炸了，别买炸了，还是买炸了！我喊一千干吗，一辈子见不着一回的玩意儿，给买炸了，老了老了，压不住阵了！（啪，抽自己嘴巴）

李先生　老太爷，你别，你别价啊。

樊掌柜　买东西讲究的就是巧买巧卖，漏不好捡，捡不好就炸了，他十块都想卖的东西，您给一千，还有不炸的吗？买炸了的东西，就再不好往回拿了。（要走）也好，炸了，大家有机会。（天也亮了，吹灯笼走了）

〔台左边景。街上二荤铺门口。

〔莲花、天和、洪爷坐在街口的方桌上。

莲　花　舅爷您听听，一个指头刚伸出来，人家一千大洋就着急忙慌地开出来了，这东西值多少钱，咱说得准吗？

天　和　不少了……

莲　花　你别说话，听舅爷的。

洪　爷　这玩意儿值多少钱，说句实话，我也不知道。卖玩意儿，尤其要想着不洒汤不漏水一下卖到位了，就得花大功夫扎着架势卖。你们也别乱了，交给我吧，卖了钱我全给你们送去，算帮忙白跑腿了。

天　和　能比一千多……

〔莲花一下拉住了。

莲　花　舅爷这样吧，让天和拿着玩意儿跟着您，您正好调教调教他。

洪　爷　不放心是吧？

莲　花　不是那话，也让他见见世面。东西卖好了，许您一成的利，卖一万给您一千，卖两万您得两千。您要嫌少，再补点。

洪　爷　那可就不是这么个跑鬼市的卖法了。

莲　花　您说。

洪　爷　那得把摊子支大了，天和要是跟着也得摩登起来。

天　和　我不干！就这长衫我穿着都别扭。

莲　花　听着！

天　和　这不让我扒了皮换人吗？

莲　花　扒一层皮升一层天，天和听话啊，跟着学，咱说话就该过好日子了，学学吧，改改样。

洪　爷　成吗？

莲　花　成，怎么不成？

〔下边的话边说景边换。莲花胳膊上挎着烟卷笸，跟着洪爷。

〔洪爷在另一个台口。

洪　爷　先是行头得从里到外全换了，番菜馆得学会了怎么吃，住得住六国的大套房，出入都是汽车，关键的有一条你得受得了……

莲　花　（在寒风里）您说。

洪　爷　吊膀子捧角。历朝历代场面人都是这样，不为别的，为的是摆谱给人看。有钱人现在比的是身边的女人。（后边场景换好了）

〔冬夜里广和楼戏楼门口。各种摆摊的、拉车的等着散戏。

〔广和楼内锣鼓、京剧的唱腔隐隐传来。

〔挎着篮子卖烟卷的莲花很快地融入场景中去。

〔莲花此时好像对未来的好日子看见了一样，大声地兴奋地在寒风中喊着。

莲　花　小蜜蜂、大双刀、洋烟卷、梨膏糖啊！先生买包烟卷吧，梨膏糖要吗？（没人买）臭三开张了吗？

臭　三　没呢，等着散戏呢。

莲　花　也不吆喝着。

〔臭三来段生动的唱……吆喝。（专业的，郭德纲式的）

莲　花　好嗓子，卖烟卷、梨膏糖哎！

〔生子的洋车就停在台角上，生子天冷坐在车里，生子听着莲花喊，撩帘子出来。

生　子　莲花，莲花！

莲　花　谁啊？谁叫我，要烟卷啊？

生　子　我，生子。

莲　花　呀！是生子啊！还没收车呢？

生　子　没拉出份儿钱呢，等戏散了吧。莲花，这条街上就听你叫唤了，挣了钱了？

莲　花　没有，赔本赚吆喝呗。

生　子　看着高兴呢。天和对你好不好？

莲　花　你看呢？

生　子　他要是对你不好了，我拿枪崩了他。

莲　花　要崩也轮不着你……还倒腾枪呢？

生　子　有一搭无一搭。上车吧，我送你回家。

莲　花　不急，我等着天和呢。

生　子　等天和，他在哪儿？

莲　花　戏园子里听戏呢。

生　子　呸！什么东西，自己在园子里暖暖和和地听戏，让娘们在他妈冷风里卖烟卷。你怎么跟了他了，你等着我进去给他拽出来。

莲　花　你甭管！听戏怎么了，我乐意，跟你说，过不了多久，见天地就该我们俩一块儿地听戏了……你还甭不信，生子，回头我俩雇你拉包月。

生　子　天上掉下金窝头了，啊？看你高兴的，冻迷瞪了。真有那时候，我也不给你拉车。

莲　花　怎么的呢？

生　子　我这辈子没娶上你，心里就够堵得慌了，还天天地让天和他驱使我，门儿也没有！

莲　花　真酸，见不得我好是吧？

生　子　我要不是被抓了丁，没他天和的份。

莲　花　生子，有你这话，我心里就美了。咱俩怕是没缘。

生　子　可不是没缘嘛！

莲　花　甭想不开啊，来，给你点根烟，暖和暖和。

〔莲花给生子点烟抽。

〔樊掌柜影子一样地上来了。

樊掌柜　那天鬼市上我算看错了，力巴穿长衫人是假的，可那东西是真的。好在买炸了，再有的机会不能错过了。人不怕犯错，犯了错就得改，做这行的不能主观了，一主观一定出错，几千几万地丢钱。那么多的钱，一块钱买一个嘴巴子，得抽自己五年呢！哎，来包烟卷。

〔此时莲花坐在生子的车里，看着生子抽烟。

〔几个摊听了樊掌柜的话都应。

众　摊　我这儿有，我这儿有。

樊掌柜　不要，要她的。

生　子　真招人稀罕，买烟都买你的。

莲　花　来了，爷，您要什么牌子的？

樊掌柜　红炮台，五盒。

莲　花　爷，那烟贵，我这儿没有。

樊掌柜　有什么呀？
莲　花　你选选。
樊掌柜　（假意选着烟）姑娘，问句话，家里有老辈留下的瓷器啊？
莲　花　您从哪儿知道的？
樊掌柜　别问哪儿知道的，卖吧，我给你个好价。
莲　花　没有。
樊掌柜　几千上万的，只要东西对，都能立马给你。
莲　花　没有。
樊掌柜　（自言自语出戏）买东西不能欺负人，大几万的东西非想着几百块钱收进来，天大的好处一人得了，不成。总这么想，皇天后土就不照顾你了，没人给你报货，你的买卖也就断了。
莲　花　爷，您不买烟我走了。
樊掌柜　别急，跟您说，北京城里东西均给了我你就算是找对人了，要么鸡飞蛋打！
莲　花　爷，您甭吓唬我！
樊掌柜　我是好话，姑娘，这么大冷天的你别让我白跑行吗？（往外掏房契）这是一所院子的房契，你拿着算定钱，东西看过了值，我再加万儿八千的都成，要是东西不对了，这所院子我白送您了，成吗？
〔莲花看着那个房契，愣着。
樊掌柜　（自语般）买重器就得拿钱砸，做的是这个买卖，顶尖的东西都从你手上过，买的、卖的才会来找你。做一行就得做成个行里的尖子，挣钱不挣钱的那是后说。
莲　花　您这是一所院子啊！
樊掌柜　正房七间，厢房六间加倒座。
莲　花　生子，生子，听见了吗？你说我高兴有错吗？
生　子　卖了吧。
〔莲花看了半天，看着想妥协了，却坚定地说。
莲　花　我没东西！
樊掌柜　再想想。

［生子上来给莲花拉到一边去。

生　子　莲花，你们家有什么这么值钱，这不是一辈子梦都没梦见过的吗？卖了吧，看着这先生诚心。

莲　花　不卖，这么大冷天的他拿着一所院子上赶着来找我，东西不定怎么值钱呢，我不卖！

生　子　莲花，可不能太贪了，钱多了你命里压不住，利要是太大了妖魔鬼怪就都出来了。莲花，听我的，把房契拿上。

莲　花　不要！先生，咱不认识，您走吧。

生　子　莲花，这可是个机会。

莲　花　生子没你的事，你别管！

生　子　我他妈的欠！

莲　花　先生，不买烟您走吧，别耽误我做买卖。

樊掌柜　好啊，姑娘心大，我走，我走。姑娘，我多一句话啊，你那朋友说的话在理。

莲　花　我不听，我不听！

［樊掌柜下。

［散戏了，人们穿着皮衣出来。

［吆喝的、找人做买卖的一下都热闹起来了。

［莲花高兴地看着等着。

［天和、洪爷、喜珠子出来。

［洪爷挎着喜珠子走过。

［莲花挎着烟篮子在冷风中看着天和从自己身边过去。

莲　花　大双刀……小蜜蜂……哈德门……啊！

天　和　（像看不见一样地叫车）洋车。

莲　花　哈德门，哎，哈德门啊！

［那边天和扶着喜珠子上了洋车后。

天　和　（像是才听见）我买盒烟去。

［天和往莲花这儿来。

莲　花　（高兴）天和，哟，真像哎……我是你亲媳妇都不敢认你了。（上前撣雪花）东西卖得怎么样？

天　和　见过六千了……

莲　花　六千……疯了啊，六千了，怪不得刚有人还拿着一所大院子找我呢，让我给回了，疯了……天和，那小妖精是……

天　和　唱戏的，你不应了舅爷了吗？该捧角就捧角，为支场面卖东西。

莲　花　是，我是应过。可你……你可别当真……

天　和　不能，莲花，天和不能那样了。莲花，有句话我问你，你想好了，这日子是咱想过的吗？

莲　花　还用想吗？看看你，再看看我，我冻得手都快没了，就剩下这嘴里吐出的白气了。你可好，暖暖和和地刚看了戏出来，要是那胳膊上挎的是我，不就是咱想的日子吗？看着你就像摸着梦的边了，多好，天和，回头我打扮起来比她俏。

天　和　是，天底下我就看着你俏。（说着伤心了，焐着莲花的手）冷不冷？

莲　花　不冷，有你这话比什么都热。

喜珠子　天和，走啊，我冷了！

天　和　哎！来了！莲花放心吧，我走了……（走了）

莲　花　哎！把烟拿着……

天　和　不拿了，你留着卖吧。

莲　花　亲爷们抽还舍不得啊，这会儿咱可不缺一盒烟了。

天　和　行，那我走了。（天和拿了烟走）

〔天和上了车走了。

〔莲花在寒风里看着车走了。

莲　花　真不敢想，也不敢认了，我们家天和看着多边式啊，跟台上的大武生似的……身上、脸上，什么也不缺！我们家天和……有了人样了……

第五幕

字　幕　距上一幕四天前。

〔莲花、天和家，正面。

〔砰砰砸门声中幕开。

〔催账的在外边喊着，砸门。

〔莲花跑来跑去想躲，最后躲在柜子后边，不敢出来。

催账甲　快开门，跟你说躲得了初一，你还躲得了十五啊！还钱！

莲　花　我没钱！

催账乙　好牙口！没钱拿你人……

莲　花　我不去！

催账甲　兄弟，别跟她废话了。卖把子力气，扛门！（后退使劲）

莲　花　你们要逼我，我就磕死在这儿……

〔催账甲砰一脚把门踹开了。

〔莲花飞快躲。

〔两人进门就抄东西，砸东西。

催账甲　兄弟，看有没有值钱的。

催账乙　付哥，家里穷得快掉了底了，甭看了，抓人吧！

〔莲花一听从柜边蹿上炕了，想顺炕边跑出门去。甲一下蹿上炕给拦住了，揪着莲花的头发揪了下来。

莲　花　我不去，我死也不去！

催账甲　不去还钱！

莲　花　钱买货了！

催账甲　货呢？

莲　花　卖不动，全臭了……

催账甲　拿人！（两人一下把莲花抓住）

〔两人拉了莲花要走。

催账乙　以为我们齐大爷的钱是大风刮来的，他妈的，走！

莲　花　我不去！我不去！（撕巴，打，被揪）

〔正赶上天和冲进门。

天　和　干什么？干什么？（抄东西）大白天你们砸明火啊！

催账甲　得！来了本家了，你是她什么人？

天　和　爷们。

催账乙　有钱没有？

天　和　你问不着，再说了，凭什么问我们要钱？

催账甲　好，那问你媳妇要。（又要抓）

天　和　别急，莲花，是怎么回事？

莲　花　我借钱买鲜果子了，没卖出去臭了。天和，我不跟他们去！

天　和　你们给我出去！出去！

催账甲　好小子，胆子不小！兄弟你别动了，看我的！

〔三人打了起来。

〔催账两人都是练家子，齐齐的两拳一下把天和打倒在地。

〔狠打狠摔，像戏弄一样两人扑了上去。

催账甲　兄弟，掏掏，看有钱没有！

催账乙　（搜出两块大洋）哥，有！

催账甲　够打酒的吗？

催账乙　富余！

催账甲　（又狠狠地打了倒在地上的天和几下。莲花惊叫）便宜小子了，走，没完啊，还得再来……

〔两人撒手，拿了钱走了。

〔天和躺在地上，莲花吓得不敢过去。

〔台上静着。

〔莲花慢慢往天和那儿走。

莲　花　天和，天和，伤着没有……伤着没有呀天和，天和！（天和很久不说话）天和！

天　和　没有……（天和坐了起来，摸已然空了的口袋）就今天挣得多，全让王八犊子抢去了……

莲　花　怨我……（伤心，坐在天和跟前）

天　和　甭那么说，甭怨，要怨也怨不着你，怨我没能耐，养不了媳妇……

〔天和也伤心。天和站起来收拾着屋子。

莲　花　天和，你别那么说，你这么说我心里更难受了。我原就比你大，我该更疼着你才是……（过来看天和的伤）疼不疼？

天　和　这日子要是知道疼了，疼就没边了。

莲　花　你还是怨我！

天　和　不怨，莲花，甭看着人家挣钱咱也急，做买卖那是咱能干的吗？有口食，有间房，咱乐乐和和地过，不也是日子吗？比谁差了？

莲　花　心里不服。

天　和　没什么不服的，大有大的难处，苦有苦的乐子。还没吃呢吧？

莲　花　不饿。

天　和　假话……

〔天和把仅有的一块红薯掏出来，找东西在炉子上烤。

莲　花　天和，我运气不好，原本这回买的时鲜的果子该挣着钱了，去年多缺呀！谁知赶上个大年，卖果子的臭大街了，一斤都没卖出去，全便宜院里的孩子们了。

天　和　咱没那个命就别想那个事儿，天底下有的事不赔就是赚了。

莲　花　你说得也许对，可我……原打算卖了果子，年下能给你换身新衣裳、新帽头呢。（摸天和的头）哟，流血了，别动，我给你洗洗。

天　和　不碍，别想着我，你好好的，比什么都好。

〔两人静着。

莲　花　天和，屋里冷，咱上炕坐着吧。

天　和　你上去围上被子吧，我看着火。

〔天和坐在火边上。

莲　花　（撒娇）人家一人冷呢！

〔天和坐着不接莲花的撒娇。

莲　花　来啊。

〔天和站起来。

莲　花　把水盆带上来，我给你擦把脸。

〔天和端着水盆上炕了。

〔莲花边拧手巾给天和擦脸，边说着。

莲　花　天和，别生我的气，什么日子总得过呗。我给你破个闷儿吧。

天　和　费脑子，上回就一个也没猜出来。

莲　花　出个好猜的，可你不许不想！

天　和　我脑子慢。

莲　花　不兴说自个儿不好，我不爱听，全天下我就觉着天和你好。

天　和　我没能耐。

〔莲花一把手把天和头抱住了。

莲　花　别说这些个，说会儿别的。

天　和　你说吧，我听着。

莲　花　天和，你要真有了钱了，最想干什么呀？

天　和　……给你买花戴。

莲　花　不带嘴甜的啊，说自己。

天　和　（想着）我有钱了，就把所有的吃食都给它过遍油。

莲　花　什么？

天　和　凡是吃的都炸一遍。

莲　花　馒头？

天　和　炸。

莲　花　窝头？

天　和　炸。

莲　花　炸糕？

天　和　放凉了再炸一遍！

莲　花　（笑）你是真缺油水了，然后呢？

天　和　买三斤雪花细面的白糖，我一点一点地蘸着吃，咂吧那个香味儿。

莲　花　就这啊，还有呢？

天　和　到冬天了，买两双厚棉鞋我倒换着穿。我汗脚，省得一到冬天汗透了的鞋冷得跟铁似的。

莲　花　还有呢？

天　和　够了。

莲　花　这就够了？

天　和　想不出什么了。

莲　花　天和，（伤心）你真是个苦人，好日子没过过也就罢了，想你都想不出新鲜的来。

天　和　有吃有穿就是乐了，还想什么呢？

莲　花　你说这话，我心真是疼呢……天和，满天底下我就想让你一人过上好日子……天和，我一定要让你过上好日子……

天　和　不想。

莲　花　你别不信，真的。

天　和　不想。

莲　花　不信，我就给你看看。

〔莲花爬起来下地，到炕洞里把水仙盆掏了出来，解开包袱放炕桌上。天和看着。

莲　花　天和，我一直没跟你说过，原先我在王爷府当丫头子时，正赶上抄家，趁着乱，主家的东西，我捡出了一件来，这些年一直没敢说。看啊，多鲜亮的一件瓷器！

天　和　盛不了半碗粥。

莲　花　甭那么说。天和啊，卖了钱，我让你过好日子。

天　和　莲花，你有心就成了。

莲　花　你不信？

天　和　信，可这会儿，这东西没红薯实在，你闻闻。

莲　花　嗯，真香。

天　和　熟了，我给你拿去。（下炕拿了红薯要给莲花）

莲　花　（想吃又让）你吃吧。

天　和　我不饿……中午在外边吃的窝头……（天和边说着边把热红薯掂着拿了起来）你别动地方，趁热吃了，我给你倒口水喝。

莲　花　我不渴，快上来坐下。你吃了吧，干了一天的活儿了，你吃。

天　和　别让了，吃吧。

莲　花　（看着香）要么你吃一半，我吃一半，你要不吃我也不吃。

天　和　就一块红薯一人吃了都不够……吃吧，莲花，天底下你吃饱了，我就不饿了，一个样的……（莲花听了伤心了，流泪）

莲　花　一块红薯招出你这么多话来，这该是天底下最甜的红薯了。天和，你不说是不说，一说话就打在人心尖上了。上来，上来呀，我给你破闷儿。

天　和　猜不出来。

莲　花　听着，麻房子，红帐子，里边住个白胖子。

天　和　猜不出来。

莲　花　猜不出来，罚你吃一口，来呀。

天　和　莲花你吃吧，不猜了，唱个曲吧，算是你疼我了。

莲　花　这会儿就唱啊？

天　和　唱吧。

莲　花　（清清嗓子）饱吹饿唱是吧？

天　和　累了一天，咱也乐乐。

莲　花　天和，咱俩好好的。

天　和　好好的。

莲　花　天和，咱俩好一辈子也不分开。

天　和　不分开。

莲　花　我唱了。

天　和　唱吧。

〔音乐起。

〔莲花小声多情地喜兴唱着：

一更里来梳妆台，从头上拔下了金凤钗，将金钗插在妆台上，忽听得情郎哥走进奴房来。

叫丫鬟收拾巧安排，小奴家提壶忙把酒筛，敬郎三杯饯行的酒，千万地别忘了女裙钗。

二更里来手托腮，劝郎莫要上花台，恋住鲜花忘了旧，把你的心腹事全然丢开。

父母要你敬，妻子要你爱，恩爱的夫妻怎能离开？在家与奴同罗帐，出外与奴两分开。

莲　花　天和，我唱得好不好？

天　和　好，真好。天底下就你一个人是我的命，你是我的命。

〔音乐加入，越来越强，抒情而伤感。

〔两个人在炕上恩爱地坐着。让人想到开头的一幕无比伤感。

〔幕落。

〔全剧终。

2006年4月29日一稿

5月6日改二稿

5月12日改三稿

5月28日改六稿（定）

5月30日又定

9月8日再加改

9月10日改

12月11日再改

2008年1月再再改

2008年1月30日北京人艺首演

歌剧

赵氏孤儿

人物表

程　婴	（男中音）	平民，草泽医生。
公　主	（女高音）	晋王姐，赵盾儿媳，赵武之母。
赵　武	（男高音）	赵氏孤儿。
公孙杵臼	（男低音）	晋国老臣。
程　妻	（女中音）	程婴妻。
韩　厥	（男高音）	晋国将军。
赵　盾	（男低音）	晋国重臣。
屠岸贾	（男高音）	晋国奸臣。
晋　王	（高男高音）	晋国君王。
魏　绛	（男中音）	晋国将军。
原　秋	（女中音）	公主女仆。
老年男人	（男中音）	集市百姓。
中年男人	（男高音）	集市百姓。
中年女人	（女高音）	集市百姓。
卫兵甲	（男高音）	屠府卫兵。
卫兵丁	（男中音）	屠府卫兵。
众百姓	（合唱队）	

序　幕

[在强大的音乐声中大幕开。

[晋国集市的高台上，晋王（因史实关系，不提是不是晋灵公或晋景公）手持一张大弓，不断地左右放着弹丸。高台下，集市上的百姓东奔西跑，无处躲藏。台两边手持金戈的武士高声唱着，他们以呵斥当作武器阻止着平民百姓逃出这个范围。

兵士合唱　打中了！打中了！额头眼睛。

打中了！打中了！手臂胸膛。

打中了！打中了！鲜血流淌。

打中了！晋国的君王把集市当作行猎的围场。

打中了，(啊!）喊叫的声音多么刺耳。

打中了！百姓在奔跑。

打中了，天上的飞鸟也仓皇。

百姓合唱　啊！我的孩子，我的孩子，我的爷娘，我可怜的瓜菜，我伤痛的心房。

(两方的合唱可以穿插)

兵士合唱　晋王在欢笑！百姓在喊叫！行猎的围场，驱赶着羔羊……

百　姓　啊！让我们出去！

兵　士　回去！

百　姓　让我们出去！

兵　士　回去！

[晋国重臣赵盾急急边上场边唱。

赵　盾　(男低音）哪有这样的王，弹丸打在子民的身上；哪有这样的臣子，把伤人的弓箭递给君王。他不是在射杀猎物，对准的是百姓的胸膛；晋国的君王，浑噩的肝肠。

合　唱　哪有这样的王，弹丸打在子民的身上；哪有这样的臣子，把伤人的弓箭递给君王。他不是在射杀猎物，对准的是百姓的胸膛；晋国的君王，浑噩的肝肠。

赵　盾　放下弓箭，放下弓箭……

晋　王　（高男高音）啊屠大人，赵盾又来阻止，赵家有强大的势力，今天他要逼我收场。

屠岸贾　（男高音）晋王，啊我的大王，不要怕，这弓弦已经松软，请换张硬弓吧。（拿起张更大的弓）

（三个人的重唱）

赵　盾　晋王请放下弓箭，收起弹丸。

晋　王　赵家有强大的势力，今天要逼我收场。

屠岸贾　晋王，啊我的王，请换张硬弓吧。

赵　盾　晋王请放下弓箭，收起弹丸。

晋　王　赵家有强大的势力，今天要逼我收场。

屠岸贾　晋王，啊我的王，请换张硬弓吧。

赵　盾　啊晋王，看在一位老臣的面上，请收起这射杀百姓的弓箭，这是你的子民啊，他们恭敬称你为王。

晋　王　啊，多么张狂，当着这些臣民，把他的吼叫泼在我的脸上，多么张狂。

屠岸贾　（上前力劝）大王请换一张硬弓吧！这是一个时机，请换一张硬弓吧！

（重唱的结尾，赵盾和屠岸贾的声音出）

赵　盾　放下弓箭，晋王，一个老臣跪下求你，请看看这些百姓头上的伤！

（屠岸贾终于也是坚定地唱出）

屠岸贾　大王请换一张杀人的弓（把弓拿好），把箭搭在强硬的弓弦上！

晋　王　屠大人，你要我做什么？

屠岸贾　杀死这仇恨的人吧！杀死他吧，杀死他！让所有的劝阻去死！

〔晋王像着了魔一般，接过弓箭，一箭放出。

〔赵盾中箭倒地，众人惊叫。

合　唱　啊……晋王杀死了赵盾，晋王杀死了赵盾。

世代的忠臣，死在他侍奉的君王手中。

啊！灾难来了，灾难来了，晋王的箭射透了忠臣的心！

灾难来了，赵家的人怎么会答应？

赵家的人怎么会答应?!（百姓和士兵都乱起来）

晋　王　（哆嗦唱）屠大人，赵家的人怎么会答应！

屠岸贾　（拿过令旗）士兵们，举起晋王的旗帜，磨快你手中的刀剑，把赵家三百余口全部杀掉，一个不留！全部杀掉，一个不留，全部杀掉！

合　唱　（百姓士兵加入）

血雨腥风，血雨腥风，（士兵重唱：这是王命，这是王命）忠臣的血啊将染红都城。

血雨腥风，血雨腥风，（士兵重唱：这是王命，这是王命）忠臣的血啊将染红晋国的都城……

〔幕急落。

第一幕

第一场

〔与上一幕的强烈对比，这一幕先是有一种失神的静。

〔高大但并不华丽的公主府，庄姬公主坐于中间的一个长方形的地台上，怀中抱着赵氏孤儿（赵武）。她的侧面有长几，身边有凭几等极简单的家具，身后是一扇屏风。

（音乐舒缓、宁静，有一点不稳定，表现着这个世界在死亡面前也是不变的）

〔公主在为孩子收拾着，看着孩子。

公　主　（咏叹调，女高音，《孩子，我们怎么办》）

晨光，如期到来，

花香挟带着鸟鸣，

温热的光啊，照在婴儿的脸上，

他沉睡的浅笑散发出乳香……

可这世界多么无情，
在死亡的边缘，阳光竟不改一丝的温馨，
这和暖的光啊，在母亲的怀里，正把悲伤唤醒……

啊，孩子，安睡中你已失去了所有的亲人，
死亡的白布，正慢慢将我们覆盖……
孩子啊，我初生的孩子，安睡如花朵的婴儿。
死神将从我的怀中把你夺走，
留下孤单的母亲，面对黎明……

怎么办啊？孩子，我们怎么办？
你细小的手抓紧着我的身体，
我的心已经被揪疼。
孩子啊怎么办？我们怎么办？
黎明的光碰碎了你的香甜，
我们怎么度过这最终的一天……

（音乐壮阔而绝望，公主抱着孩子伤心悲痛）

〔女仆原秋带程婴上。程婴背着个药箱，谦恭得有点唯唯诺诺。

原　秋　（女中音）禀告公主，医生程婴按例入府巡诊……

〔公主抱着怀中的婴儿，伤心不应。

〔程婴重复仆人的话，内心怕有事，想说完就走。

程　婴　（男中音）禀告公主，草泽医生程婴代替府医前来巡诊。

公　主　走吧，你们走吧，请退下吧……走吧，请走吧！

〔程婴如释重负，退着准备走。

公　主　（看到了他的药箱）等等，啊，请你等等！

〔程婴站住不动，也不回头。

公　主　你是医生？

程　婴　医生程婴。

公　主　治病救命？

程　婴　高贵的公主啊，我只是个草泽医生，尝过百草的滋味。倘若风寒到来，我会准备葛根和白姜为你祛寒；倘若伤了手臂，我会使用夹板和棕绳；有时邻家母牛难产，我也被拉去帮忙。我就是这样的一名医生，代替请假的府医前来巡诊。倘若公主安好，我将谦恭地退下，我将谦恭地退下（行礼）。

公　主　原秋。

原　秋　原秋在。

公　主　退下。

原　秋　遵命。

〔女仆原秋下。公主整理衣裙庄重待客。

公　主　啊，尊贵的医者，我请求你，我请求你啊，救一个孩子的性命。他是赵家三百口最后的根，他是满门忠烈最后的火种，他的性命如游丝在风中孤悬。啊，尊贵的医者，我请求你，将他带出这就要焚毁的府地。我请求你，救赵家最后的一条命，（扯下脖子上的公主玉饰给了程婴）请收好吧，这块玉佩将是孩子的证明。

程　婴　啊……公主请不要这样，请不要这样庄重……我只是一个草泽医生，在都城的街市上新盖了三间草房，昨天才打了一口涌出甜水的井，我家的公鸡刚刚会啼鸣……啊，我凭借医术养家糊口，我只想平静地活下去，尊贵的公主请你收回成命。

（公主、程婴二重唱）

公　主　啊，尊贵的医者，我请求你，我请求你救一个孩子的性命。他是赵家三百口最后的根，他是满门忠烈最后的火种，他的性命如游丝在风中孤悬。啊，尊贵的医者啊，我请求你……

程　婴　我在都城的街市上新盖了三间草房，我昨天才打了一口涌出甜水的井，我家的公鸡刚刚会叫，我只是凭借医术养家糊口，我只想平静地活下去啊，尊贵的公主请你收回成命……

（最后公主“我请求你”一句冒出）

公　主　我请求你，尊贵的医者！（公主向平民行礼）

程　婴　（咬牙，拒绝）公主，请收回成命，请你收回成命。

〔公主绝望。

公　主　这是最后的祈求，这是我对人世间最后的祈求啊，绝望的祈求……没有回应……什么也没有。

程　婴　公主，我只是一个平民……请你收回成命……（重唱可反复）

〔仆人原秋奔上。

原　秋　禀告公主，屠岸贾已派大将韩厥将府门围住，飞鸟也难逃。

〔公主静静地坐着。程婴很紧张，走也不是，留也不是。

〔公主镇静地唱着，开始为婴儿重新打着襁褓。

公　主　孩子啊，我们将远行，

妈妈为你整理衣裳，

你的眉眼是那样平静，

你的一切将结束在初生。

这是怎样的悲哀啊，人世已不再让人留恋。

（把孩子放下，去后边更衣）

你的一切将结束，你的一切将结束。

这是怎样的悲哀啊，人世已不再让人留恋……（走到屏风后去了）

〔此时台上只有程婴和孩子，程婴用局外人的目光看着那孩子唱着。

程　婴　这不是美好的一天，甚至平常的一天也算不上，出门时我的头皮抽动了一下，印证旁人的灾难牵到了身上……（对屏风）啊，尊贵的公主，请允许我走吧，请允许我恭敬地退下，我已开始想那口有甜水的井了，我想回家去吃那新蒸的大麦，请让我走吧，一个平民向你告辞，向你告辞……

〔想慢慢退下。

〔突然孩子惊哭的声音。

〔程婴一声惊叫。

〔台上呈现出了公主上吊自缢的剪影。

〔程婴想跑走又回来，看着死了的公主和留下的孩子，惊乱之后，

一点点跪下。(音乐：从强烈到慌乱到静的音乐片段)

程　婴　(咏叹调：《我都做了些什么》)

我都做了些什么？

我都做了些什么？

细小的火焰经过我的手将要熄灭，

高贵的头颅低下时，我转过了身。

三百人的血滴，敲不响你怀中的剑啊，

面对婴儿的啼哭，你关闭了心。

啊，公主啊！

你高悬的绝望像刀一样把我割伤，

我一个软弱的人，面对忠义却选择了逃亡。

公主啊，请允许我从这沾血的绳索上放下你高贵的身体，我要在你的面前许下诺言。

一个平民医生，

发誓要将这孤儿救出生天。

我要让一丝温热，

回暖这人世的冰，

哪怕熊熊的烈火烧灼我，

哪怕锋利的剑刺杀我。

孩子啊，你的一条命是我的十条命，

为你活，我情愿永不复生！

孩子啊，最后看一眼你的妈妈吧，

她的死像滔天大浪，将一个懦弱的人抽醒！

〔程婴将孩子收进药箱，拿起玉佩背起药箱走。

第二场

〔台最好可以很快地转到公主府大门口。

〔有台阶通往公主府的大门。士兵们手执矛戈，顺着台阶零散或者S形弯曲地站下来。(一个人要想从这儿把一个婴儿带出去，那简直难如登天)台阶下面是大将军韩厥站在前台。

〔幕开。

士兵合唱　威武，威武，威武，威武……(暂定或可变成一种声音)

太阳升高，夜幕退去，
手中的矛戈，傲然站立，
冰冷的铠甲，慢慢变暖。
威武，威武，威武，威武……
台阶上的大门将要关闭，
天上的飞鸟请你绕行，
无辜的人啊，赶快逃命。
威武，威武，威武，威武……

(合唱节奏部分作为节奏不停，韩厥加入)

韩　厥　没有人能带着赵氏孤儿离开，甚至逃亡的念头也没有缝隙。(合唱“威武……”一直跟着)屠大人的命令无法改变，赵家的火焰就要熄灭……

〔无辜的府中的仆人慌乱地从台阶上府门中拥出。

仆人合唱　我们只是府中的仆人，请让我们出去！我们只是府中的仆人，请让我们出去！

韩厥与士兵合唱　你们可有夹带，你们可有夹带……

仆人合唱　我们只是府中的仆人，请让我们出去，我们只身一人，我们只想逃命……

〔士兵们合唱“你们可有夹带”，如撞钟一样地唱着，人群慌乱中冲下去四散。

士兵合唱　你们可有夹带，你们可有夹带，无辜的人啊，小心你们的性命！你们可有夹带，你们可有夹带，无辜的人啊，小心你们的性命！

〔程婴背着药箱在府门口出现，一看这情景吓坏了。

程　婴　啊，这可怎么行！啊，回去也没路……上天啊，倘若你不绝赵家的根，此时，现在，就在这一刻，不要让婴儿哭吧，让我平安把他带出去！啊，赵家三百口的灵魂啊，此时，现在，就在这一刻，不要让这个孤儿哭吧，保佑我平安把他带出去。（士兵的“你们可有夹带”一直跟着，时而小声，时而大声威严。程婴一个人表演）

〔程婴从S形的人缝中往下走，调侃着假作镇静，带身段从上往下走，像是在回答“你们可有夹带”。

程　婴　没有，没有，什么也没有，我是一个医生，名叫程婴。我只有一些草药，苍耳或柏子，蒹葭或菟丝。啊，对了，还有这株忘忧草，可以治你日夜的相思。当归能生血啊，苍术治气郁，还有杜仲的皮啊可以治你的腰疼。我是一个医生，名叫程婴，只有一些草药……兄弟让开吧，让一个医生走吧，还有一位难产的妇女在等着我，她的夫君此时心焦如焚……

〔程婴在台阶上为掩盖紧张，上上下下连演带嬉笑地跑着。士兵们的合唱显出了紧张、庄严，任他要。

〔程婴终于要跑出去了。

程　婴　告辞了，辛苦的士兵；告辞了，梦魇一样的处境。啊，我走了，我走了，我在走着，我正在走……我走啊！（“啊”，刚出来，韩厥一声喊，把他吼住）

韩　厥　站下，活泼的医生；站下，忙碌的大夫，你站下。

程　婴　啊……出了什么事情？（假装看别的地方）

韩　厥　你是医生？

程　婴　是。

韩　厥　你会治病？

程　婴　也治死过一些……人……

韩　厥　我最近喉咙痛，请为我开个方子吧，医生。

程　婴　啊！好，这个容易，柴胡六钱，甘草二钱，还有桔梗、黄芪和莲心。（拿出一个方子）拿去吧，吃了就好，拿去吧，吃了就好。（着急要走）

韩　厥　我该付你诊费。

程　婴　什么也不要，将军，现在有人难产，我急着出诊，什么也不要。啊，将军，（走）有人难产。啊，你很快就好了，很快……（语无伦次）

韩　厥　谢谢。

程　婴　不，不，不，不谢……

〔程婴飞快想走，突然药箱子的绳子断了，程婴一把抓住，吓得回头看。

〔韩厥此时正在看着他和他的药箱子。

程　婴　（想遮过去）啊，我忘了，你该在药方中加上一味防风，早晚的湿气大，你的铠甲又冷，加上一味防风吧，再加上一味防风……

〔韩厥注意着药箱，已然走了过来。

韩　厥　打开！

程　婴　什么？

韩　厥　打开！

程　婴　这里只有草药，没有……夹带。（还没说完，药箱被夺走，韩厥走到一边打开了）

韩　厥　（看见了婴儿）婴儿……熟睡的婴儿，多么的宁静，药箱中熟睡的婴儿，死一样的宁静……程婴，你一个草泽医生为什么要管这天大的事情！（抽剑）

〔程婴觉得完全失败了，很沮丧，准备赴死。（上边有点谐趣，此时要庄重了，悲凉的庄重）

程　婴　请不要问了吧，被冰冷的铠甲包裹的将军，请你不要问了吧。

如果我的死能救下这个婴儿，我向你施礼；

如果你不想放过赵家的遗孤，就将剑刺向我吧，

让我的鲜血溅向这冰冷的人世……

将军抽出你的剑吧，如果你还有力量举起它，请先杀死我吧。

然后对准这婴儿，用你的剑来书写罪恶。

如果要问一个平民为什么要做这样的事，我只能说，

我曾在他高贵母亲的尸骨前许下过诺言！

韩　厥　（惊）公主已死？（拿起箱子里的玉佩看着，有些惊讶）

程　婴　为了孩子……（跪下引项）

〔韩厥看着那个玉佩，思考着。

韩　厥　啊，一个平民在我面前求死，

他背负赵家最终的根苗赴汤蹈火，

他背着必死的孤儿从刀枪的荆棘中走过……

一个平民啊，草泽医生，你绝望中的诺言让我羞愧，

让追杀孤儿的武士羞愧……

剑啊，追随我驰骋疆场的剑啊，此时你已沉重得举不起来……

啊，你虫蛭一样细小的平民，让一个武士无地自容，

请起来吧，我该赞美你，为你而歌，

请将孩子带走吧，将赵家的薪火带走！

〔此时情况已然不对了。屠岸贾从大门出。韩厥急着唱快走。

韩　厥　这事不会再有人知道……

屠岸贾　（从内向外唱着出）把大门关上！

屠岸贾　快把所有的门关上，府中走失了赵氏孤儿……快把门关上，不要放走任何人……

韩　厥　走吧，走吧，快快走吧，

〔程婴走，屠岸贾冲了下来。

屠岸贾　韩将军，是谁救走了赵氏孤儿？

韩　厥　（对台前唱）没有。

屠岸贾　孤儿在哪儿？

韩　厥　（像是决心地对程婴唱）没有孤儿！

〔屠岸贾冲过来时，韩厥一剑自刎而死。

〔程婴奔下。

〔音乐强烈，灯光变化，屠岸贾看着死去的韩厥。

屠岸贾　倘若三天中没有人交出赵氏孤儿，我就将全城的婴儿杀死！

〔幕急落。

第二幕

第一场

〔程婴家。（平民之家，祥和而安宁的音乐）

〔程妻麦菽因家里来了客人，正快乐地忙着，旁边吊了一个小小的摇篮，程婴的孩子在里边睡着。晋国老臣公孙杵臼因退休后去了山间生活，进城来程婴家做客，带来了一些瓜蔬果菜，边喝着茶边与程妻说着日常的话。

公　孙　这些瓜果都很新鲜，山间的泉水把它们浇灌，我每天看着日出日落，白云静静浮在窗前，归隐的生活真是美好……

啊，麦菽，程婴去了哪里，他怎么还不回来？

程　妻　他去了公主府，就该回来了。

公　孙　你歇一歇吧，这山茶的清气已使我两腋生风。

程　妻　家里刚掘出一口甜水井，甜美得像亲人一样贴心。

公　孙　我已感到了你们的安宁与满足，水井和孩子都新鲜得发光。生活啊，在这狭小的屋子里是多么的温暖。

程　妻　我觉得生活对我们实在有恩，三间新房和新掘的水井，还有这个初生的婴儿和爱我的夫君。

（二重唱）

公　孙　我已感到了你们的安宁与满足，水井和孩子都新鲜得发光。生活啊，在这狭小的屋子里是多么的温暖。

程　妻　我觉得生活对我们实在有恩，三间新房和新掘的水井，还有这初生的婴儿和爱我的夫君。

公孙/程妻　生活啊，辽阔的生活，

倘若你不在那旋涡的中间，

没有权势也少有金钱，

那就站在边缘平静地观看，

满足的心会替代哀怨。
生活啊，辽阔的生活，
有公鸡啼唱的黎明是多么响亮，
有初生的孩子是多么新鲜，
有甘甜的井水又是多么自在。
虽说在闹市啊，关门即深山。

〔在那么平安和谐的对生活理解的重唱中，程婴背着药箱沮丧地上来。

公　孙　程婴，你回来了，累了吧，怎么像个战败的兵？

程　婴　公孙大人，你什么时候来的？（程妻下去端茶）

公　孙　已然来了两个时辰。

程　婴　啊，对不起让你久等……

公　孙　我是闲人。

程　婴　你来时，可经过了街市？经过了那些观看布告的人群？

公　孙　我知道屠岸贾三天内找不到赵氏孤儿，全城的婴儿都要被处死。

〔程妻上来听见。

程　妻　怎么会这样？

公　孙　麦菽，你不要担心。你不要担心啊，全城的孩子不只是一家……

程　婴　城门已关闭，没有谁能逃出去……

程　妻　你是因为这才回来晚的吗？（赶快回去看摇篮）啊！我们的孩子……

〔刚想抱，程婴药箱中的孩子哭了。

程　婴　（想遮掩过去）啊我饿了，能吃饭了吗？

程　妻　我听到了什么声音？

程　婴　我，是我，我有些咳嗽……（咳）

程　妻　像是一个孩子的哭声……

公　孙　哪儿的孩子在哭？

〔背过身，飞快打开药箱，抱出孩子，公孙看见了。

〔程妻向厨下走去。

程　妻　也许是幻觉……这时城里的孩子都在哭泣……

公　孙　麦菽，程婴累了一天，他饿了。（想帮着遮掩）

程　妻　啊来了，就来了。

〔程婴抱着的孩子又哭了。公孙都看在了眼里，惊。

〔程妻回头。

程　婴　啊！（没法躲了，直接过去）孩子哭了，请先喂喂他吧！请吧！

〔程婴要恭敬地把孩子送上。

〔公孙完全看明白了，看程妻擦着手要回来接孩子，怕她认出来，一口气把灯吹熄了。

〔黑暗中的静场，三个人心里都有了想法。

公　孙　啊，哪儿来的风吹熄了灯？一瞬间这屋子变得多么宁静……

（三重唱）

程　妻　哪儿来的风啊，吹熄了灯盏……我该怎么问啊，我该怎么问。

程　婴　哪儿来的风啊，吹熄了灯盏……我该怎么说啊，我该怎么说。

公　孙　哪儿来的风啊，吹熄了灯盏……程婴带来了大事情。

程　妻　哪儿来的风啊，吹熄了灯盏……我该怎么问啊，我该怎么问。

程　婴　哪儿来的风啊，吹熄了灯盏……我该怎么说啊，我该怎么说。

公　孙　哪儿来的风啊，吹熄了灯盏……程婴带来了大事情，带来了大事情。

程　妻　都是一样的孩子，我该怎么问，我该怎么问啊。

程　婴　麦菽啊，我的妻，我对不起你，对不起你。

公　孙　程婴，你带来了大事情，带来了大事情。

程　妻　都是一样的孩子，满城的孩子和赵氏孤儿，我该怎么问，我该怎么问啊。

程　婴　麦菽啊，我的妻，满城的孩子和赵氏孤儿，我对不起你，对不起你。

公　孙　程婴，你带来了大事情，带来了大事情，带来了大事情。

〔伤感在强烈中静下来，三人不再说话……

程　妻　（坐下奶着孩子，唱《摇篮曲》）

有许多车子在路上走……

一驾车子的马儿，白额头。

他跑着来看我的小宝啊，
白色的额头，远远招手。

有许多车子在路上走……
一驾车子的马儿，白额头。
他跑着来看我的小宝啊，
白色的额头，谁能挽留。

有许多车子在路上走……
一驾车子的马儿，白额头。
他跑着来看我的小宝啊，
白色的额头，要把谁带走。

（这段《摇篮曲》想告诉观众，程妻已然知道了，但没有办法了。是伤感的调子，完全是独唱）

〔程妻抱着孩子伤心。

程　婴　麦菽啊，我的麦菽，请你把孩子抱进去吧，我想与公孙大人说句话。请你把孩子抱进去吧，抱进去吧……

〔程妻抱孩子伤心下……

公　孙　她已经知道了……

程　婴　她的心比我的痛。

公　孙　现在全城的婴儿将为那赵氏孤儿去死，你该怎么办？

程　婴　公孙大人，我已想好，我请求你，去屠岸贾那儿将我告发，就说程婴藏匿了赵氏孤儿（抱起自己的孩子）。我将与“赵氏孤儿”一起去死！

公　孙　你抱的是自己的孩子。

程　婴　是赵氏孤儿！公孙大人啊，请去告发我吧，快快去告发我吧，这是救全城孩子和赵氏孤儿两全的办法。

公　孙　（思想着唱出）他想好了要去死，他已想好了要抱着自己的孩子去死。程婴啊，你一个平民，一个向往生活的平民，我敬佩你……请把孩子给我，把孩子交给我……我已老了，让我去吧，让我为赵氏孤儿和全城的婴儿去吧，我已老了……（抱过孩子开始走，两个人的表演开始换景）

程　婴　啊不，我怎能让你去死？

公　孙　让我去，我已老了。

程　婴　不，你是臣子，我是平民，我活着也无力保护赵氏孤儿……

公　孙　不要再争了，程婴，你想以死来逃脱诺言吗？（程婴：不）我问你，献出生命与抚养孤儿，哪个更难？

程　婴　活着抚养孤儿更难。

公　孙　好，让我选择容易的吧，把难的留给你。去告发我吧，程婴，就说晋国的老臣公孙杵臼藏匿了赵氏孤儿，去告发我吧，让杀人的刀从满城婴儿的头上拿开，架在我已垂老的颈上！我老了，让我选择容易的吧，让赵氏孤儿活下去，让天下正义的薪火不熄，忠义的心不死！去告发我吧，让邪恶杀死我，让我向着奸臣的脸上唾弃。

〔公孙在唱这段的过程中，带着景换，程婴抱着孩子跟，边唱边进入二幕二场。

第二场

〔紧接着上场。

〔公孙唱完最后一句，把口水唾在屠岸贾的脸上。音乐强烈，挨了口水的屠岸贾一剑将公孙杀死，然后抢过婴儿摔下高台。

（音乐大恸）

〔程婴瘫倒。

合　唱　啊，啊……（合唱一步一步地紧着铺开）

合　唱　啊，程婴，他出卖了自家的主公，他告发了自己的朋友。啊，程婴，程婴，一个草泽医生，他出卖了赵氏孤儿，他告发了自己的朋友，他背叛连着背叛，为的是卖主求荣……

屠岸贾　程婴，你在哭？你……

程　婴　我在哭。

屠岸贾　你出卖了朋友。

程　婴　为了活命……

屠岸贾　你交出了孤儿。

程　婴　为了活命……

屠岸贾　你出卖了赵家最后的希望……

程　婴　为了活命……

屠岸贾　哈哈哈哈，多好的理由！人生还有比这更好的理由吗？

合　唱　啊，卑鄙之徒，卖主求生。卑鄙之徒，出卖忠义。啊，这个卑鄙之徒！将他打入地狱，打入地狱，永不超生！啊，卑鄙之徒，卖主求生。卑鄙之徒，出卖忠义。啊，这个卑鄙之徒！将他打入地狱，打入地狱，永不超生！永不超生！

〔程婴悲伤地跪在台中间，被人唾骂着。

屠岸贾　我要让猥琐更加猥琐，让专横更加专横！程婴！我要亲手将你的婴儿抚养长大，奖赏你今天的告发！

程　婴　啊，不！不！

〔后台剪影，士兵从程妻手中抢走婴儿。

〔屠岸贾拿着刚杀过公孙的剑对着他。

屠岸贾　我要养大你的孩子，来奖赏你。（其实是反话）

程　婴　不！啊不！

〔强大音乐中落幕。

第三幕

第一场

字　幕　十八年后

〔集市。（当年是以物易物的交易，所以市场的买卖更像是走来走去换东西……兽皮、果蔬、米麦、布匹、干肉、柴火、盐巴、猎

物、采来的蔬菜，等等，都是以必要的东西换必要的东西）

集市合唱　我从水泽，采来了荇菜；

我从山岩，抓到了小羊。

我们交易，怀抱愿望，

简单的物品铺在了地上。

柔软的兽皮依然光滑，

还有盐巴，还有肉干，还有麻鞋还有布匹。

黄麻苎麻，薇菜荇菜，

葛根苦啊，荠菜满山。

我们生活，拼命劳作；

大地水泽，供养生命。

恩赐食物是上天神灵，

抚养我们是父母亲人。

我们采桑还有织布，

还有种菜，还有种麦，还有抓鱼晒成鱼干。

黄麻苎麻，薇菜荇菜，

葛根苦啊，荠菜满山。

〔交易的人群走着，交易着，他们过着简单而自然的生活，交换着生活的必需品。

〔高台上屠岸贾威严出，英武的赵武走在旁边。

赵　武　义父，这集市多么热闹。

屠岸贾　百姓在交易。

赵　武　义父，你说在我十八岁的日子要带我来看亲生父亲，集市上有这么多的人，他在哪儿？

屠岸贾　孩子啊，不要着急，他就要来了，你的亲生父亲无论走到哪里，都不会被人群淹没。

赵　武　啊，他是什么样子？

屠岸贾　等等吧，他像被追赶的猎物一样让人兴奋。等等吧，十八年过去了，你就要见到他了。

（音乐变程婴主题）

〔程婴上，依旧背着那个药箱子，已经破旧了。蓬头垢面，衣衫褴褛，边捡着菜皮，边诺诺地想从人群中悄然地走过去。他像个影子样一边走着一边唱着。

程　婴　（咏叹调：《饥饿啊，饥饿》）

饥饿啊，饥饿，所有的食物都离我而去，
正午的太阳模糊在心底，
这世界已薄成一片影子，
跟随着心中仅有的光。

啊！从那一天到现在，我活得像阴沟里的虫蛭，
等待中咬紧的牙齿一颗颗脱落，
等待中我的力量将要耗尽，
可挣扎的心却不能摇摆，
我被箭矢穿透的心啊，不能摇摆！

一个背负诺言的人，他的生中有死，他的生中有死啊，
他只有在屈辱中求生！

〔程婴刚唱完，人们发现了他。

合　唱　看这个卖主求生的人，这个卑鄙之徒，他还活着，他还活着，他是耻辱。

中年男人　他是活人的耻辱，是天地间的耻辱。呸！

中年女人　快啊，快啊，往他身上丢菜皮！

女声合唱　快啊，快啊，让雨点般的菜皮打在他脸上！快啊，快啊，向他吐口水吧，让肮脏的口水把他淹死！

合　唱　快啊，快啊，往他身上丢菜皮吧！快啊，快啊，让雨点般的菜皮打在他脸上！快啊，快啊，向他吐口水吧，让肮脏的口水把他

淹死！

老年男人　看这个卖主求生的人，这个卑鄙之徒……

合　唱　他还活着，他还活着，他是耻辱，是活人的耻辱，是天地间的耻辱。

（这段合唱可以丰富点）

〔程婴被唾骂着，躲避不开，只有跪下任人唾骂。

赵　武　（看着）啊……这样的一个人，义父我看到的那个人，他是谁？

屠岸贾　看吧，他是你的父亲，是你亲生的父亲；看吧，这就是你要找的生父，如蝼蚁一般，人们甚至不屑于践踏。他的行径使天地暗淡，使仇人都觉得可耻。看吧，就是他，一个卖主求生的人，他是你的亲生父亲！

程　婴　啊，孩子，孩子，现在被叫作屠成的赵氏孤儿，啊，孩子……

〔赵武走近。

赵　武　你是程婴？

程　婴　……是。

赵　武　你是我的父亲？

程　婴　……是。

〔赵武走到了程婴的面前看着。

赵　武　（咏叹调：《你竟然是我的父亲》）

啊，你竟然是我的父亲……

褴褛包裹的行尸走肉……你是我的父亲？

阳光下腐烂的白骨，荒草覆盖的坟冢……

你竟然是我的父亲？！

让我日思夜想，

停在窗口久久不去的星辰，

呼喊着名字撞入怀中的飓风，

曾经在我的腮边（窃窃）私语的晨光，你会是我的父亲？

我亲生的父亲？一只在人间被驱赶着的蝼蚁？！

我青春的激情怎会流淌你的血！

我热烈的呼唤怎么会有你的名！

你的黑影怎能遮盖我傲岸的身躯！

啊，我怎么会有你这样的父亲，一个无耻之徒，（上去踹一脚）

你怎么不去死！

（最后一句强烈震惊、伤感而委屈）

程　婴　（伤心）啊！啊！冰冷的剑沾上最后的血。啊，凛冽的风吹断了悬崖上的藤。神灵啊，请帮助我吧，一个屈辱的人，我为什么还要在这世上偷生！（真伤心了）

（二重唱）

{屠岸贾　看吧，这就是你要找的亲生父亲……
{赵　武　告诉我，我的母亲在哪儿？告诉我，我的母亲她在哪儿？

{屠岸贾　看吧，这就是你的亲生父亲……
{赵　武　告诉我，我的母亲在哪儿？告诉我，我的母亲她在哪儿？（拔剑）

{屠岸贾　看吧，这就是你的亲生父亲……
{程　婴　啊，请不要这样对我……你的母亲在天上！你的母亲在天上！

（最后一句冲出）

赵　武　可你却活在人世！

程　婴　啊，我……我……我……孩子，收起你的剑吧，一个无法以死来表白的人，不能去死。啊，神灵啊，请帮帮我吧，帮助一个近于绝望的人啊！

（悲惨伤感的音乐）

〔追光打在后边高台一袭白衣的庄姬公主。

公　主　伤心的人，我在天上为你流泪，

我们在天上为你流泪啊，现在我才知道死是多么轻，

像飘飞的丝帛，远去无踪。

你苦难的坚守，铁一般坚硬。

啊，忠诚的义士，你是我残酷人生中温暖的部分，

我鼓荡的心啊，朝向你，我的心啊为你歌咏！

赵武啊，我的骨肉，

收起你的剑，快把这个亲人扶起。

倘若生死两界可以托梦，我要把一切对你讲明。

〔程妻也是一身白衣剪影出。接着公孙杵臼、韩厥都出现了。

公主/程妻/公孙/韩厥　赵武啊，我们的孩子，收起你的剑，快把这个亲人扶起。倘若生死两界可以托梦，我们要把一切对你讲明。

（以下是七重唱）

赵　武　我的母亲？她在哪儿，她在哪儿啊，我从没有见过面的母亲……

程　婴　他们在天上，他们都在天上，看着你，也看着我。

公主/程妻/公孙/韩厥　被仇敌像狼一样地养大的孩子啊，相信吧，相信吧。三百口的热血焐烫了大地，今天要焐热你冰冷的心。

屠岸贾　啊，你还没有感觉到屈辱吗？我们走，你还在等什么？

赵　武　我的母亲，她在哪儿，她在哪儿啊，我从没有见过面的母亲……

程　婴　他们在天上，他们都在天上，看着你，也看着我。

公主/程妻/公孙/韩厥　被仇敌像狼一样地养大的孩子啊，相信吧，相信吧。三百口的热血焐烫了大地，今天要焐热你冰冷的心。

屠岸贾　啊，你还没有感觉到屈辱吗？我们走，你还在等什么？

（突出两个人的唱）

赵　武　我的母亲她在哪儿，她在哪儿啊……

程　婴　他们都在天上，看着你，也看着我。

公主/程妻/公孙/韩厥　三百口的热血焐烫了大地，今天要焐热你冰冷的心。

赵　武　我的母亲，她为什么离我而去？母亲在哪儿……

公主/程妻/公孙/韩厥　孩子啊！你听，听这个老人叙说吧，他讲述的一切将把你唤醒。

程　婴　他们在天上，他们都在天上，看着你，也看着我。

屠岸贾　啊，我们走。你还在等什么？你还在等什么？

赵　武　我的母亲，她为什么离我而去，母亲在哪儿……

公主/程妻/公孙/韩厥　孩子啊！你听，听这个老人叙说吧，他讲述的一切将把你唤醒。
程　婴　他们在天上，他们都在天上，看着你，也看着我。
屠岸贾　啊，我们走。你还在等什么？你还在等什么？

（突然程婴的声音冲出）

程　婴　孩子，一个垂死的老人，请求你把这个药箱带回去。（全场静等着，但赵武不准备接）这药箱藏着无数为你而死的命，拿去吧。

赵　武　这是什么？

程　婴　拿去。

赵　武　我不能要。

屠岸贾　孩子，我们走！

程　婴　（一听屠叫他孩子，心急）等等……我以你死去的母亲的名义请求你，请到那穷街来找我吧……请你来吧……我将把一切讲明。

公主/程妻/公孙/韩厥　孩子啊，请相信吧，忠义的灵魂在等你觉醒，听这个老人叙说，他讲述的一切将把你唤醒！

〔赵武刚要应。

屠岸贾　孩子，走！

程　婴　请你一定来吧，我将把一切讲明。
屠岸贾　我们走吧，我们走。

赵　武　（对程婴，对屠岸贾，像回答两个人）好吧……（走）

〔屠岸贾和赵武走了。

程　婴　啊，来吧，一定来吧，（下边一句可是五个人的合唱）请一定来吧。

程婴/公主/程妻/公孙/韩厥　上天啊，让无尽的暗夜，透出些光明！

（伤感浓烈的音乐中结束）

第二场

〔程婴的家。与前一幕比已然破败不堪了。

〔穿着一身白袍的赵武背对观众坐在台中央。

〔药箱和连环画已摊开了。

〔程婴在右边坐着面对着观众，两个人一背一正都静着。

〔显然故事讲过了，一切已知道。

〔天幕上风云际会。

〔音乐有点纠结，不重，轻，不和谐，像人内心的翻搅。

（注：这一段音乐可以表明原来所发生的事情，用音乐讲一遍，赵武已然明白了）

赵　武　长者，尊敬的长者，我怎样才能相信你讲的一切？

程　婴　（从怀里拿出玉佩，奉给赵武）啊……这是你母亲留下的玉佩，它将把一切证明……（咳着）

赵　武　（拿起看着）高贵的玉石，王族的图腾……

程　婴　母亲的苦难和伤痛……

赵　武　高贵的玉石，王族的图腾……还有……母亲的名姓……即使没有这玉佩，我已在悲苦中感受到了真情。只是，我将怎样面对？我将怎样面对昨天的义父，今天的仇敌？我将怎样面对这天翻地覆的情景？啊，谁能给我力量啊，谁能给我力量，让一个少年面对这暴风雨的荡涤，让一个少年面对这不共戴天的冤仇。

〔霹雳声，大雨。

〔披着蓑衣的卫兵上。

卫兵甲　公子，屠大人已两次派人来催，若再不去，他会亲自来。

卫兵丁　公子，宫中已乱，晋王已更换，请你速回。

赵　武　你们下去吧。

程　婴　（站了起来）孩子，你不能回去！

赵　武　我该怎么办？

程　婴　孩子，拔出剑来吧，让上天看到最后的审判……啊，天道，啊，天道，终于等到了这一天，十八年后这一天终于来到了……

〔程婴高兴得有点手足无措，说完要出门的样子。

赵　武　长者，你要去哪儿？

程　婴　孩子，是时候了，我要去街上，告诉将士们，庄姬公主的儿子没有死，赵氏孤儿还活着，（咳）我要去呼喊……我去请求他们来帮助你……孩子啊答应我，不要回去，答应我！

赵　武　我答应！

程　婴　不要回去，答应我……不要回去……（垂老而行）

〔程婴挣扎走。

赵　武　啊，等等……啊，长者啊，请等一等，这是最后的时刻了。让我向你深深施礼，尊敬的长者，你是我的父亲，你就是我苦难的父亲。（伤心跪下）

程　婴　啊，父亲，他在叫我父亲，多么亲切，多么震人魂魄！孩子，起来吧。孩子，死去英灵的孩子，答应我吧，不要回去，不要回去。还有，你不能死，也不能失败，你不能轻易地死，答应我。

程　婴　答应我，答应我，答应我……

赵　武　啊，把玉佩给他们看吧，这是最好的证明。（交给程婴玉佩）

程　婴　答应我，答应我，答应我。

赵　武　把玉佩给他们看吧，这是最好的证明。

〔程婴举着玉佩蹒跚下。

〔雷闪交加。

（落下的暴雨声像十八年前三百余口流淌的鲜血声，又像是要来洗涤这个世界）

〔赵武有些心神不定，此时天幕出现的风云更烈。

赵　武　（咏叹调：《雨越下越猛》）

雨越下越猛，我的心被闪电划破，

大雨穿透深埋的仇恨，

三百冤魂的叫声，扼住了我的咽喉……

初生的人，他初生的襁褓在风雨中；

初生的人，他的初生的睡梦布满剑影。

倘若这一切都是真实，

十八年，多少人为你而死，

十八年，多少人为你挣扎前行，

恶狼的乳汁哺育了你啊，

仇人在欢笑中把你养成。

罂粟的美艳要将仇恨的血抹平啊，

这一切，像疾风暴雨冲刷我的心灵。

怎么办？该怎么办啊？

亲人啊，给我力量，

让天火点燃这仇恨，

让我面对邪恶做最后的决战！

〔在高音中，布景破裂，庞大的合唱队都穿着白衣，站满了舞台的四处。

大合唱　孩子，风在为你鼓荡，

血在为你偾张，

这一切像掀翻世界的巨浪。

赵武啊，为正义你该把仇敌埋葬。

赵　武　啊，英烈的血已把我的心鼓敲响，飞扬的剑啊，已然跳荡在手旁……

看啊，罪恶的仇人，他已来到面前……（赵武站着不动，屠岸贾上场走近）

屠岸贾　孩子，街上已乱，快跟我走。

赵　武　……

屠岸贾　孩子，街上已乱，时世已变，快跟我走。（边唱着，边看着破败的屋子）

赵　武　把你的剑放下。

屠岸贾　你在说什么？

赵　武　啊，仇人啊，把剑放下，十八年前是你杀死了赵家三百？

〔幕后合唱：庄姬公主的孩子没有死，赵氏孤儿还活着……庄姬公主的孩子没有死，赵氏孤儿还活着……

〔屠岸贾听着街上的声音。

赵　武　十八年前是你杀死了赵家三百？

屠岸贾　你为什么要问这些？这是谁的家，程婴？（看到药箱和画）

台上合唱　（三百灵魂的象征）回答！你回答！啊，罪恶的奸臣，你回答！

屠岸贾　不错，是我杀死了赵家三百，还有那个婴儿！

赵　武　啊，他已承认，他已承认。仇人，我再问你，是你逼死了庄姬公主，还有韩厥将军？

台上合唱　回答！你回答！啊，罪恶的奸臣，你回答！

屠岸贾　是我，但这一切与你无关！

赵　武　仇敌啊，公孙先生被你刺死，你又摔死了无辜的孩子，全城的孩子得以逃脱，赵氏孤儿活出生天？

台上合唱　回答！你回答！啊，罪恶的奸臣，你回答！

屠岸贾　谁是赵氏孤儿？哪儿还有赵氏孤儿？快把你的剑收起来，收起来啊！你，一个平民的儿子，卖主求生败类的儿子，我亲手养育了你，我也可以亲手将你杀死！（拔剑刺，赵武躲）

〔魏绛带着街上的百姓和士兵上。

魏　绛　奸臣，放下你的剑，国人已知道了实情。

合　唱　赵氏孤儿还活着，晋王已换，十八年的天地要翻转。赵氏孤儿还活着，晋王已换，十八年的天地要翻转。

屠岸贾　赵氏孤儿，谁？你是赵家的根苗？啊，我要杀了你！

〔屠岸贾一剑刺向赵武，赵武退后提前一剑将屠岸贾刺中。

屠岸贾　你……你……你？

大合唱　他是赵氏孤儿！啊，他是赵氏孤儿！啊，他就是赵氏孤儿！

屠岸贾　赵氏孤儿？（伤重颓然）程婴……在哪儿？程婴，你在哪儿啊？程婴，你……你瞒过了我，瞒过了世人！程婴，你竟然得逞！（大喊后倒地，音乐转）

全台大合唱　天行其道，恶债归还，屠岸贾已死，晋王已变。欢呼的百姓，拥戴着赵武，走向宫殿。啊！欢呼啊庆贺，让我们抬起忠臣的后代走向宫殿，他像岩石上的小草活到了今天……啊！欢呼啊庆贺，让我们抬起忠臣的后代走向宫殿，忠义的灵魂不灭，终于等到了今天……天行其道，恶债归还，屠岸贾已死，晋王已变。欢呼的百姓，拥戴着赵武，走向宫殿。啊！欢呼啊庆贺，让我们抬起忠臣的后代走向宫殿，他像岩石上的小草活到了今天……啊！欢呼啊庆贺，让我们抬起忠臣的后代走向宫殿，忠义的灵魂不灭，终于等到了今天……

（唱着进后幕）

〔众人拖下屠岸贾，拥戴着赵武下。

（合唱不停）

〔人都走光了，合唱进入幕内。

〔音乐中已然疲惫的程婴走进门。

〔合唱声还在，越来越远。

〔程婴走进来后关上门，很累的样子。合唱声已远。

程　婴　……他们唱着歌走向宫殿（咳）……

啊，他们唱着胜利的歌走向宫殿……

多么可惜……我已无力同行……

秋天深了……

仅有的柴草已不够温暖手脚……

身上的余热也在一点点耗尽……

十八年，那一刻回到眼前，

公主的死和婴儿的啼哭，让一个平民许下了诺言。

啊，石头碰出了火啊，火点燃了柴。

十八年，一个披着黑夜匍匐在地的人，终于等到了今天。

十八年啊，一个平民的心啊战战兢兢，战战兢兢啊咬牙偷生。

我的亲人啊，英灵啊，被我牵扯进来的无辜，在天上等待我的人……

此刻抓紧悬崖的手正慢慢松开，我终于可以去死了！

我终于可以坦荡如花朵一样向着你们飘飞，向着你们，飘飞……

我鲜艳的影子啊，向着你们飘飞啊升腾……升腾……飘飞……

（弱结束）

［程婴慢慢坐。

（音乐跟着，合唱，人声先弱出）

［所有演员上台：赵盾、公主、韩厥、公孙以及程妻抱着婴儿都上。

（先是无伴奏，后是交响大合唱）

大合唱 风……天上大风，
吹进人群；
风……天上大风，
吹向旷野；
风……天上大风，
吹遍了大地。

用力吹啊，
扬起长发；
用力吹啊，
掀起胸襟；
用力吹啊，
嘹亮歌喉。

风……天上大风，
吹进人群；
风……天上大风，
吹向旷野；
风……天上大风，

吹遍了大地。

扬起长发，
掀起胸襟，
嘹亮歌喉，
嘹亮你忠义的歌喉！
嘹亮你坚定的歌喉！
嘹亮你的歌喉！
嘹亮，嘹亮，嘹亮你高古的歌喉！

〔程婴端坐。

〔大合唱中全剧结束。

剧终

2003 年写出影视备忘
2009 年准备写歌剧
2010 年进入唱腔设想
2010 年 9 月 30 日实写剧本
2010 年 10 月 8 日草稿完成
2010 年 10 月 16 日细改
2010 年 10 月 17 日朗读
2010 年 10 月 25 日二改
2010 年 10 月 28 日再改
2010 年 10 月 29 日交稿定
2010 年 12 月 27 日改不成功
30 日再改成
31 日再改定

歌剧

西施

序 曲

提 示

《序曲》中西施的主题与越国的主题是要点。这部歌剧是表现一个女子与自己祖国的故事，写高贵的西施和她的胸怀。其他如范蠡闪烁、夫差骄横、勾践的忧伤和越后的阴谋，只是涉及。想象中这《序曲》是辽阔地拉开的，超越男欢女爱。

第一幕

第一场

〔幕开。

〔晨曦中的会稽山下。

〔越国的百姓褐服、麻衣，扶老携幼地齐集在山下（西施与郑旦也在人群中），他们得知自己的君王勾践在吴国三年为奴后，就要被吴王夫差放回来了，在曦光微亮的山下等待着迎接自己的君王。

老 人 （男高音，一苍老的高音）噫！

合 唱 （从强到越来越弱）铎！铎，铎，铎……（归到哼鸣的和声，那种苦难的简单的和声）

老 人 （半声，收敛从内心平实唱出）飞来飞去的桑扈鸟啊，你高飞的翅膀已碰到了天空，请告诉我，越国的君王什么时候回？

合　唱　……（哼鸣）

老　人　一山一唱的桑扈鸟啊，你高飞的翅膀已碰到了天空，请告诉我，越国的君王什么时候回？

合　唱　（半声地）你什么时候回，你什么时候回……

老　人　春天开放的葛藤花啊，你的香气染遍了越国的衣襟，我那苦难的君王啊，你离别的一刻，像箭矢射透我的心。

合　唱　（强起来）君王，我们的君王，越国的君王啊，你什么时候回？你什么时候回啊？春米的夜晚，杵和臼撞击着我们的心！春米的夜晚，我们的心撞击着越国！

老人及合唱　（可轮唱）你什么时候回，你什么时候回啊？

君王，君王，我们的君王，越国苦难的君王。

你什么时候回，你什么时候回？

〔音乐变。

〔一个男孩在山坡上先是横着跑，然后边喊边跑着下来。

男　孩　（小孩或女中音扮）来了！来了！

合　唱　来了？来了？

男　孩　我看见了，吴国的军队，他们的盾牌在月光下闪亮，来了！来了！

合　唱　来了！

男　孩　我看见了，那位吴王，他的旗帜像天边的霞光，来了！

合　唱　来了！来了！吴国的军队来了。他们来了。（人群摇动着，音乐波动。人们又恨又怕地看着上方）

〔吴国兵士出现。

吴国众兵士　（男声合唱）来了，来了，我们来了，吴国的大军，穿破了晨雾；来了，来了，我们来了，吴国的大军，撼动了长空；来了，来了，我们来了，吴国的大军拥戴着君王；来了，来了，来了，吴国的大军踏上了越国。

〔夫差威武骑在高大的马上。

夫　差　（男中音。这一段唱更显吴王的骄横，可以与后边那段美人有差别。这段的开始是镇定不可一世，后边是骄横）让那火把靠近些，让它照亮征服者的容颜……启明星此时正挂上了肩膀。让越国的臣民们看清吴王啊，三年前就在这会稽山下，你们战败的君主匍匐在尘埃上，像一只温顺的小鹿陷进了泥沼，三年来他的挣扎只剩下悲凉。今天要将他放回啊，我，一个仁慈的君王骄傲地收起了刀枪！

众军士　哈，哈，哈哈，君王，仁慈的君王，我们的君王，他收起了刀枪。君王，我们的君王，伟大的君王，他要放了越王。

〔在吴军上下大笑的音乐中，被绳索绑着的范蠡、文种、越后一一被牵出……最后出现的是越王勾践……三年后归来的越王他望着自己的国土和百姓。

众百姓　看啊，我们的君王；看啊，我们越国的君王，他来了，他回来了。（看到君主的百姓开始激动）

〔勾践百感交集。勾践站在坡上看着故国山河与子民。

勾　践　（男高音）像风吹着草籽在荒野上奔波，

飞翔的心，终于回到越国；

在晨雾中鹿鸣，

在七彩的溪水上飘动着素手，

砍伐着檀木和剥开春笋的越国啊，

我的像蚕吐出的丝，永拉不断的越国！

我回来了。

一个使你蒙羞的孩子，

用破烂的丝绢擦着流泪的山河。

我竟然回来了，越国啊，我是划伤你美梦的碎片，

我回来了，我的祖国啊，请原谅我！（低头求罪）

越国百姓　（鼓励）啊君王，请昂起你的头，请昂起你的头。啊，越国的君王，你该像这初升的曦光，把新鲜的红色涂在苍白的脸上……请昂起你的头，请昂起你的头啊，我的君王。（越王勾践在鼓动中刚想把头抬起）

夫　差　（一声高音盖过百姓）啊！失败的君王，你该把头低下！啊，我

掌心上的奴仆，看看你伤残的国家吧，此时我要你俯在我的马下，在你的臣民面前。来，来啊，勾践，我要下马，我要下马！

众兵士/伯嚭　勾践，吴王要下马！吴王要下马！

〔勾践在此时不知怎么办。在更大声音的催逼下，先是声音静，全场都看着勾践。然后越国百姓窃窃私语一样的声音，然后声音越来越大。

合　唱　（从窃窃私语到壮大）不，不，不要，不要！不要，不要，不要，不要！不要，不要，不要，不要这样！

〔百姓们心疼自己的君主要往上冲。

〔吴国士兵看着这时的情景，从山坡上执戈拥下来，两边胶着。

（以下是勾践、越后、范蠡、文种的重唱，这些句子可以重复，像浪涌那样起伏，有吴兵押着越王想让他跪下。勾践挣扎着）

勾　践　我宁肯死，我宁肯去死……
越　后　（女中音）别忘了，你的誓言……

勾　践　我宁肯死，我宁肯去死……
范　蠡　（男中音）这太让人屈辱了，这太让人屈辱了……

勾　践　我宁肯死，我宁肯去死……
文　种　（男高音）大王快过去，大王你快过去……

越　后　别忘了，你的誓言！

勾　践　我宁肯死，我宁肯去……死！

〔文种与越后把勾践往吴王马下一推，越王一下跪在了吴王夫差的马镫下，夫差缓慢地踩着勾践跪着的背下马。

〔山坡下的越国百姓看到了这一幕，声音坚定由弱而强地像浪潮一样地伤感地涌起来。勾践就那样伤痛地跪着。

合　唱　啊！我们的君王，啊，我们的君王，我们苦难的君王，啊！我们的君王，我们的君王，我们苦难的君王。

伍子胥　（男低音，可以融在合唱中，合唱可做衬托）为什么要放他回去，为什么要放他回去！看啊，他心里有复仇的种子。让我杀了他吧！

夫　差　（也是在合唱的衬托中）等等！这一幕是多么的赏心悦目，啊，这一幕是多么的令人满足。

合　唱　啊！我们的君王，啊，我们的君王，我们苦难的君王，啊！我们的君王，我们的君王，我们苦难的君王。

西　施　（抒情或戏剧女高音。突然的高音冲出）啊！我们的君王，我们越国的君王，我为你忧伤，我为你忧伤……我们为你深深地忧伤！

〔越国的臣民边唱边往前拥时，吴国的士兵从中间把臣民轰开。

合　唱　啊！我们的君王，啊，我们的君王，我们苦难的君王，啊！我们的君王，我们的君王，我们苦难的君王。不要！不要！不要！

吴国士兵　退回去，退回去，亡国的臣民！退回去，退回去，亡国的臣民！

伍子胥　（仗剑要杀勾践）让我杀了他，让我杀了他。

〔范蠡、文种、越后护着勾践。

夫　差　勾践，你看到了，有些人并不愿意放你回国。

范蠡/文种/越后　（求吴王三重唱）啊，大王请不要这样，你该守信，请不要这样！

伍子胥　让我杀了他，让我杀了他。

夫　差　等等！（声音突出，全场静）子胥大人，放勾践回国，是要他年年进贡，岁岁来朝……（回身示意，伯嚭上来读文书）

伯　嚭　（高男高音读文书）越国的百姓听好，放你们的国君回国，是要你们年年进贡，俯首称臣。要的贡品有：丝帛良种、珠宝金银、盐巴铁石、牲畜家禽、青壮奴仆、海味山珍！（越来越快，强硬）丝帛良种、珠宝金银、盐巴铁石、牲畜家禽、青壮奴仆、海味山珍！

吴军兵士　要年年进贡，俯首称臣！要年年进贡，俯首称臣！

伯　嚭　还有！

夫　差　还有！

吴军兵士　还有！

伯　嚭　还有！

夫　差　还有！

吴国兵士　还有！

夫　差　（看着人群中的西施等少女，很暧昧地）之江的少女，越国的美人！（这句一出，越国的百姓更觉耻辱）

西　施　啊！我们的君王，我们越国的君王，我为你忧伤，我为你忧伤……我们为你深深地忧伤！

合　唱　我们为你深深地忧伤！我们为你深深地忧伤！（人群快速散去）

〔只有一束追光照着跪在大地上的勾践的身上。

第二场

〔少女般的舒缓的幕间曲。

〔苎萝山下。姑娘们在江边浣洗着各色的长长的布，儿童们在水边坐着，在玩水。

童声合唱　水滴，水滴，水滴，水滴滴。（一直是唱这几句，铺在下边，上边是女声合唱）

女声合唱　天上的水滴连成线啊，
河里的水滴汇成流。

童声合唱　水滴，水滴，水滴，水滴滴。

女声合唱　清澈的水滴浣衣衫，
明亮的水滴注心头。

童声合唱　水滴，水滴，水滴，水滴滴，
水滴滴水滴滴水滴滴水滴滴。

女声合唱　天上的水滴连成线，
河里的水滴汇成流。
清澈的水滴浣衣衫，
明亮的水滴注心头。

郑　旦　（花腔女高音）姑娘们啊，快一些吧，看，江水的腰肢都为你们扭动起来了，该回去了；姑娘们啊，快一些吧，村里的炊烟也在等你们了，该回去了；姑娘们啊，快一些吧，心里的愁闷已让江水洗退了……

村姑甲　就要回去了。

村姑乙　这些漂过的纱布啊，比来时要重多了，啊，谁能为我把它背回去……

郑　旦　哥哥，哥哥，你的那个哥哥！

女声合唱　哥哥，哥哥，你的哥哥。

村姑乙　哥哥，在哪儿？他在哪儿，不闹了，该回去了！

郑　旦　我们回去吧，天已经暗了。（西施挎着装布的篮子上了）西施姐姐，你怎么才来？

西　施　妈妈病了。

郑　旦　啊，为什么不早说，姐姐请把眉头展开吧，让我们大家帮你！（众人上前）

西　施　姐妹们谢谢了，还是让我自己来吧。（往江边走）

郑　旦　哎，姐姐，让我们来帮你，你不能去江边！

西　施　为什么？

女声合唱　不能去啊，你不能去。

郑　旦　你若到了江边，美丽的姐姐啊。

女声合唱　看见你的倒影，那些游动的鱼会沉向水底。

郑　旦　你若到了江边，美丽的姐姐啊。

女声合唱　看见你的身影，那些飞翔的大雁会从天空中掉下来。

西　施　不会那样的。

郑　旦　姐姐，让我们来吧……

女声合唱　让我们来吧，美丽的姐姐，请你把眉头展开。让我们来吧，善良的姐姐，请你就站在这流水的江边（西施还要去江边）……让我们来吧，请你在这儿为我们唱支歌，唱一支我们越国的情歌。

郑　旦　美丽的姐姐啊，唱吧唱吧；姐姐，让我们想起那些离别的哥哥，唱吧，请为我们春天的思念唱吧。

〔西施站着。姑娘们簇拥过来。

〔此时天黑下来，天幕中三星出现了。

西　施　（静静地凝神地唱着。这首歌来自《诗经》中的《绸缪》，在本剧中前后唱两遍，可以是本剧的中心歌曲）

正在用绳索捆着柴草，
天上的三星出得这样早。
今天是什么样的日子啊？
让我见到了你。
你是那样的你，让我可怎么好。

正在用绳索捆着柴草，
天上的三星出在东南角。
今天是什么样的日子啊？
让我见到了你。
你是那样的你，让我可怎么好。

正在用绳索捆着柴草，
天上的三星突然变小。
今天是什么样的日子啊？
让我见到了你。
你是那样的你啊，让我可怎么好……

众女合唱　你是那样的你啊，让我可怎么好！你是那样的你呀，让我可怎么好！

〔姑娘们被歌声感动，正高兴地向往着。

〔一只小鹿仓皇跑过，砰，一支箭将它射杀在水边。

〔音乐变得惊恐，孩子们跑下去。

〔此时从舞台的各个方向，越国的兵士挺着戈出现了。

〔姑娘们惊恐地围缩在了一起。

〔文种和范蠡疾走出现在高处的山坡上。

〔文种手中拿着弓边走边唱。

文　种　把所有的女人围住，一个也不要放过她们！

女声合唱　啊！越国的士兵，你们来干什么？你们来干什么？

范　蠡　姑娘们，不要慌张。我们来找一个美艳的姑娘，她叫西施，请她跟我们走。

女生合唱　没有，没有，这儿没有西施，这儿没有西施。（女声合唱铺在下边）

郑　旦　你们要西施做什么？

文　种　献给吴王，拯救越国。

士兵合唱　献给吴王，拯救越国。

郑　旦　你……你们还是越国的男人吗？你们还是越国的战士吗？你们还是我们思念的兄弟吗？啊，越国啊，越国，你还是我的越国吗？

女声合唱　啊，越国啊，越国，你还是我的越国吗？越国啊，越国，你还是我的越国吗？（两边对峙）

〔越国士兵们被女声唱得背过身去。

文　种　快把西施交出来！士兵们不要回头，不要后退！

士　兵　请把西施交出来！

女声合唱　没有，没有，这儿没有西施！

文　种　请把西施交出来！士兵们不要后退！不要后退！

士　兵　请把西施交出来！交出来，交出来！

郑　旦　没有，没有，这儿没有西施！（冲过去反被文种推摔在地上）

范　蠡　（看不下去了）啊不，不要了吧，不要……让越国灭亡吧，让男人心里残存的一点点的尊严留下吧！让姐妹们去浣纱吧，散开吧，士兵们散开吧！不要了吧，不要了！

文　种　范大人，你这是做什么，你不要为一个女人而误了大事。士兵们不许后退，抓住，抓一个出来。

〔士兵们抓出郑旦。

郑　旦　放开我，请放开我！（两边拉扯，众女子和西施已悄悄地往山坡上走去，原想逃走，但一看到郑旦的情况，停了下来）

西　施　放开，请放开她，请放开她！

〔众人看着她。

〔西施看着远方。音乐进入抒情。

西　施　（咏叹调：《春天的鲜花开满伤痛的祖国》）

从月影中流出的浣江水啊，
像母亲的手一样挽过我。
晨风送来的鸟鸣啊，
带着桂花的气息拂过山河。
为美酒醉倒的炊烟啊，
你的梦，笼罩着家乡的城郭。
层层开出的报春花啊，
正覆盖着我伤痛的祖国！

越国啊，我的祖国，
与我脐带相连的祖国，
佝偻着身体，背负着我的祖国，
转过身去不想让儿女看到泪水的祖国啊，
春天的鲜花正开满伤痛的山坡。

倘若一缕光能把黑夜刺破，
倘若一万次的牺牲能使伤口弥合，
我愿为你流放到天边啊，
看到你的复活……

〔西施唱罢，静静走出来。

女声合唱　姐姐……姐姐！

西　施　我愿为你流放到天边，越国……

女声合唱　姐姐……

西　施　姐妹们啊，拜别了我的姐妹，请告诉我的母亲，她的女儿去了远方。啊，拜别了郑旦妹妹，让我们相互惦念，不要相忘。

郑　旦　等等，姐姐啊，将要孤单独行的姐姐，郑旦愿意跟你一同前往。如果这样做是为了越国，妹妹愿与你一同前往。

文　种　啊，她是西施。

范　蠡　深明大义的越国女儿啊，你的举止是那样的高贵！来人！来人！请为她换上华丽的衣衫，请为她配上明艳的宝石！啊，越国的女儿啊，我们要为你深深地行礼，请接受我对你深深的礼拜。（庄重的更衣之乐）

女声及士兵的合唱　我们为你深深地行礼啊，浣纱的姑娘，我们等你回来。

我们等你回来啊，我们等你回来。越国的好女儿啊，我们等你回来！

〔在歌声中西施和郑旦两人行礼，相拥。姐妹们拥了过来。

第二幕

〔越国简朴的越王殿中。

〔勾践一个人坐在青灯孤影下。

〔勾践在灯下擦拭着越王剑。外边，深夜更鼓和滴漏的声音。

勾　践　深夜的灯火，照在锋利的剑刃上，
瞬间的锋芒划开了旧伤。
我的身影就在这剑的近旁，
黑色的愁云又蒙上秋霜。
多少次，想把这影子从身上砍下，
屈辱的过去，像挣不脱的网。
多少次，我舞动着这剑啊，
要拼出热血染在这黑影上，
可我不能自由地去死，
屈辱的君王只能带着屈辱偷生。
啊，这黑色的身影，

贴紧我伤痛的人生。

我要以越国的清水洗涤你啊，

要以越国的狂风吹拂你。

我要点燃心的烈焰，炼你七彩的颜色啊，

我要以金子的明亮，使你的光芒重放。

〔勾践独自唱过后，站着。

〔文种举着火把进来。

文　种　啊，君王，你还没有睡吗？

勾　践　就去睡了……

文　种　有一件事不知该不该禀告。

勾　践　说吧。

文　种　呈献给吴王的美人西施和郑旦就要上路了，君王你可有交代？

〔越后披着斗篷阴暗上。

勾　践　请上来吧……我该向她们庄重地拜别。

越　后　不必了吧，她们无非是一些贡品，用不着什么礼仪。你总不至于向每一件贡品都拜别吧？

勾　践　这不一样，她们是越国的一部分，是我伤口上结痂的血。请她们上来！快请她们上来！

〔西施的主旋律，火把更多了，西施、郑旦和范蠡被一些士兵簇拥着上来。

西施/郑旦　（女声二重唱）啊我的君王，西施、郑旦前来拜别。

勾　践　（一看见两人，惊艳）啊！她们是那样的明艳，她们是那样的明艳。

越　后　范大人，快把人带下去！

勾　践　她们是那样的明艳，像明月下饮水的小鹿；她们是那样的明艳，像雨后飞出的燕子。啊，越国失去她们已不再完整，我不能忍受！我不能再忍受，我不想让她们走！我不能忍受，我不能让她们走！

西　施　（这该是西施与勾践的一段二重唱，西施的声音在上边飘着）拜别啊，我的君王；拜别啊，我的越国。忘不了我的家乡啊，忘不了我的越国。

越　后　（听到这唱气急败坏）来人，请把人带下去！快快来人，把她们带下去！

勾　践　我不能忍受，我不想让她们走！

〔以下五重唱，每一节是一句。

勾　践　我不能忍受，她们是越国的一部分。
越　后　请不要这样，别忘了你复仇的誓言。
文　种　越国的君王，这不是你看女人的时候。
范　蠡　难道国家的兴亡，真的要靠这样的方法？
西　施　君王啊，君王，我看到了你眼中要流出的泪。

勾　践　我不能忍受，她们是我伤口上的血。
越　后　请不要这样，别忘了你受过的屈辱。
文　种　国王该明大义，此时绝不该儿女情长。
范　蠡　屈辱啊屈辱，这屈辱在君王的身边蔓延。
西　施　我看到了争论，这一切谁又能说清。

勾　践　我不能忍受，她们打开了我现愈合的伤口。
越　后　你不能这样，她们是寻常的贡品。
文　种　后悔已来不及，让这样的女人快快惜别。
范　蠡　谁能有办法，将这一切来改变……
西　施　君王啊，君王，我看到了你眼中要流出的泪。

勾　践　我不能忍受，甚至我愿为此而牺牲！
越　后　你不能这样，你还是一国之君吗？
文　种　一切不能改变，不要惹怒了吴王。
范　蠡　在弱小的时刻，情感和正义都无法伸张。
西　施　我看到了争论，这一切谁又能说清。

〔四句唱到最后都斩钉截铁，其余四人都停住了，像表了决心，只有越后的唱没有停住，声音冒出。

越　后　啊，君王，别忘了，十年生聚，十年教训，卧薪尝胆的誓言！

〔这句一出，越王一下双手捂脸，头缩回去。

越　王　别再说了，别再往我的伤口上撒盐，我屈辱的影子啊，请你离开吧。（挥剑砍断了照出自己影子的灯，灯杆折）离开吧。

〔静场，西施、郑旦面对观众，美妙的女高音。

西施/郑旦　（女声二重唱）拜别了，我的君王；拜别了，我的故乡。

天已然大亮了，晨雾已簇拥在山路旁。

拜别了我的祖国，拜别了我的君王，不要忘记了我们啊，越国的女儿离开了故乡。

勾践/范蠡　（男声二重唱）不，不会忘记。让我们再次地行礼，不会忘记，今天送走你们啊秋去的燕子，等到越国的春天再把你们迎回来！

合　唱　（众人行礼）今天送走你们啊秋去的燕子，等到越国的春天再把你们迎回来！

〔越后就那么站着。

〔众人相别。

第三幕

第一场

〔幕间曲——兴盛的吴国的快活的音乐。

〔幕开，豪华的吴王宫殿。

伯　嚭　快，快把这响屐廊打扫干净，在巨大的陶瓷上，铺上木板。

吴国大臣　让那些花瓣一样的纤足在上边舞蹈啊，

我们伟大的君王的心会怦怦跳！

伯嚭/吴国大臣　怦怦跳，怦怦跳，

啊，多么美妙……

少女的衣裙拂过我们的欢笑，

这世界像喝醉了酒摇晃着尖叫。

哈哈哈！啦啦啦啦！（有高音尖叫）

这世界摇晃着尖叫！

美酒啊，美酒，

伴着美女的窈窕，

还有那丰富的菜肴，

快一点啊，被点燃了的春心，

快一点啊，让长夜不再寂寥。

〔吴国的众大臣簇拥着吴王夫差在高高的台基上，饮酒欢乐。

〔众美女跳着响屐舞，热烈而美。（这儿可以有舞蹈的音乐和炫技的响屐舞）

〔西施和郑旦在吴王夫差的左右。

〔吴王夫差随着音乐走下台基，饮酒高歌。

夫　差　啊，美人，舞动的美人，

像冰在火焰上嗞嗞作响的美人，

羽毛拨动着心弦的美人啊，

在我荣耀的光环中闪烁。

使我深陷在春天里不能自拔的美人啊，

你们是我的荣耀，你们是大英雄胸前的徽章，美人。

（对着西施唱）贤淑如香草一样的美人啊，

看见你，我的牙齿打战；看见你，我的心跳到了咽喉！

越国的美人，春天的繁花啊，

如果让我选择，我愿把整个越国都退回去，只留下你。

啊，你呀，丝绸上的美酒，美酒中的玉石，

我愿做你的臣子，伏在你的裙下，

我愿做你的仆从，跟随你的裙带。

啊，美人啊，请允许我送上礼物！来人啊，快一些吧，来人，快送上礼物，请我的美人笑纳。

〔大队的人抬着礼物上，那些舞女和抬礼物的侍者双人或多人的舞蹈。

〔很多的礼物献到西施和郑旦的面前。

女合　啊！这么多的宝石，光彩夺目、晶莹美艳在美人的身体上闪着光的宝石，女人都喜欢闪闪亮的东西……

郑　旦　姐姐，看啊，有这么多的宝石首饰……（拿起戴在身上）

西　施　是啊，真是耀眼……（并不太看）

女　合　啊！这么多的宝石，光彩夺目、晶莹美艳在美人的身体上闪着光的宝石，女人都喜欢闪闪亮的东西……

郑　旦　像梦一样……丝绸包裹着的生活，多么缠绵。这温润的玉石，扼住了我内心原有的呐喊……姐姐呀，姐姐，当慵懒的阳光照在残损的胭脂上，我的心啊已随着他的热烈在慢慢改变。啊，这个吴王，他是那样的深情而热烈，这样的男人，使我在一瞬间忘记了祖国！（最后一句让人惊讶，自己说出也惊讶）

西　施　请不要这样，妹妹啊，请不要这样。故乡在越国啊，姐妹们的歌声还印在心中……

〔在这儿要回想似的再唱一遍《绸缪》。先是在高的台阶上，像是另一个时空的女声合唱，然后再接西施和郑旦两个人的女声重唱，然后是混着唱。当唱到“你是那样的你，让我可怎么好”时，吴王总是自作多情地认为这歌是在为自己唱的。

正在用绳索捆着柴草，
天上的三星出得这样早。
今天是什么样的日子啊？
让我见到了你。
你是那样的你，让我可怎么好。

正在用绳索捆着柴草，
天上的三星出在东南角。
今天是什么样的日子啊？

让我见到了你。

你是那样的你，让我可怎么好！

正在用绳索捆着柴草，

天上的三星突然变小。

今天是什么样的日子啊？

让我见到了你。

你是那样的你啊，让我可怎么好……

〔所有的舞者伴着舞深情唱着。

夫　差　（高兴地举樽）啊！多么美妙的歌声，让我们为歌声干杯！干杯，再一次地干杯。

众　人　干杯，来啊，干杯。干杯！为美女填满的时光，为爱，为心跳，为醉眼迷离，为这一刻干杯，干杯，干杯！

（正在最热烈时，伍子胥仗剑冲开阻拦，冲了上来。

伍子胥　啊，放开我，放开我。

〔边冲上来边砍散那些舞女。有人被砍倒了伏在地上趴着。

伍子胥　啊！亡国的美酒，蛇蝎般的女人，都是越国仇恨的毒箭，箭箭射在你吴王的躯体上。啊，你放了越王已然是错，让我来杀了她们吧。吴王啊，沉醉的吴王，让我来杀了她们吧。我们可不愿看着你亡国，我们可不愿跟着你亡国！

夫　差　放下你的剑，子胥大人，放下你的剑！啊，你这个疯子，放下你的剑！

伍子胥　不！不！让我来杀了她们，我们可不愿看着你亡国，我们可不愿跟着你亡国！（上边伍子胥上来唱了一段后，就可以是那种叠着唱了。后边也是在动中唱着）

〔追杀到西施面前，西施竟一动不动看着他。伍子胥急追正从他身边跑过的郑旦，此时夫差正从台基上走下来，郑旦仓皇向他跑去。

〔伍子胥追着。

夫　差　放下你的剑，放下你的剑！

西　施　啊，妹妹，小心，来我这里，快来。

〔伍子胥一剑将正逃往夫差身边的郑旦杀死。

郑　旦　啊！他杀了我！姐姐，他杀了我！

〔郑旦翻身而死倒在地上。

西　施　妹妹！妹妹！妹妹！（音乐悲怆着，音乐狂扫）

〔哗地一下人全都散去了。西施把郑旦抱在怀里。

西　施　妹妹啊，妹妹，我的妹妹啊，你爱的翅膀已然折断，你甜美的歌声已结成冰！你应一声啊，你应一声。

郑　旦　姐姐……请把我带回苎萝山。

西　施　妹妹啊，我发誓要带着你回到祖国，我发誓要让你的血把越国的春天点染。啊，吴王，吴王，请你过来，我请求你过来。

〔吴王夫差慢慢回来看。

夫　差　她死了？

西　施　你也杀死我吧！

夫　差　你是我的爱！

西　施　请你现在就（抽出郑旦身上的剑）杀了我！

吴　王　啊，我不能。

西　施　那么把（指着伍子胥）这个仇恨的家伙处死！

夫　差　啊，这怎么行！（西施进逼，夫差躲）

西　施　请你杀了我！

夫　差　啊，我不能！

西　施　你杀了我！

夫　差　啊，不能！

西　施　那么我就杀死自己！

夫　差　不！（冲过来夺剑）这不行！啊，美人，我的美人，你……我……我……（一下把剑夺过来，犹豫后，突然往身后一挥）我为你做什么都行！（音乐高潮，强烈的音符，戛然而止）

〔静了一会儿，天幕上伍子胥的首级砰的一声掉了下来。

第二场

〔先是高音的小锣那种打击乐，节奏听着紧张而兴奋。

〔然后是文种在上边像自语一样地唱着。

文　种　伍子胥死了。

范　蠡　越国的灾难到头了。

文　种　伍子胥死了。

范　蠡　越国的灾难到头了。

文　种　（高兴大喊）吴国的大将军伍子胥死了！

范　蠡　（高兴大喊）越国的灾难到头了！

〔武士们的音乐轰轰响着。

〔越王勾践和越国大臣及全体兵士，从后幕中出现，旌旗飞扬。

勾　践　伍子胥死了，越国要复仇！伍子胥死了，越国要复仇！（挥剑）

〔行军的音乐。

〔大队的兵士从高台上齐步走下来，唱着。

大合唱　雄壮的步伐，覆盖了山河，

复仇的士兵，齐声高歌。

锋利的长剑，敲击着盾牌，

呐喊的声音，震动着魂魄。

十年生聚，十年教训，

我们，我们，越国，越国！

狂风的旗帜，烈火的战车，

翻过了群山，席卷着吴国。

我们，我们，越国，越国！

狂风的旗帜，烈火的战车，

翻过了群山，席卷着吴国。

勾　践　越国的风吹着旌旗的方向，越国的男儿握紧手中的刀枪……十年的屈辱，化成了排空的巨浪，卧薪尝胆的君王啊，吴国的土地将是你驰骋的战场。来，把火啊烧得更旺，让压抑的激情横扫山岗。

男声合唱　我们，我们，越国，越国！

范　蠡　要用战车去装载荣耀，要接美丽的西施返回故乡。啊，西施，西施，你是越国最痛的伤。君王啊，我们的君王，请你亲自将她接回吧，让她的名字闪烁荣光。

勾　践　啊，那可怜的姑娘，不知她现在怎么样。

〔越后一直看着勾践的样子，她像是还不明白勾践所想。她走过去对着兴奋的勾践。

越　后　啊，君王，我多情的君王！倘若吴国灭亡，我想问一下，你将拿西施怎样？

勾　践　那还用问吗？

越　后　我想知道你会对她怎样。

勾　践　……啊，当然是第……第一夫人！

〔文种和范蠡都一惊。

越　后　你对这个祸国的女人，存着这样的期望。

范　蠡　她……她是越国的功臣！

越　后　她是红颜祸水，她是个不祥之物，她的美艳使吴国灭亡！你们这么看重她，越国的命运将会怎样？

勾　践　啊，你这是妇人之想，我不想多说了。啊，我要去战斗了，勇士们，让我们唱着歌去占领吴国！

男声合唱　我们，我们，越国，越国！

狂风的旗帜，烈火的战车，

翻过了群山，席卷着吴国。

我们，我们，越国，越国！

狂风的旗帜，烈火的战车，

翻过了群山，席卷着吴国。（敲着盾牌）

〔士兵纷纷下，越后想拦住什么，什么也拦不住。

〔勾践等唱着歌跟着下去了。

〔台上只剩下越后一个人，音乐孤单着。

越　后　（唱《啊，这可怎么办？》）

啊，这可怎么办，这些战士的步伐，将踏碎我的梦幻。

啊，多么可怕，那个美貌的女人，将在我的宝座上坐下.

那顶玉石的冠冕将戴在她的头上……多么可怕，

她将拖着长裙漫过我行走的台阶，

啊，这些谦恭的仆人将向她行礼。

本该是我的夜晚将被她占领，我的梦将失去颜色。

啊，这可怎么办？这可怎么办啊？

天上的神灵，请告诉我，

天上的神灵啊，请你告诉我！

〔唱罢，过了一会儿突然感觉到有人在旁边。

越　后　（警觉）……谁？谁在那儿？

〔文种从暗影中悄悄地上来。

文　种　王后，是我，文种。

越　后　文大人，你在那儿做什么？

文　种　吴国的城池就要攻破了。

越　后　那该怎样？

文　种　啊，庄重的王后啊，越国的大军已覆盖了吴国，吴国的宫殿就要攻破，现在看谁先找到那个女人啊，如果先找到了，一切都可摆脱……

越　后　摆脱？你为什么这样想？

文　种　我为的是越国。

越　后　啊，多好的理由，那你还等什么？我们走。

第四幕

第一场

〔吴宫，远处的火焰，照着被攻破了的宫殿。

〔西施还穿着艳丽的服饰，静静等着，不知自己的命运将如何。

西　施　侍者，有什么消息吗？

侍　女　夫人，越国军队已大胜，方才有越国的前哨来报说就要接你回故乡了……

西　施　啊，多好的消息啊！我就要回故乡……（抱起装郑旦尸骨的罐子）妹妹，我们就要回到浣纱的江边去了……

〔西施高兴地换着装。

〔梦幻中的郑旦唱《绸缪》的歌声在另一个时空出现着。

〔歌词同前。还是那种词，不一样的二重唱，伴着西施兴奋地梳妆。

西施/郑旦　（郑旦唱《绸缪》，下边的词是西施的）啊，多好的消息啊，就要回故乡……此时我的心啊跳荡。故乡啊，十年前的燕子要回家了，我要为你梳妆。快把这殿中的灯都拨亮吧，请为我换上越国的衣裳。啊，多好的消息啊，我要回故乡了……“故乡”这两个字一经说出，我的热血在心中滚烫。

侍　者　夫人！

西　施　什么？

侍　者　越国的人来了！

西　施　啊！这么快，等等，我还没有收拾停当。请等一等啊，请等一等，让我快收住泪眼啊，让我的笑容为越国的亲人开放。请他们来，请他们进来吧，快请。

〔西施仓皇地收拾。文种带着兵士上。越后掩着衣袍藏在背后。

西　施　（飞快地热情地迎了过来）是你们吗？我越国的亲人，请接受我的行礼。（看到了冰冷）……啊，是你们吗？

文　种　（不还礼看着）我是文种，我们曾见过。

西　施　啊，文大人，十年过去了，你是来接我的吗？

文　种　我要带你从这个肮脏的地方出去。

西　施　我这就跟你走。（说着拿起了郑旦的尸骨罐子）

文　种　那是什么？

西　施　是郑旦的尸骨，我要带着她回越国。

文　种　放下吧。

西　施　为什么？

文　种　放下吧。

西　施　我要带着她回越国，她的死是为了越国。

文　种　放下她吧，女人，没有人说要带你回越国！

西　施　……女人？你叫我女人？请叫我西施吧，我是越国的女儿！

文　种　放下她吧，没有人说要带你们回越国！

西　施　那你要带我去哪儿？十年前，越国的君王在送别时说过。（男高音在幕内：今天送走你们啊秋去的燕子，等到越国的春天再把你们迎回来！）

西　施　你要带我去哪儿？门口的车难道不回越国？

越　后　（终于忍不住了）啊！妄想，痴心妄想，再不要多说了，来人，快快把这祸水带走。（兵士要上前）

西　施　等等，等等。你是谁，你为什么说我是祸水？

越　后　祸水，你是亡国的祸水！

西　施　啊！污辱的语言，你是越国的王后对吗？你怎么可以用这样的言语来冲撞我们！看看吧，我怀里还有为越国而牺牲的郑旦。啊，污辱的语言，说这样话的人不属于我的越国！请你们离开吧，我不跟你们走！

越　后　不跟我们走？你在等来接你的君王对吧？你在迎接新任越后的荣光对吧？你还想在君王面前献媚对吧？

西　施　我什么也不想！如果可以，我只愿带着妹妹的尸骨回家乡。我什么也不想，如果可以，我只想回到苎萝山下的浣江。请忘记我吧，误解我的兄弟们！请你们退出去，忘记我吧，曾经忧伤的君王，倘若这些你们也不能答应，我愿死在这座殿上！

越　后　没有那么容易，快将她的眼睛蒙上，快将她的眼睛蒙上！

〔兵士们为西施蒙眼，西施欲死不能。

西　施　啊！请不要这样对待我，我是越国的女儿，请不要这样对待我啊，我日夜思念的越国的兄弟啊！

越　后　把她怀中的罐子夺下！

西　施　不！不！否则我即刻就死！不，让我去死！

〔幕后有高兴的《酒歌》。

幕后合唱　啊，胜利了，胜利了，多么快乐！来啊，美酒！来啊，美酒！为我们的胜利，为我们的君王！美酒像火焰，燃烧在心田；美酒是春天，忘却了愁烦！啊，胜利了，胜利了，多么快乐，来啊美酒，来啊美酒。为我们的胜利，为我们的君王！（可以反复，声音越来越近。这《酒歌》可以不停，下边的唱在它的上边）

文　种　（抢过西施怀中的罐子）有人来了，快！快！

西　施　把她还给我。（越后抢过罐子摔在地上）啊！

越　后　塞上她的嘴。（西施的嘴被塞上）

文　种　快走！（西施被拖下）

〔跑下时，越王勾践的声音越来越大地出现。

〔越王勾践和范蠡一身戎装上。勾践手中拿着酒杯。

勾　践　啊，这是多么伟大的胜利，我们要在这华丽的宫殿中庆祝这辉煌。啊，这座使我备受屈辱的宫殿，我今天要用胜利的美酒洗尽污点！（把手中的酒泼在地上，有人又给他斟上酒）啊，范大人，快一些吧，我已经等不及了。快布置吧，快把美酒都斟满。

范　蠡　君王，有一件事还没有完成。

勾　践　什么事？

范　蠡　我们还没找到西施。

勾　践　谁？

范　蠡　西施！

勾　践　啊！想起来了，可怜的姑娘，昔日的美人，如今不知变成了什么样，那就找吧。如果找到了，你把她带走吧，我现在除了想喝胜利的酒，其他一切都不想了。找吧！找到了，你把她带走吧！（不管要下）

范　蠡　大王，您曾说过要封她为第一夫人。

勾　践　我说过这话？啊，那可能是个玩笑，哈哈哈哈！

范　蠡　您这样的玩笑也许会害了她！

勾　践　是吗？那可能就是她的命，一个女人的命。（说完疾走）

范　蠡　啊，多么可怕，多么可怕！（这句可要可不要，主要想打个点。如果音乐能补充也可以）

第二场（大结局）

〔江边风涌浪急。

〔江风吹着齐集在江边的士兵和百姓。

〔音乐急迫着，伤感着。

众人合唱　（波涛滚动一样的）流云翻卷着波浪，连天的青草已变黄，仓皇的雁阵转身而去，命运啊，对不幸的人你现出了慌张……

〔越后上来了。

越　后　天已亮了，文大人，君王在哪里？

文　种　胜利来得那样可贵，君王在彻夜地狂欢。

幕内合唱　（《酒歌》）美酒像火焰，燃烧在心田；美酒是春天，忘却了愁烦！啊，胜利了，胜利了，多么快乐，来啊美酒，来啊美酒。为我们的胜利，为我们的君王。

越　后　把那个女人带来。

文　种　她来了。

〔西施的眼睛被罩着，被人牵着上来了。

西　施　我听到了江水的声音，请把我的眼罩摘下。我听到了江水的声音，啊，请求你们把我的眼罩摘下。

越　后　女人啊，你将死去，还想看什么，难道是仇恨？

西　施　我为什么要仇恨，我该向谁去仇恨？请把我的眼罩摘下吧……

越　后　把她的眼罩摘下。（有人上来摘了西施的眼罩。绑绳松开了，西施看见了）

西　施　啊！蒙着眼睛的黑布啊已然摘下，我看见了越国的兄弟，像在梦中一样。亲人啊，请告诉一个不辨方向的人，我的越国在哪儿，我的家乡苎萝山在什么方向……（一下感动了岸上的兵士和众人。众人低下头，手指着）

合　唱　啊，可怜的姑娘，在这儿，东南方啊，那里是越国，我们手指的方向，那里是越国。（合唱呜咽了）啊，可怜的女人，可怜的姑娘，那里是越国啊，那里是你的家乡。

西　施　（咏叹调：《请你用手指向越国》）

（慢抒情）请你用手，指向越国，
请你将心，朝向越国，
越国，越国，我的祖国，
梦里春花，开满山坡。

请允许我，轻声吟哦，
请允许我，最后的歌，
越国，越国，我的祖国，
女儿的心，没有变色。（抱起了郑旦的罐子）

我要化成炊烟啊，飘摇在你的山坡。
我要化成春柳啊，在母亲的脸上婆娑。
我是点染四季的鲜花，
是那缠绵的溪水，围绕在你的身侧。
我将跟随着姑娘们的笑声，
在你春天的门前打扮穿着，
我还是那个女儿，
我将在水边浣纱唱歌。

越国啊，我的祖国。
飞回的燕子即使在归程中坠落。
她的方向未改啊，我的祖国。

请你张开怀抱吧，收留我。

越国啊，我的祖国，

请你张开怀抱，收留我！

（唱罢天幕中江涛涌过来，西施一下被卷走，淹没）

合　唱　啊！啊！啊！

（西施完全被淹没。大江没顶，观众如没顶。音乐高潮）

啊！啊！啊！

〔突然无声。

〔静静地，台上一片白衣白袖的舞蹈，满台都是。

〔一片屏息和压抑中只听见衣绸舞动的声音，白色衣绸的海洋。

〔跳着，心情被无声压抑着，忽然音乐跟进。

〔合唱骤起。

苎萝山啊，我的家乡，

越国啊，我的祖国，

请张开怀抱收留我。

祖国啊，请你张开怀抱收留我。

〔音乐强烈，强收。

全剧终

2008年12月前大纲

12月27日一稿

2009元旦期间二稿

元旦过后三稿

1月6日初定

1月7日小定

1月8日再定

4月底5月初再改

歌剧

夜宴

演　出　本

第一场

〔韩熙载家中。傍晚。韩闭目静坐榻上。

韩熙载　置酒高堂，悲歌临觞。

人生几何，逝如朝霜。

某，南唐重臣韩熙载是也。

功名一世难成就，

江山收拾待若何。

到如今终日吟诗作画，贪好女色。

岂曰无憾，忧为子忘。

红珠何在？

〔红珠手持拂尘，端茶上。

红　珠　二八秦楼妇，

三十侍中郎。

不学幽闺妾，

生离怨采桑。

妾红珠，红尘的红，珠子的珠。

家已不知何处，

哪管人在何方。

爷，您用茶。

韩熙载　红珠。

红　珠　在。

韩熙载　爷在想什么？

红　珠　几时？

韩熙载　现在。

红　珠　爷呀爷，你在想打卦。

韩熙载　好红珠，爷已被你识破。

歌　姬　（在幕后帮腔）已被你识破……

红　珠　夜照新妆，

风飘香袖，

花开为谁匆匆？

君恩流盼，

承幸堂中，

画屏檀板悠悠。

为君理丝桐，

心动意难休。

镜里红粉酬知己，

蛮腰掌上，

一笑解千愁。

〔红珠在榻上躺下，韩熙载脱下她的绣鞋。（注：中国民间有用抛两只鞋求卦的方式。鞋面为阳，鞋底为阴）

韩熙载　分阴阳。

〔韩神秘地抛了一次。红珠看。

红　珠　一阴，一阳。

〔红珠拾鞋再让韩抛。

韩熙载　定五行。

〔韩再抛。红珠又看。

红　珠　全阴。

〔红珠又拾鞋给韩抛。

韩熙载　合算吉凶。

〔韩第三次抛鞋。红珠再看。

红　珠　还是全阴。是个震卦。（注：加上前边的两下可算震卦。）（有些不安）爷，这是主个什么呢？我来为你翻卦书。

韩熙载　不看也罢……

十年惊欲病，

日日是此时。

雾浓山后暗，

日落云傍开。

此卦当主今夜有客到。

红　珠　我们不是夜夜有客吗？

韩熙载　今夜客不同。

〔第一场结束。

第一间奏

〔夜。清冷，空。

〔李煜在等小周后（他妻子的妹妹）来幽会。两画家跪于台角。

李　煜　花明月黯飞轻雾，

今宵好向郎边去。

〔李煜一边翩翩起舞，一边模仿女人的声音念词。

花明月黯飞轻雾，

今宵好向郎边去。

〔李煜停止模仿女人。

刬袜步香阶，

手提金缕鞋。

〔李煜又开始起舞和模仿女人念词。

刬袜步香阶，

手提金缕鞋。

〔李煜又停止模仿女人。

画堂南畔见，

一向偎人颤。

〔李煜再次模仿女人。

奴为出来难，

教郎恣意怜。

〔李煜看见两个画家，清醒过来，停止模仿女人，将两画家挥下。

李　煜　去——

〔两画家磕头，起身，退下。

〔第一间奏结束。

第二场

〔夜。韩府。灯火辉煌，宾客盈门。

门丁高叫　状元郎粲到！

教坊副使李家明到！

门生舒雅到！

执戟郎洪远到！

韩熙载/红珠/歌姬　（与众人边饮边唱，《欢乐和歌》）

昭昭上帝，穆穆下临。礼崇备物，乐奏铿金。

兰羞委荐，桂醑盈斟。敢希明德，幸罄庄心。

韩熙载　月升乌啼远，

流连看云归。

夜客纷纷现，

衣襟寸寸黑。

〔众人继续唱《欢乐和歌》。

〔两画家在幕后：好大宴！

〔两画家上。

顾闳中/周文矩　好大宴！

顾闳中　吃酒的吃酒。

周文矩　耍闲的耍闲。

顾闳中　那韩大人，

坐于榻中，

与一艳姬对饮，

也不紧来也不慢。

皇上让他出相，

他却如此放浪。

天大的名士，

该不是把样子做来给人看。

周文矩　谁晓得，是怎的，回去便怎的画，此时有酒，何必多言。

〔二人近前施礼。

顾闳中/周文矩　大人在上，小人有礼了。

韩熙载　（不理睬二人）

酒香蒸华雾，迷人目。

金杯玉盏夜笙歌，

过眼客谁熟？

顾闳中/周文矩　（再次施礼）大人在上，小人有礼了。

韩熙载　二位不是那宫中画师吗？

顾闳中/周文矩　正是。

韩熙载　红珠，斟酒。

〔红珠给两位画家斟酒。

顾闳中/周文矩　多谢小姐。

〔乐声大作，红珠起舞。

红　珠　（妖冶地）

新歌一曲令人艳，

醉舞双眸敛鬓斜。

谁道名利能续命，

却待今夜醉君家。

韩熙载　（面有得意色）府中有好女。

红　珠　赐韩名红珠。

韩熙载　巧笑美回盼。

红　珠　鬓发复凝肤。

韩熙载　脚着花纹履。

红　珠　耳穿明月珠。

韩熙载　王侯为之顾。

红　珠　驷马自踟蹰。

韩熙载　红珠，你美，面如春色。

顾闳中　果真是。

周文矩　大人名士。

顾闳中　风流如此。

顾闳中/周文矩　正可入画！

韩熙载　一朝入画便成仙。哈！红珠，过酒来！

红　珠　爷，宫中贵客在此……

韩熙载　不是贵客哪有这样的场面给他看。来，过酒！

〔红珠口对口地给韩过酒，两画家惊住。

歌　姬　一朝入画便成仙。

顾闳中　啊！回去可有的画矣！

〔第二场结束。

第二间奏

〔三更。静。

李　煜　朕，南唐李煜是也。

生在深宫之内，长于妇人之手。

通音律，晓诗文，干戈不识。

如今江山欲破，社稷垂危，朕何所依。

〔韩熙载的幻影出现在李煜的宝座上。

幻　影　突如其来如，焚如，死如，弃如。

李　煜　（惊愣地）啊呀……离卦！离为火……

幻　影　突如其来如，无所容也。（幻影消失在黑暗中）

李　煜　离卦！

〔第二间奏结束。

第三场

〔韩府。夜已深，人已醉。

顾闳中　（微醉）且舞且歌。

周文矩　又吃又喝。

顾闳中　美姬环列。

周文矩　国事无多。

顾闳中　呔！那女子来为我斟酒。（红珠来斟酒）

我问你，你家大人，每天都做何勾当？

似这等夜夜宴宾客，时时狎美姬，可有闲时思正事？

红　珠　何为正事？

顾闳中　为国为家。

红　珠　家国何在？

顾闳中　无限江山。

红　珠　江山破败，姓李不姓韩。

顾闳中　你家大人因此不出相？

周文矩　似此潦倒，躲避为官，青史难逃！

顾闳中　夫子曰——

顾闳中、周文矩　齐家、治国、平天下乃男儿大事。

周文矩　你家大人夜夜欢宴，声色犬马，锦衣玉食，有悖夫子之道。

上负国家，下负百姓，罪已难逃。

顾闳中、周文矩　莫看今日欢宴，只怕明日死于刀下。

〔韩熙载独坐于榻中，一直独饮，看画家气焰，未动声色。

韩熙载　红珠，宽衣。（红珠帮其宽衣解带）

歌　姬　（愁肠满腹唱）

去去，何处？

迢迢巴楚。

韩熙载　（敞开袍）再宽衣。

歌　姬　山水相连，

猿声离客船。

〔韩进而将内衣也褪下。长袍落地，裸体而立，举杯而饮。

歌　姬　愁肠岂异丁香结，

故乡音书绝。

顾闳中　（努力克制着怒气）韩大人！你怎可于华灯美酒、宴客宾朋之前赤身而立?!

歌　姬　想佳人花下，

对明月春光，

（加红珠和李煜）恨应同。

韩熙载　金陵城上春秋，

万里夕阳大江流。

中原乱谁能收，

悲风吹泪过扬州。

顾闳中/周文矩　你无礼无序无分寸，这样的酒宴真真羞杀人！

韩熙载　天乃是我的屋宇，

地是我的眠床，

这楼台是我的内裤外衣，

有何不妥？

顾闳中　天地是屋宇，家国在哪里？

周文矩　殿堂是衣裳，我们往何处？

韩熙载　裤裆。

顾闳中/周文矩　什么？

韩熙载　你们在我的裤裆内！

顾闳中　呜呀！好端端天大的才，却要这般地出丑露乖！

周文矩　啊！气杀！气杀！

〔两人大怒下。

〔第三场结束。

第三间奏

〔李煜一袭白袍，望天而歌。

李　煜　林花谢了春红，太匆匆。

无奈朝来寒雨晚来风。

胭脂泪，留人醉，几时重。

自是人生长恨水长东。

〔第三间奏结束。

第四场

〔韩坐于榻上，闭目伤怀。

韩熙载　大宴醉别今不记。

红　珠　衣上酒痕诗里意。

韩熙载　平生心绪无人识。

红　珠　一支金梭万丈丝。（哭泣）

韩熙载　红珠，莫哭。今日难道不好？

红　珠　爷，您为什么这般地拒绝出相，那一世的英名……

韩熙载　红珠，我心早已死了。几时了？

红　珠　已是明日。

韩熙载　明日？明日已不在！

（第四场结束）

尾声/挽歌

（李煜与花腔女高音、女低音、男高音、男低音）

春花秋月何时了，
往事知多少？
小楼昨夜又东风，
故国不堪回首月明中。
雕栏玉砌应犹在，
只是朱颜改。
问君能有几多愁，
恰似一江春水向东流。

（字幕）公元975年，宋兵破金陵，李煜出降，南唐亡。越三年，煜被毒死于囚禁中，是年四十一岁，在位十四年。

——全剧终

新　诗　本

第一场

〔韩熙载坐在广大的屋宇内。

〔红珠在独自弹着琵琶。

〔韩熙载端坐在一张大榻上似想似听。

韩熙载　(很弱的声音伴着琵琶)

轻，

轻点，

飘摇，

像影子走过大地。

再轻点……

你知道那样的声音。

“的棱”，

“的棱”，

是这样。

“的棱”，

心在跳。

啊，啊，对，像无奈的朝臣垂下了双手。

“的棱”，

“的棱棱”。

红　珠　阳光碎在锋刃上。呀，是那样吗？

韩熙载　……锋刃？

红　珠　你刚才又想到了出相？

韩熙载　像胡须和毛发一样跟随着我。

红　珠　剪掉。

韩熙载　什么？

红　珠　剪掉。躲避，躲避，躲避。

韩熙载　在哪儿？天下有鼠蝎躲避的地方，虎豹怎么躲避？

红　珠　在家，在声色之中，在温柔乡里。

韩熙载　在自己的恶名下？鼠蝎，变成鼠蝎？你也这么想？……哈！将来我要杀的第一个知己就是你。

红　珠　（温情地）……我等着冰凉的刀沾上我的血。

〔韩熙载站起来后，把照在柱子上的光遮住了，红珠让他移开。

红　珠　那光，那光！

〔红珠看着阳光照在了屋中一根立柱的刻度上后，突然消失。红珠跑过去。

红　珠　……到了，每年这一刻……多么相似，到了，秋天，你听，雁叫了，群雁，呷呷，呷呷，像我的指法，呷呷呷呷，时间好像没动。我的手冷了下来，像一张在雪地里发抖的丝绢。我……我会把弦弹断。

韩熙载　断吧！那样的时间已被死亡打断过了。啊！父亲，你结束时的痕迹，每一年阳光都会眷顾，就在这儿，在这儿，没有比这更大的纪念，阳光的纪念。你死了，我怎能那样地死去，这根时间的柱子伤痕太多了，我愿意从时间中移开。我，我的国家与我一样，已没有希望。

红　珠　断了，真的要断了，这些弦一根一根响着。（四根空弦的声音）

〔后台人声嘈杂。

〔欢乐的王屋山和苦丁丁上。

王屋山　来——

苦丁丁　了！

王屋山　来——

苦丁丁　了！

王屋山　他们来了。

苦丁丁　来了，他们。

王屋山/苦丁丁　他们来了，陛下派的，两个画家。画我的手，画我的歌喉。画我们的夜宴，画我们的酒。

（两个高兴唱《拍手歌》）

菊花啊，菊花啊，落落。

西风呀，西风呀，堕堕。

苦人哪，苦人哪，恼恼。

惹哭了，窗里的，小小。

啊！来了，来了。（两人下）

〔欢乐中。

〔哗，韩熙载撕白绢之声，两个人扯绢的音乐。

〔韩熙载与红珠在头上裹上白布条。

韩熙载/红珠　哪怕在这短短的一刻，也该表示一下哀悼。

〔管家搬了张椅子上，坐于台中，把舞台分成了两半。

（管家是门，其他人在门外，韩熙载依旧在屋内）

请！啊，请啊请！请！啊，请啊请！

郎　粲　（状元）抛，洒，抛，洒。抛抛，洒洒，洒洒，抛。

管　家　啊，请啊请！啊，请啊请啊请！

郎　粲　抛洒，抛洒。洒洒，抛抛，抛抛，洒。

舒　雅　（学生）（饶舌）桐叶惊风，芭蕉着雨，天边声声鸿雁叫，孤星晓月，帘卷西风，轻轻我来了。

〔女人娇柔的兴奋声，乐器与人声像是欢呼“来了，啊，来了”。

顾闳中　画家画家画家，画家，两个画家。

周文矩　画家来了，画家来了，画家画家画家。

顾闳中　纸……笔……墨……砚。

周文矩　圣上的旨意，让我们做客，手拿着画笔，到韩熙载府赴宴。

顾闳中　看……看看……看……看看。

周文矩　假说是宾客，其实来偷看，所有的东西，要记录下来。

顾闳中　果然……气派……果然……气派。

周文矩　他不想出相，其原因何在，能搞清楚了，好回去交差。

众　人　夜客，夜客到了！

〔右边舞台。

〔韩熙载解下头上的布帛，交与红珠。

〔红珠将白布系在柱子今日阳光的记号上。

韩熙载　夜已经来了，夜晚的人物也出现了。我感到自己也在一寸一寸地黑下来。请进。

第二场

〔管家撤开椅子，此时舞台又是完整的居室。

〔众人礼遇。

众人合唱　啊，大屋！啊，气味！奇怪的气味，昨天的气味，时间的气味。时间，这广大的屋宇中永远是时间的气味。

〔众人边唱边凌乱坐下。

〔红珠的琵琶从角落响起。

〔一舞娘从幕右上跳舞而出，影子一样地舞，神秘而轻灵。

〔琵琶声中杂着人声，比如叹息和那种夜晚无意而得的说不清的声音。

苦丁丁　(人声伴着小鼓的响声，高飘而出)

三八花钿呀，呀呀呀。胸前如雪脸如莲啊，喝喝喝。(韩熙载的人声伴奏复杂唱出)耳坠金环穿瑟瑟。霞衣窄，笑倚江头招远客。(韩熙载兴奋伴唱)

〔众人兴奋，人声伴唱。

苦丁丁　(余勇再鼓)

洞口谁家呀，呀呀呀，木兰船系木兰花，愣愣愣。（人声伴唱越来越花哨）红袖女郎相引去，游南浦，笑倚春风相对语。

〔苦丁丁翘起嘴唇，众人发出一片嘴唇之声。

〔管家端酒至。

〔苦丁丁饮酒，饮而不咽，嘴含酒从鼻中闷出一声高腔。众人注目。

〔苦丁丁走近韩熙载，以袖遮面，在大袖子后面，将酒口对口过给韩熙载。

〔众人一直以人声相伴，有响亮之嘴唇声掺杂其间。

众　人　（如酒瓮在木琴上滚动的轮唱）

夜晚的酒，夜酒，夜加入了酒，酒的夜晚，夜酒，夜酒。热闹的酒，不眠的夜。酒已把夜晚点亮，夜酒。

韩熙载　夜酒，从白昼的大地上长出来的夜酒，赴死般来到殿堂，牺牲的夜酒。入我口而把我浸泡，包围着我的夜酒。会变成口水、尿、臭汗与眼泪流出去的夜酒。像一块石头在我的胸膛里敲击的夜酒，啊，咚咚咚地响起来的夜酒。

顾闳中　（高男高音）否，否，否否否否，否，否噢，否！

顾闳中　做给谁看？

周文矩　画下来。

顾闳中　肆无忌惮。

周文矩　画下来。

顾闳中　这样地喝酒。

周文矩　画下来。

顾闳中　让我们看见。

周文矩　画下来。

顾闳中　礼物，今天的礼物，警世的礼物。

周文矩　夜的礼物——阴柔加上烈火，这想象的组合，是盛情的陛下赐予。（音乐大作）

红　珠　是什么？是刀吗？

周文矩　比刀冷。

红　珠　那是绳子？

周文矩　比绳子柔软。

红　珠　是死吗？

顾闳中　是欢乐。（顾取出一条青蛇）

周文矩　（从宽大的衣袖中拿出一瓶酒）御酒，青蛇，阴阳的两极，像平衡的两端让我们饮，饮它们的结合。在三更时分，让我们在这一刻被麻酸，暂时地离开自己。

〔韩熙载平静地过来。

韩熙载　蛇酒？

顾闳中　蛇酒。

韩熙载　活蛇？

顾闳中　将死。（手拿着蛇）

韩熙载　请把它放了，它自然的舞蹈曾使笨重的大地变得活跃。把它放了，在我这布满尘土的屋梁上，让它冰冷的身体与我为伴。

顾闳中　但我想让它表演囚禁和死亡。

韩熙载　没有必要，所有的暗示像流水一样洗不白一块夜色，何必白白地废了一条蛇。我已知道这形式要说明什么。

顾闳中　它柔软而冰冷，在我的肌肤上游过，像一道伤口陪伴着我的身体。它将死，我们都将死。让国君的喻意今晚也加进夜宴，让我们看到囚禁紧随着的死亡。

〔顾拿着蛇，周拿着酒向台右后而去。众人欲看又惧地围着跟去。

众　人　蛇，蛇，那是一条蛇。（跟随去台后）

蛇酒，蛇酒，要把蛇放进酒里，要把皇上的旨意加入夜宴。

〔此时，灯光照着台左的韩熙载。韩熙载在一盏灯前唱。

韩熙载　轻，

轻点，

当一切安静。

声音无序地自鸣着。

那比安静还要安静的内心。

“的棱”，

“的棱”，

它那么响着，

“的棱棱”，

“的……”。

众　人　（暴唱。围在台的右后方）啊！它嗅到了酒的气味，啊！蛇，蛇，它不愿意下去。它仰起了头，啊，它不愿进去。

〔众人忽围忽散。

韩熙载　呜呼啊！

像影子走过大地，

像将要停止的心跳，

像手中欲飞难飞的囚鸟。

轻，

轻点。

“的棱”“的棱棱”，

啊，谁能理解那样的声音？（越来越弱）

像无声，

灭亡……

〔韩熙载随手灭了面前的灯后，在众人唱时下台。

众　人　（围成一圈突然散开，暴唱）啊！它冲了上来，蛇，蛇。盖上盖子，盖上盖子，盖上，盖紧。让它死，让它死去，蛇，蛇。

红　珠　夜，夜，这一切突如其来。

第三场

〔紧接上场，音乐动感。

〔人手一杯，人们喝了蛇酒后，大幅度地摇着上身。

〔天幕上人影在动。

众　人　的——呜，的呜，啊——的呜。

〔音乐快，人声慢，像戏曲中的紧拉慢唱。

众　人　呜……呜，呜……呜。(人声的潮起潮落)

周文矩　呀，呀，呀，呀！啊，辣。

苦丁丁　啊，呀，呀，呀！呀，辣。

周文矩/苦丁丁　这酒，啊酒，已经变黄，已经变黄。蛇，蛇，它还在，只是不动了，像一段无力的枯藤。我们饮着死亡而快乐。

苦丁丁　死亡。

周文矩　枯藤。

郎　粲　抛洒。

舒　雅　平常。

顾闳中　（拿着画笔，画）美妙的线。

众　人　啊，夜宴，这夜宴。

红　珠　（悲伤地）它已经死了。

苦丁丁　死了。(拿着有蛇的酒瓶子依次传下)

周文矩　死了。

郎　粲　死了。

舒　雅　死了。

顾闳中　（高飘）死了。

顾闳中　（看着瓶子里的蛇）死，死。不自然，牙齿中间的气，这样的死，说出来那样的冷。这个字疼着，鲜红着，停顿着。被华丽的御驾抬到这里，送给今夜，谁敢不接受。死，死，啊，谁能躲避蛇一样的命运。(颐指气使，盛气凌人)

红珠/苦丁丁　（气愤）啊，你的身体在哪里？你的嘴长在宫殿的哪一根柱子上？一条蛇已经把美好的夜钻出了洞，你还想用言语的冷风来吹拂这些飘曳着的灯。

顾宏中/周文矩　圣上旨意。

众　人　威胁。

顾闳中/周文矩　圣上旨意。

众　人　威胁，威胁，威胁。(强)

〔周、顾追逐两位女士，用画笔画着，台上乱。

〔强音中，韩熙载裸体推一面高鼓上。

〔韩熙载裸体随音乐击鼓。

韩熙载　呜呼哀哉！

呜呼，呜呼，啊！哀，呀，哉！

呜呼哀，呜呼哀，哀呜呼，哀呜呼，哉！

万念俱灭，万念俱灭！乐啊，乐啊，悲呀，悲呀！

乐其乐，悲其悲。世界只在今夜，今夜即是永远。

顾闳中　你！

周文矩　你！

顾闳中　无礼。

周文矩　裸体。

顾闳中　你无礼。

周文矩　你裸体。

顾闳中　啊，你无礼裸体。

周文矩　啊，你裸体无礼。

众　人　（人影摇动着唱）啊，不要，啊，不要！他们是宾客，他们是钦差。他们是宾客，他们是钦差。啊，不要，请把衣服穿上，啊，请把衣服穿上！

韩熙载　（一直唱“呜呼哀哉”，与众人伴唱）

呜呼哀哉。

〔突然音乐静。

〔红珠的琵琶又响。

韩熙载　天是我的屋宇，

地是我的眠床，

我在自己的家里，

有何不妥，哈，有何不妥？

顾闳中　无礼。

周文矩　无礼。

顾闳中　皇上。

周文矩　皇上。

顾闳中　旨意。

周文矩　旨意。

顾闳中　天是你的房。

周文矩　地是你的床。

顾闳中/周文矩　我们在哪里，我们在哪里？

众　人　话说大了，话说大了。（嘈杂紧张）收回吧，这话太大了。收回吧，收回。陛下在哪里？收回吧，收回。

韩熙载　裤裆！

众　人　什么？

韩熙载　裤裆！

众　人　什么？

韩熙载　你们在我的裤裆里！

顾闳中/周文矩　啊，污蔑！啊，污蔑！

众　人　啊，死罪！啊，死罪！

顾闳中/周文矩　这么低下的人，陛下怎么会看上？你哪像知书的人，不知礼，不知羞。

红、苦　为了不出相，你何必这样地丑化自己？

众　人　收回，收回，把这个夜晚收回。收回吧，把这个夜收回。

韩熙载　欢乐！死之后的欢乐已提前到来，像这些毛发一定会越过死亡。（割了自己的一缕发）我怎会去当宰相，怎会陪伴亡国的君主留下千古恶名！

〔音乐高潮中，两画家仓皇下。

第四场

〔京剧般的更鼓之声，梆子、铙、钹。铙的声音产生那种夜凉如水的感觉。

〔众人坐于台左，中间偏右隔了道屏风。

〔蛇酒和夜宴使众人疲且醉，每人穿了件黑衣坐于台上，沉醉如眠。

众　人　（梦呓的齐唱）唉……唉……唉！（后一声随高音上梆子高腔，如啸叫）梦来，梦来！

天上的雁入梦，一只，二只，三只。梦来，梦来，水里的鱼入梦，一条，二条，三条。唉，（出气声）梦来，梦来。

〔韩熙载与红珠各穿了一件白衣，由平静到不平静地唱。

韩熙载　七八个星天外。

红　珠　七八个星已……淡了。

韩熙载　夜，越来越长的夜，清醒，无眠。

红　珠　风过也，雨打芭蕉，声声点点。

韩熙载　琵琶在哪儿？

红　珠　夜过了，我的手已像灌了铅。你今夜为何这样？

韩熙载　应该怎样？

红　珠　总不该那么兴奋地仇恨自己。那样的饮酒，那样的形状。

韩熙载　不这样，历史的恶名怎能逃过？

红　珠　个人的贤名呢？一世的贤名呢？

韩熙载　什么大什么小？

红　珠　我宁可死。

韩熙载　死太容易。

红　珠　我喜欢清洁来去。

韩熙载　清洁洗不掉千古恶名。

红　珠　心疼。

韩熙载　不必。

红　珠　女儿心啊，此时心疼，我几乎看见了另外的人。

韩熙载　我已死了，已死了，只剩下具皮囊在这里张扬。七八个星天外呀，寒冷的星辰将被光芒所淹，谁能逃过上天的定数，只有这样啊，风此时来，夜此时暗。

众　人　（梦呓齐唱）唉，梦来，梦来。

唉，唉，梦来。

〔众人站起排队梦游般在台上转。

唉——（啸叫）梦来！

韩熙载/红珠　（在齐唱的伴奏下，唱）人生苦短啊，但又那么长，夜宴要散了，人生要散了……

众　人　梦来，梦来，噢噢，梦来。

〔帝王的乐声起，大钹又敲，台右高坡上灯光亮。国君李后主面前一盏灯亮。李后主左手执杯，右手执卷书，两画家跪于面前。

李后主　林花谢了春红，太匆匆。（台左红珠抱琵琶，伴奏）无奈朝来寒雨晚来风。

胭脂泪，留人醉，几时重。自是人生长恨水长东。

众　人　（反复后两句）自是人生长恨水长东。

〔韩熙载与众人张开一块巨大的白绸帛，两队人由快而慢地将帛撕开，乐器模仿裂帛之声越来越强。

〔曲终。

剧终

1997年9月三稿于京

附：

歌剧《夜宴》缘起

表现魏晋与五代十国时期的文艺作品一直很少，有几点原因：一是这两个时期思想最为复杂，人物也最具有个性，以传统的手法和正统的观念表现都难以合度；再有，长时间来，我们已习惯了从表面上看这一时期人物的消沉、病态，很难通过他们的行状，如药、酒、扪虱等看到更为触及灵魂的内质，以及依附于这一内质之上的艺术成就。

当人们更多地注重着先秦时期的那种王者霸气和刺客精神的时候，表现魏晋与五代时的人物及其复杂的内心是种新鲜的，甚至是创造性的选择，当然有一定的难度，也具有挑战性。

《韩熙载夜宴图》是吸引我想写歌剧脚本《夜宴》的直接原因。

韩熙载是南唐颇负盛名的三朝元老，胸怀韬略，满腹经纶，放浪不羁，有诗文传世。青年时代家居中原，父因官场事被朝廷杀害。他惧祸逃往江南，受到招贤纳士的南唐李氏的善待。后主李煜偏爱韩的才气，即位后一度想用他为相。其时，正值两位老臣在南唐政治斗争中遇害，韩熙载隐约得知李煜将召他入相，便在生活中更加放纵，终日狂饮酣歌，践踏礼法，狎妓夜宴，意在拒绝出相。他曾对自己的好友说："我之所以如此自污，就是拒任宰相，免得在国事纷乱时操治不力，为人留下与误国之君同流合污的口实，成为贻笑千古的把柄。"（陆氏《南唐书》中《韩熙载传》）

由此可看出韩熙载夜宴之复杂心情：以自污来避万古骂名，这是其一；用表面之狂欢来掩盖内心的惊惧愁苦是其二。这就赋予了描述一个戏剧性人物内心的基础。

如果我们要超出这些素材，用更为接近现代人的理论来解释韩熙载的话，也有充足的理由，我们可以借助这一故事来繁衍出新的观点。比如说，可以把韩解释成为一个极端的悲观主义者，他的欢乐是心死的表现，他把每一夜都当成末日来过，世界就在今夜。他的狂欢是有那么重的悲剧色彩，震人心魄。这是后话。

我们再回到韩熙载。当时，李煜不相信韩的所作所为，派了两名画家(实是内探）周文矩与顾闳中以宾客身份造访韩府。二人目识心记夜宴情景，归来成画，后各将画卷进献给李后主，这就是《韩熙载夜宴图》的来由。图是由多幅画面组成，大概分为五个单元。

开卷首段是听琵琶。夜宴中的所有人物几乎都在这一段中亮相。韩熙载头戴轻纱高帽，趺坐床榻，面前陈设的几案上摆着樽酒果品。在他身边，床上斜坐着身穿绯袍、头戴方巾的状元郎粲；床前座椅上的两位宾客，约是太常博士陈致雍和紫微郎朱铣。韩熙载对面演奏琵琶的女人，高髻簪花，长裙彩帔，怀抱琵琶，是教坊副使李家明的妹妹。在她身旁躬身侧望的是李家明。站在李家明左侧的少女，是擅长表演六幺舞的王屋山。另外两位官员模样的人，其中有一个是韩熙载的得意门生舒雅。其他女子则是韩熙载的侍姬。画面中的人物或坐或站，聚精会神地聆听琵琶弹奏，唯有韩熙载漫不经心，似乎有什么心事在分散着他的精神。

接下一段是观舞。韩熙载紧锁双眉，亲自挝鼓伴奏，王屋山以娴熟、优美的舞姿在表演六幺舞，侍姬和宾客在旁或拊掌击节，或用心观赏。特别引人注目的是，这段增加了一个身着法衣、低头沉思的和尚德明，他是韩熙载的方外好友。他的严肃神态反衬出了韩熙载的内心隐忧。

再下一段是夜宴小憩。曲终舞止，韩熙载更衣坐到床上休息，四个侍姬陪他同坐。最得宠的舞妓王屋山，双手端着水盆，在侍候韩熙载盥洗。另有两个侍姬，一个收拾方才演奏用的琵琶和箫笛，一个用漆盘送来了酒食。

又下一段是听“清吹”，稍事休息，接着观赏吹奏。不修边幅的韩熙载，单衣袒腹，脱鞋趺坐椅上，手摇纨扇，对站在他面前的侍姬低声吩咐。韩熙载座椅旁团鹤衣的少女，也和椅后侍立的少女悄悄对话。五个女乐坐在绣墩上，全神贯注吹奏箫笛。拍板的人专心节拍，可是站在她身后的人却在走神，正同屏风后的侍姬窃窃喁语。

最后一段，曲终席散。韩熙载凝望远处，又为心事所烦恼，在孤独地沉思。留下来的三个侍姬，旁若无人，大胆地在同宾客调笑言情，她们神态各异，或握手言欢，或挽背密语。画家用她们无忧无虑的表情再次烘托了韩熙载苦闷向隅的心态，长卷至此结束。

摘自《李煜传》

歌剧《夜宴》如作为室内歌剧来写，这些素材和人物大概够了。如两个画家也许可形成很生动的二重唱；琵琶女、舞女、侍姬等也有很好的女声基础。民乐的出场，大概也可以丰富音乐的表现。韩熙载因其复杂的内心写时会有难度，但如能写好，将是一个非常不同的、另类的、具有东方神髓的人物。

戏只写“夜宴”这一幕，我们可以用各种手法把我们所需要的放大，而忽略我们所不要的，甚至可以加入原画之外的情节。南唐李后主的词提供了很多可用素材。

东方精神的表现没有比魏晋南北朝和五代十国时期更极端、更突出，也更有深度的了。《夜宴》的引人之处是用这样的一个自污式的欢乐来掩盖惊惧的故事，故事本身就不凡而新奇。

我们可以说那样的一种时代是消沉的，甚至是腐朽的，但如果透过这些来看，那时人的思想深度和内心的复杂性，让人有不断认识的可能性。

由此想到现代人的消沉背后的痛苦根源和可解释处，这部戏如果能写好的话，应能引起更多人的思考，这也许就是我们所要的现代意义吧。

1997 年 7 月于北京暑热难耐时

又及：写完这篇文章之后，曾先后写出了《夜宴》四稿。第一稿完全是诗剧（新诗）的写法，人物多，不好排演（牵扯出资人资金的问题），也不好作曲（新诗写古人，难出那种味道，关键是无法使现代人“发思古之幽情”。排好了大概会像演古代题材的“文明戏”）。后来第四稿完全是古诗词的写法（有部分是集句，很像一种拼贴，结构也较跳跃），同时借用了一些“挂枝儿”那类的民歌，自以为味道一下子就出来了，也不知演出来别人会怎么看。

该剧由我非常尊崇的作曲家郭文景作曲，是为今年英国歌剧节的委约作品，今年 7 月将在该歌剧节上演。

1998 年，春

又又及：《夜宴》在境外已演了很多年了，去的国家和地区有英国、法国、德国、美国、比利时、中国香港等。

2004 年回到北京演了两场，深得好评，并曾引发了争论。

我是在北京才看到了演出，我觉得这是一部最有中国古风的歌剧。江其虎的李后主的唱段，曾被法国艺术节主席惊为天籁。江是京昆小生演员，唱演俱佳，在西洋歌剧中，很像“高男高音”那个声部。

2006 年 1 月

歌剧《夜宴》的不完全演出记录

歌剧《夜宴》由伦敦阿尔梅达剧院、香港艺术节、台北现代室内乐团约稿

世界首演：1998 年 7 月 10 日、13 日、15 日、17 日、18 日，伦敦阿尔梅达剧院

1999 年 2 月 11 日至 13 日，香港艺术节。上演地点：香港演艺学院戏剧院

1999 年 12 月 11 日，荷兰，阿姆斯特丹大音乐堂上演，VARA TV 转播

2001 年 10 月 2 日至 6 日，巴黎秋季艺术节上演，地点：Scene Nationale

2002 年 5 月 17 日至 20 日，布鲁塞尔 Kunslen 艺术节

2002 年 5 月 22 日至 25 日，柏林赫伯剧院

2002 年 7 月 24 日至 27 日，纽约林肯中心艺术节

2003 年 10 月 19 日、20 日，第六届北京国际音乐节，保利剧院

京剧

白蛇传

第一幕

〔幕布拉开，西湖早春的美景呈现出来：远处如水墨画那样，有连绵一线之山，塔影绰绰。汪洋一片湖水，岸上垂柳依依，花红朵朵。

〔音乐起：大曲笛先是悠长的单音，由弱而强，突地欢快。（如《鹧鸪飞》中欢快的段落。继而打击乐进入。热闹如《鸭子斗嘴》）小镲、铙钹、小锣、堂鼓言语般地打着，充分展示小型打击乐的魅力。

〔幕内打到热闹如跳荡时，突然停了一会儿，社火的队伍出台了，先是大鼓、大铙钹出，打出一片闪烁之光（可参看河南汝阳一带的盘鼓）。继而高跷、杂要等出（按《中国风俗通史·宋卷》中记载当时歌舞有舞旋、扑旗子、舞花鼓等，也可有后来各个时代的一些杂技节目）。

（以上供参考）

〔游湖的青年男女，老人小孩上场。

〔青年男女或两两双双、或三五成伙轻歌曼舞，在台上动着，一片衣袖舞起，满台生辉。

〔间夹着划旱船的队伍，穿梭其中。

〔蹦蹦跳跳出来一后生：（唱）湖上春来似图画。

划旱船老汉：（唱）远山围绕水平斜。

花旦欢快出：（唱）依依杨柳燕子语。

一对青年男女：（唱）和风已入万千家。

〔此时打击乐都上到后边的台阶上去了，热闹的社火和人群已满布一台。

众　人：（边舞边重复唱）湖上春来似图画，远山围绕水平斜。

依依杨柳燕子语，和风已入万千家。

〔歌舞高潮到来。

〔舞花会的与游湖的融为一体欢快地舞着。

〔最热闹时，下雨了，突然就下大了。（可以设计台前一片雨幕，哗哗真下雨，为了很快地让台上人下去，节奏要快）台上人在雨幕后，众人一下就惊散了。

〔音乐不停，此时化为斜风细雨。

〔白娘子在幕内唱，然后与青蛇做遮风挡雨状，边舞边出。

白娘子：（唱）游春湖，遇急雨，雨似有意。

湿透了，桃花瓣儿，点点滴滴。

看远山，薄雾里，牵来引去。

这湖水，忽静忽喧，搅动起心绪。

唤青儿，妹妹啊，咱且把雨避……

青　儿：哎！哎！姐姐别急呀，哟，慢着点，看脚底下，过了这断桥，怕就会有亭台楼阁能让咱们避一避了。（两人相扶而行，一节身段舞）

〔此时许仙由台另边撑伞上。

许　仙：（唱）这春雨来得急，景冷人凄。

〔谁想两人都是上桥，白娘子与许仙在桥上，不期而遇。

〔两人在桥上，避、让、躲、闪、羞、媚，一番身段后，两人退后各自思量。

（以下为两人对唱）

许　仙：（唱）
雨儿飘……
天上的，人儿逍遥。
上柳梢，步轻摇，看那里桃艳楚腰。
人寂寥，神亦恼，天上的人去了，再无处瞧。

白娘子：（接唱）
雨儿飘……
人逍遥，莲花着雨，新月上柳梢。
摆楚腰，更衬得隔岸的花红寂寥。
无处瞧，雨过天晴人散去，何处把魂销。

青　儿：哟，（对着观众）看见了吧，看见了吧，躲躲闪闪的，你谦我让的，这哪儿是过桥啊，这是过心呢。（回头）姐姐呀，这桥咱还过得去过不去了？（白娘子一听，一羞，一梳，差点滑倒）哎哟，慢着点啊。

白娘子：苦啊！（抽泣）

青　儿：可不是苦嘛，这雨说来就来了，咱又没带着伞。（故意瞪了许仙一眼）

许　仙：伞？（一下想到自己的伞）啊，伞嘛。正是个雨天的媒人哪！

〔白娘子、青儿在前边小心而行，许仙飞快地身段过来，在二人后悄悄把伞撑起。三人雨中行舞，边行边说。

青　儿：（假装不知）呀！姐姐，雨倒是不下了啊！

白娘子：哪里是不下了，（伸手在伞外）这不是还在下吗？

青　儿：（像是这才发现，一下拉开姐姐）呔！哪儿来的孟浪子，想占便宜呀！跟你说咱们可是个练家子。（摆架子要打）

〔吓得许仙伞也放了，人也躲了。

许　仙：啊，小姐，多有得罪。多有得罪。在下许仙，只因天阴遇雨，桥上相遇，看小姐未曾备伞，实有不忍，故撑起这伞为小姐遮遮风雨，再无他意，再无他意。

青　儿：是啊（看着）姐姐，他说他没有别的意思，就是给咱遮遮雨的。

白娘子：（屈膝万福）这位官人，小女子白素贞这厢有礼了！

许　仙：岂敢，岂敢，在下许仙这儿还礼了！

白娘子：有礼！

许　仙：还礼！

白娘子：有礼！

许　仙：还礼！

青　儿：（看着一下止住）哎！行了，行了，哪儿那么多礼啊。不是地方啊，下着雨呢！（对观众）还没怎么着呢，名字都报过去了……

〔白娘子与许仙两人被人说破不好意思，收敛着。

白娘子：啊，青儿，谢谢人家。

青　儿：哎，我说许仙啊，谢谢了。

许　仙：不谢。

〔三人舞唱。

白娘子：（唱）游湖遇雨，狼狈还。

许　仙：（唱）幸得伞下，人顾盼。

白娘子：（唱）怜心爱意，借雨送。

许　仙：（唱）春雨秋波，处处山。

青　儿：（唱）他一言，你一语，咱看了个完全。

这雨儿下得巧，伞遮住了颜面。

眼见得三个人，我是多余不算。

倒不如成美意，伞……这伞，（白）来，我来打吧！许仙哪！

许　仙：啊，小姐！

青　儿：我来吧，我来吧！

许　仙：啊小姐，不劳，不劳呀！

青　儿：什么不劳呀，我来！（一把抢过了伞，一推，许仙与白娘子并排）

青　儿：（接上唱）我这才心安。

〔许仙偷眼看白娘子，三人边身段，再舞唱。

许　仙：（唱）看她似三月花，着雨更艳。

白娘子：（唱）好人才低眉眼，实在缠绵。

许　仙：（唱）恨不得此番雨，久下不断。

白娘子：（唱）伞下情心中意，万语千言。

青　儿：（唱）下雨了下雨了，雨可真寒，他二人在伞下，流连缱绻，俺这儿在雨中缩作了一团。

许　仙：（唱）似这般，走下去，再无愁烦。

青　儿：（唱）不干，不干，不干！（打喷嚏）哆嗦打战……好了，可到了码头了，姐姐，伞给人家，（唱）咱快快上船把家还！

白娘子：到了吗？

青　儿：可不是到了嘛！

许　仙：走得可是忒快了！

青　儿：你们嫌快，我可嫌慢啊……姐姐上船，许仙伞还你，谢了！

白娘子：（舍不得）这……

许　仙：啊，伞，你们还是拿了用吧！

青　儿：船上有篷，伞没用了，还给你吧。

许　仙：请小姐拿了用吧！

青　儿：跟你说不用了呢，回头还得还！

白娘子：（一听“还”字，急叫）那……那就拿了吧！

许　仙：（赶快把伞送上）啊，拿了吧！

青　儿：（只有拿了）好，拿了。记住了，我们住燕子巷东头，来取啊。我可没工夫送。

许　仙：是了，多谢妹妹，多谢妹妹。（深深鞠躬）

〔船走了，许仙在雨中目送。看不见船了，突然回身，高兴搓手，兴奋地叫着。

许　仙：啊哈！啊哈！妙啊！妙啊！

〔甩着袖子，手舞足蹈下，淋着雨高兴下。

第二幕

〔场景转换，面对舞台左边最高处是一平台，上边有一幔帐垂下的大架子花床，有纱罩红烛，墙上书画，写意地表现了白娘子的居室，同时也是她梦境呈现的空间。

〔右边相对低一些的平台，只有一张相对光素的平榻，青灯孤影，相比白娘子那儿要显得孤寂清寒。

〔台中央有一片空地，白色的整幅的丝绸垂下，是梦相合的地方。

幕开

〔悄悄的夜晚，清冷的打击乐声起，有梆子、小镲等。

〔大鼠身段利索地时动时静地跳出。

大　鼠：（数板唱）钟鼓已过三更天，鼠辈出门到了时间。忙了鼠事忙人事，牵魂系梦促姻缘，促姻缘！鼠辈们，钟鼓已响，走着！

幕内鼠媒婆：来了，来了。

〔音乐起，剪影民族舞。

〔鼠的舞蹈音乐：画了白脸的鼠媒婆在前，后边有矫健的鼠小伙，像老鼠嫁女那样排列出来，跳着优美而生动的舞蹈。

鼠媒婆加众鼠：（数板）悄悄走，走悄悄，悄悄瞧瞧，瞧瞧娇娇。

巧巧巧，俏俏俏，巧遇的佳人，夜夜到。

你不到，他心恼。害得相思，睡不着。

睡不着，把人叫，（那边许仙叫素贞，白娘子叫仙郎）叫得灯花不住地爆。

这边爆，那边爆，有情的人儿梦难逃。

这么也不是，那么也难熬，单等咱鼠辈（白）怎么着啊？

众　鼠：把这相思债来销。（牵梦）

〔灯亮，霎时鼠四散。

〔右侧许仙一身白色睡衣从榻上起来，点亮了青灯。

〔许仙人影动，音乐起，看着灯唱起来。

许　仙：（唱）三更时天地暗，灯芯闪闪。

一点明一点亮，孤影怜怜。

想那人同在夜，可曾期盼。

〔许仙癔症般拿着灯，东照西照地像在寻找什么。那些鼠也不躲，像施了魔法一样地时隐时现，牵许仙走。

许　仙：（接唱）寻不着觅不见，月上栏杆。

〔老鼠们像牵梦一样地冲到左边去。左侧丝织品床幔中的剪影，一盏大红的纱灯亮了。

〔白娘子坐起，剪影中婀娜之态，坐起后下床起舞。

〔步态轻盈，水袖先垂后舞，边舞边唱。

白娘子：（唱）夜晚孤灯透愁肠，一鼓一钟声声忙。

伞下言语多情意，儿女相思夜夜慌。

慌、慌、慌，慌得俺，满心的话儿无处讲。

似寒星儿乍一落空留下张望。

想、想、想，想得俺，缝衣的针错纫了线，再把那绣片儿缀在衣裙儿上。

与燕子语，对花儿唱，满地月光，俺空对，销魂夜反怨这鼓慢钟长……

〔唱到此时，众鼠为了牵魂系梦，鼠婆婆扑地一下把许仙面前的青灯吹熄了。

〔鼠婆婆舞蹈，许仙像中魔了一样，站了起来，梦游一样跳着跟着鼠婆婆蹦着过来。众鼠伴舞。

〔白娘子在左侧去拿起伞接着唱。

白娘子：（唱）等不来，夜恓惶……（取伞）

伞开时，盼有那多情的君郎……

〔暗处：伞一撑开，老鼠把梦游状的许仙牵了过来。

〔追光一亮，许仙与白娘子同在伞下。

〔两人有惊喜、惊讶的动作。

〔伞易手，被许仙撑着。

〔许仙俯身，多情看白娘子。

〔白娘子做羞涩状。

白娘子：哎呀呀！是……是是是，是你吗？

许　仙：实实在在地是俺许仙哦！

〔两人舞，一把空伞打在夜色中，边舞边唱。

白娘子：（唱）乘月影，驾长风，他真真来到。

许　仙：（唱）青春正年少。

白娘子：（唱）满山的花儿开，一层更比一层高。

许　仙：（唱）魂魄上九霄。

白娘子：（唱）人若诚梦亦真，情真意好。

许　仙：（唱）好梦实难了。

白娘子：（唱）我这里，娇滴滴，不知如何把人瞧。

许　仙：（唱）要把心送到。

（两人相遇，不知怎么称呼，突然许仙叫了）

许　仙：啊，娘子！

白娘子：啊，啊……

许　仙：啊什么？

白娘子：啊……

许　仙：娘子呀！

白娘子：啊……啊，官人哪！

许　仙：（兴奋傻笑）啊，娘子……

白娘子：官人哪……

［两人缱绻而舞。

鼠婆婆：小的们！

众　鼠：（此时幕内）有！

鼠婆婆：喜乐呀！

众　鼠：来了！

［台后鼓乐齐鸣，灯光大亮。

［众鼠已扮成执事，仪仗出，锣鼓喧天，喜乐大奏。

（注：该场面可参见《老鼠嫁女》。）

［各样的执事、仪仗、吹打、鼓乐、抬盒红红火火地布满了台，孩子们穿行人丛，观礼的老百姓结队而出，跑前跑后地看着。

［青儿穿的是粉色的新衣，领唱带队出。

青　儿：（唱）新春里来三月三啊！

众轿夫：（唱）三呀么三月三啊！

青　儿：（唱）燕子成双柳叶儿鲜啊！

众轿夫：（唱）柳呀么柳叶儿鲜啊！

青　儿：（唱）水红的花瓣儿落满头啊！

众轿夫：（唱）落呀么落满头啊！

〔青儿一时编不出词来了。

大　鼠：落满头了怎么着啊？

青　儿：等着……

大　鼠：接不下来了吧？

众　鼠：接不下来了。

青　儿：（想）听着……（唱）又娶媳妇又过年赛过活神仙呀！

众　人：（大笑后唱）赛也么赛神仙。

〔音乐转，大作。

〔许仙披十字绸，胸前大红团花出。喜轿在后。

〔喜乐更热闹，司仪出。

司　仪：新郎新娘拜堂了啊！

〔喜乐。许仙到了轿子跟前，轿夫压轿，新郎许仙将红红的绸带递了进去，慢慢地拉，慢慢地拉。只见白娘子一身大红，凤冠霞帔，蒙着盖头，慢慢地被那红绸带牵了出来。喜乐声中，许仙牵红绸，拉着新娘，步上台阶，砰砰有礼花放出。

司　仪：一拜天地！二拜高堂！夫妻对拜！

〔两人对拜。

〔众人欢呼。

〔许仙上前，轻轻地把那盖头掀开。

许　仙：啊，娘子。

〔白娘子娇羞状。

白娘子：官人啊。

〔两人相携而下。

〔众人欢呼。

〔幕落。

第三幕

第一场

〔幕开

〔广生堂药铺中，热闹的情景。巨大的“悬壶济世”的牌匾悬于后壁上。

〔舞台的左右各有两大排药柜，顶天立地。

〔许仙坐于匾下的八仙桌前，正在给人号脉。一个一个的病人，许仙边号脉边开方。

〔伙计们如舞蹈般地举着称药的秤儿，登梯子拉抽屉抓药。有用杵臼捣药的，有用脚不断地碾药的，有称的声音，还有扑地点火灼灸的。表面安静，但那些劳动的声音化成了舞蹈，都在节奏中。

（所有的人都忙在节奏上，像那种乱打，奔来跑去）

〔一幅市井药铺忙碌的景象。

〔伙计边舞边背着中药的歌诀。

众伙计：（数板“十九畏歌”）硫黄本是火中精，朴硝一见便相争；

水银莫与砒霜见，狼毒最怕密陀僧；

巴豆性烈最为上，偏与牵牛不顺情；

丁香莫与郁金见，牙硝难合京三棱；

川乌草乌不顺犀，人参最怕五灵脂；

官桂善能调冷气，若逢石脂便相欺……

〔众伙数着板，连舞带跳，许仙静静给病家号着脉，都在节奏中。

许　仙：（白）来人！

伙　计：掌柜的，来了。

许　仙：按方抓药！

伙　计：是了。

患　者：谢大夫。

许　仙：不谢。（白）连天风寒病家多，白日诊脉夜蹉跎。思想娘子独安卧，今日早还无话说。

〔念白时病人都看完了，许也念好了，慢慢伏在桌上睡下。

〔伙计们此时因没有了病人，也都渐渐安静下来了。

〔音乐起。青儿扶着白娘子进来。

青　儿：姐姐呀，你说巧不巧，咱刚进了这药堂了，天也就要下雨了。

白娘子：青儿啊，是这家铺面吗？不要错进了店家。

青　儿：可不就是这儿嘛，广生堂，这三个字咱可是认得的。

白娘子：进去看看，你的姐夫可在？

青　儿：头一次来，什么都没看呢，先问姐夫。才两三天没见就想了，你说说这成亲嫁人有什么好！（看也不看就说）姐姐，那不是在那儿呢吗？

白娘子：他在哪里，（找不着）他在哪里啊？（急，青儿瞎指，白娘子着急看）

青　儿：我也没看着呀！

白娘子：不要玩笑。

〔许仙还在桌上打着瞌睡。

青　儿：哎，伙计呀，打听个人。

甲伙计：（马上迎过来）姑娘，打听谁啊？

青　儿：你们这儿掌柜的，许仙。

甲伙计：瞧病啊？

青　儿：什么眼神啊，瞧我这活蹦乱跳的像有病的吗？

甲伙计：不瞧病干吗呀？我家掌柜的可是有家有眷的啦！

白娘子：这位兄弟，俺就是许仙的眷属啊！

甲伙计：哎呀，眼拙了，您就是掌柜的眷属啊！请了，请了！我们掌柜的连日劳苦，伏在桌子上睡着了，我去喊他啊！（刚要喊，白娘子急叫）

白娘子：不要，不要，不要啊！（边说边悄悄走近，心疼地看着，刚一走近）

许　仙：（梦话）娘子……

〔白娘子惊喜，激动。

青　儿：哟，可见是亲啊，做着梦都叫呢，跟假装的似的。

白娘子：（唱）听他在睡梦中，尚把咱认，心内暖脸上羞。青儿啊，你那里莫要语带娇嗔……（解下了斗篷要给许仙披上）

〔这一披给许仙披醒了，许仙以为看病的来了。

许　仙：啊，病家请坐……

青　儿：什么病家呀，看清楚了！

许　仙：（细看，看清白娘子）啊，娘子，方才梦中还曾见你，不想你却来了！（兴奋）娘子坐，请娘子快坐。（忙着乱张罗，就是不知让人坐哪儿）

青　儿：哎，坐。哎，坐。（看许仙乱忙）得得，坐下了，坐下了！姐姐您快坐吧，这回您可不单是一个人了，还带着身子呢！

白娘子：妹妹。（怪她多嘴）

〔一下把正端着椅子的许仙听愣了。

许　仙：带着身子，哪个带了身子？

白娘子：（羞状）不问也罢。

青　儿：你呆啊！自己老婆有身孕了都不知道，还整天地给人家号脉诊病的……我看你这药铺子呀，就该关了它！

许　仙：哎呀！（一下站起来了）啊呀！啊呀呀！真的吗？娘子，你……你果然地有喜了吗？

白娘子：不要忒大的声音了啊。

许　仙：啊，俺果然地要得后了吗？果然地果然地你我两人要做爹娘了吗？

青　儿：哎，哎，别果然了，听着像是裹乱。

白娘子：（唱）连日里小离分，俺把汤送。（解包袱拿出汤钵）

谁承想青儿口，快如刀锋。

官人啊俺怀上了，你的亲生骨肉。

细算来那孩儿，降生在七月中。

许　仙：（唱）听娘子一席话，心鼓响咚咚。

手舞之足蹈之，笑脸四盈。

（白）娘子啊，行来路远，你一定是累了，快快地去后堂歇息吧！我来扶你。

白娘子：官人，原不累呀，只是惦念你连日里太过疲惫，趁热先把汤喝了吧。

许　仙：你先歇息了吧。

白娘子：你快快地把汤喝了吧。（打开汤）

〔许仙感动。

许　仙：娘子啊！

〔伙计们都羡慕地看着。

白娘子：官人啊……（两人缱绻）

青　儿：好啦，好啦，就别客气了，（小声）姐姐，这么多人可瞧着呢，咱就到后边去歇吧。

〔哐的雷声。

青　儿：您听打雷了，咱去后堂吧。

白娘子：依了你吧。（相扶站起）

〔只见药堂门口前，人群表演着遇雨而跑。

〔突然音乐沉重，法海的主题响起。法海从幕侧台上，手持法杵，身披袈裟。

法　海：天地人三界事，事事都管。

金山寺做住持，法力无边。

自出家勤修为，释名法海。

游四方走五岳，保尔平安。

〔法海走进广生堂，正看许仙扶白娘子要去后堂。

法　海：（被气息顶撞）啊！哪里来的妖孽之气，待俺取出宝镜观哪看！（法海取出铜镜一晃，天地震动。白娘子突然回头，仓皇而下）啊！方才那女子仓皇而行，看似妖孽，待俺持杖除妖去也！（身段。欲往后追去）

〔刚要走到去后堂的堂口。

〔许仙欢快地舞着袖子出来了。

许　仙：啊哈，夫人啊，你好好歇息，好好歇息啊……（一眼看见，法海挡路）

法　海：阿弥陀佛！

〔许仙收住喜悦。

许　仙：（行礼）阿弥陀佛，师父何来？

法　海：施主，让开，待俺捉妖。

许　仙：做甚？

法　海：捉妖！

许　仙：唉，师父差矣，此乃药铺，何来妖孽？

法　海：方才进去的女子！

许　仙：女呀……子吗？啊啊呸！方得喜讯，无端又听疯话，呸，呸！来人轰了出去！快快轰了出去！

众伙计：出去，出去！

法　海：施主不可妄动，不可妄动，（不动）我来问你，那女子是你何人？

许　仙：是俺的娇妻。

法　海：怪不得你印堂发暗，二目失神，满面的黑煞之气，施主啊你已被妖孽缠身，（砰地跺脚挣开）待俺捉妖去也！（起范儿要往后堂去）

〔许仙一步退一步退，突然反击。

许　仙：呔！哪里来的疯和尚，朗朗乾坤，你不到人间去助弱行善，却来拆人家的夫妻姻缘。轰了出去！

法　海：哈哈，果然中孽太深，小儿郎啊！

许　仙：做什么？

法　海：让开了！待俺除妖！

〔法海执意要往后边去，许仙拦，两人推阻。

许　仙：不让！

法　海：让开了！

许　仙：不让！

法　海：让开！

许　仙：不让！

法　海：好，我来问你，你那娘子可有名姓？

许　仙：（喘，咬牙回）白素贞。

法　海：可有来处？

许　仙：东关燕子巷。

法　海：可有父母？

许　仙：二老俱亡。

法　海：你二人如何认得的？（贯口）可有一媒二证、三礼四定、五聘六合、七择八令、九上轿、十婚庆？可有她的长辈兄弟、娘家姨舅，观礼助兴？

你你你据实说来！

许　仙：嘟，嘟，嘟。（逼法海退）有或没有，与你何干？

好疯僧啊……你……你……

你不在庙中参禅，却向人间说怨。

不问青红皂白，欲将鸳鸯打散。

人家才得喜讯，你来恶语离间。

人家夫妻恩爱，你要金玉分拆。

不知情，招人厌。

寡容颜，语轻慢。

听你话，生仇怨。

夫妻情，多离散。

你心术不正，庄里藏奸。

不玄不道，不爱不谦。

不感不念，不惜不劝。

不端不庄，不正不严！

你……你……你要伤我的妻呀——万世也难！来人！

众伙计：有！

许　仙：将这欲拆人夫妻的疯和尚打了出去！

众伙计：来了！（说着要动手）

法　海：且慢！且慢！

〔众伙计站住了。

法　海：许仙，借过说话！（许仙不动）来——也！

〔许仙被法海拉住，在台上被带着走。

〔法海拿出一张符，一下塞在许仙手中。

法　海：许仙哪！（唱）此道符可降妖，你端午时用。

烧成灰掺在那雄黄酒中。

至午时整三刻，将酒送奉。

小妖孽饮下了，定现原形。

许　仙：（唱）那和尚气得俺几欲癫疯，

好夫妻信狂言要怒目反容。（甩头就顶）呔！打了出去！

众伙计：（各拿家伙）出去！出去！

〔众伙计推打，法海从容退。

法　海：待俺自退，待俺自退。（退下）

〔法海走入雨中，看着许仙。

法　海：施主啊，记住了时辰，善哉，善哉。（许仙呆立）

〔法海下。

〔雨下着，雷又打了。音乐换。

〔许仙回来看着那只汤钵，汤已凉了。

许　仙：（唱）汤已冷，心绪乱，狂言散漫……（许仙把符扔下踩着）

〔突然，符儿飞起，又飞到许仙手上。再扔再回，就是扔不掉。

许　仙：（唱）这符儿丢不掉，它大有机关。（许仙拿着那道符看着）

〔哗地电闪雷鸣，大幕落。

第二场

〔幕暗，换场。

〔舞台一下子鲜艳起来，光彩了。节日的欢喜音乐。

〔户户挂菖蒲，熏艾蒿，挂粽子。

〔白娘子家。

〔青儿高兴地拎着一串粽子，上台唱。

青　儿：（唱，流水）深深的院子石榴花儿开，

新编的艾虎一排又一排。

江上的龙船一个劲儿地赛，

我买了粽子转回来，转回来。

〔高兴推门进，桌上菜肴丰盛，许仙、白娘子都不在。

青　儿：姐姐，姐夫！姐姐，应一声啊——

许仙、白娘子：（幕后）哎，来了！

青　儿：都在呢？得，粽子买回来了啊，你们吃吧，别等我了，我去看赛龙船去了！

〔白娘子边回话边出，已现身孕。

白娘子：哎呀，妹妹，过节的饭是要吃的，如何这般地贪图玩耍啊！

青　儿：（跑没影了，应了一声）别等我啊！

〔白娘子出来看着桌上的粽子。

〔许仙出。

许　仙：啊，娘子，青儿妹妹粽子买来了吗？

白娘子：啊，官人，粽子已买回来了。你看它四角八棱，竹叶肥厚，实在地清香得很啊。

许　仙：最好，最好。那酒呢？

白娘子：官人，这酒嘛……只因妾孕在身，多不方便。酒倒是备了有的，请官人自饮吧。（心有防备，拿了酒，只给许仙倒）

许　仙：多谢娘子，多谢。

〔白娘子为了不喝酒，突然找了个理由。

白娘子：啊，官人啊，待俺将这酒菜再去收拾齐整，为官人下酒。

许　仙：啊，娘子快去快来。

〔白娘子托着身子下。

〔许仙端起酒杯，刚要喝，突然中午的钟鼓响了。

〔许仙想起了那道符的事，一时放下酒杯开始犹豫。

许　仙：钟鼓响正午时，疯僧言语催人急。（拿出符来）

这道符在身上，思想长久未离去。

倘若是信他言，俺怎面对发妻。

倘若是毁坏了，我心内又迷。（犹豫，想放又不忍放）

〔里边白娘子喊：官人莫急，就来了。

许　仙：（应答）不急，不急呀。（犹豫）

罢，罢，罢。待俺把这道符，燃至在酒里。

妻喝下，必无异，破了那疯僧的玄机。

（白）娘子喝下必定无异，娘子喝下必定无异啊。

〔符点着了，化成灰，被许仙放至酒中。

〔刚放好，白娘子端食盘上。

白娘子：官人啊，菜已布置得精致了，你要好好地吃酒啊。

许　仙：吃酒，吃酒，寡酒无趣，娘子，你要与俺对饮才是。

白娘子：官人，方才妾已言过，有孕在身，不便饮啊。

许　仙：杯酒无碍，你就饮一杯吧。

白娘子：官人，不能饮呀。

许　仙：饮了吧。

白娘子：不能饮。

许　仙：只此一杯，饮了吧。

〔白娘子袖子一垂，行到一边去唱。

白娘子：（唱）官人他一味地举杯邀劝，

雄黄酒除五毒，只怕真身难瞒。（许仙：夫人你就饮了吧）

倘若是这杯酒不遵他愿，

眉宇间，他那里写满疑猜。（许仙借酒说话：饮了吧）
好夫妻原本要一生相伴，
为杯酒，谁愿意坏了情缘。
我这里凝聚起千年的修炼，
饮了酒，除却这隔膜疑团。
〔白娘子一口饮了。

许　仙：好饮！我与娘子对饮啊……（自己斟酒，欲再喝）

〔只见那白娘子饮了酒，一下就有了反应。

〔白娘子饮下酒，突然五内俱焚，先还等待着，突然觉不支。

白娘子：官人，（唱）这杯酒饮下了天旋地转……

许　仙：娘子，你……你……你……怎样？

白娘子：（唱）问夫君，这酒内可有甚咮？

许　仙：……（不敢说）

白娘子：啊，酒内可有什么？

许　仙：有……有……有……

白娘子：什么？

许　仙：有……有符一道。那日疯和尚来到了广生堂，他一见便说你是妖孽，抄起杖来便要去打，俺拼死将他拦住，不想他给俺神符一道，说今日里焚在雄黄酒内，你将现出真身。俺听此话再难相信。然……然……不信，此事又在心内翻搅。为破那咒语，娘子俺……俺……俺俺俺，就将那符儿燃在酒中给你饮了！

白娘子：你……你你……你你你呀！

〔白娘子惊，身段撑着。

许　仙：娘子你可好，娘子你可……好？

白娘子：（唱）听……听……听夫言这酒中有神符一道。
信……信……信疯僧你不惜把情义全抛。
天……天……天地情怎能够就此分开了。
（白）夫君啊，快扶俺回房，快快回房！

许　仙：（唱）事至此，看得俺心内烦焦，我的妻啊！

〔紧锣鼓点，许仙扶白娘子回房。

〔天幕上有个山坡，法海出场。

法　海：（唱）端午日时已过，神符用到，

她必然真形现，孽债难逃。

〔台上许仙忙着跑回来，手忙脚乱找醒酒汤。

许　仙：（白）娘子莫急，待俺对好醒酒汤与你解酒，与你解酒！（飞快地对汤）娘子你可好，你可好吗？

〔音乐锣鼓急促。

〔此时台上大雕花床那部分出现。

许　仙：娘子来了！娘子来了！

〔端汤从堂屋去卧室雕花大床。

〔许仙一撩床帘子，还没叫出声呢，砰，一条水桶粗的大白蛇突然弹出，盘于床柱上。

〔只见许仙汤碗一扔出，大叫一声，轰然后倒。

〔硬僵尸后仰倒地而死。

〔床柱上一条白蛇盘升。

〔青儿幕内急唱。

青　儿：（急急上，唱）看龙船突然间心内慌乱，

怕只怕姐姐这儿事有不端。

（白）姐姐，姐夫！姐姐，姐夫！（叫人不应，冲进里屋）啊！姐姐！姐夫！姐夫！

〔只见那蛇一下收回。

〔白娘子从床上坐起来。

白娘子：你姐夫他怎么样？

青　儿：啊姐姐，不好了，姐夫他已死在你床前了！

白娘子：啊呀，不好！夫……夫君啊！（看到了许仙死在了床前）

（唱）崩山盟，毁海誓，天塌地陷。

见夫君，此一刻，死在床前。

叫青儿，妹妹啊，快将良谋盘算……（急迫，哭的动作）

青　儿：(唱) 昆仑山得仙草，方可救命还！

〔白娘子听过后，突然变样了，变成一个刚烈女子。

〔白娘子从帐中抽出双剑。

白娘子：好，妹妹啊，咱即刻上山！

青　儿：姐姐，不成，山上有众神守卫，你且有身孕，不成啊！

〔白娘子此时把头发咬在嘴里。

白娘子：(庄重道白) 我与夫情深切，纵然一死又有何怨，盗不来救命仙草，我与冤家啊愿共赴黄泉…… (急急风下场)

青　儿：姐姐，等等，俺与你同去…… (抽出剑来，两人同下)

第三场

〔锣鼓不停，紧接上场。

〔昆仑山 (天幕上) 雄峻的山脉，层叠相连。

〔高大的乔木山上高处直铺展下来。各种动物飞鸟自由地在林间飞着。

〔众飞禽走兽边舞边唱 (或有鹿鹤两神领唱)：

日照云开紫气来，

花山翠树接云彩。

芝兰同瑞众香界，

人间仙境谁人裁。

〔唱罢，突然风起，众神警觉。

〔音乐声中，白娘子、青儿从台左的高处仗剑衣袂飘飘如天女般降下。

〔此时只见山坡上救命的仙草发出光芒。

雄鹿神：何方之人敢侵入仙山？众神将！

众神将：在！

雄鹿神：护住仙草。

〔众全都翻扑而出。

〔一段开打。

〔只见两女子系紧袍袖舞动双剑，与众神奋力而斗着，边斗边往灵芝仙草处靠近。

〔两女子难敌众神。

〔边战边往仙草去。

白娘子：（白）青儿啊，若得仙草，再莫停留，速速回还……

青　儿：那你呢？

白娘子：不要管我。

〔两人拼死斗打，众神难招架。

〔突然天上一张网撒下，两人被罩。

〔两人在网内一同挣扎，无法出来。

〔场上一下静下来，众神持立。

〔白娘子就被缚在灵芝草前。

白娘子：（白）众神将啊，我为救夫性命，欲借仙草，万望放过了吧。

青　儿：放了我们吧。

〔白娘子在那样的情状下还要伸手去够根本够不到的仙草。

〔众神兵器齐举，大声喝喊。

〔白娘子不顾，要挥剑冲出。

青　儿：（大叫）姐姐！

〔白娘子还要冲。

众　神：杀了吧！

青　儿：姐姐！

众　神：杀了吧！（举刀更近）

青　儿：姐姐！（白娘子拼死要够）

众　神：杀死了！（众神兵器齐伸入网中）

〔突然幕中一苍老的声音从容出。

仙　翁：且慢！

〔众神一听住手，仙翁上，众神齐行礼。

众　神：拜见仙翁至圣！

〔只见那仙翁看着白、青两人说。

仙　翁：方才事，已在云端得见。人生大德，莫过是舍己救人。夫妻间有此情，理当称赞。来呀！

〔圣乐响起，仙鹤飞至。

仙　翁：将仙草，赐了与她，成全美意。

〔仙鹤飞升衔草至，网收。

白娘子、青儿：谢仙翁！

仙　翁：救人要紧，不必多言。待俺助尔去也。

〔突然全体连布景带人都飞起来了。

〔只见天幕中，白娘子与青儿在飞（可用电影手法）。

〔两个人在瞬间飞走。

第四幕

第一场

〔清雅的幕间曲。

〔大幕拉开。

〔正中还是那大架子床。床幔白纱。

〔台前右侧，一盏青灯下，许仙假装拿了一本书在读，其实打着瞌睡。（此景有点似第二幕的摆法，可以更有景同而情感不同了的对比）

〔白娘子在床幔内，孤寂一人。

〔白娘子撩开床幔，轻声地喊着许仙。

白娘子：官人哪，听那钟鼓已过了三更，快快地安歇了吧。

许　仙：（瞌睡着被唤醒，马上假作精神地说）正读到趣味之处，不困，不困。你先睡吧……你先睡吧……（假装读书）

〔白娘子深深地叹气，伤心。

〔青蛇上场，做听门状，操心地唱起。

青　儿：（唱）原以为人救活，夫妻情还在。

谁知道同林鸟，各自分开。

他怎知为救命，姐姐赴汤蹈海。

俺这里气不休，来把门踹。（上脚就踹）

青　儿：（白）开门，开门！

〔许仙一听踹门，一口气就把灯吹了。

〔台上一时黑了。

许　仙：啊！门外哪个叫门？

青　儿：我！青儿！

许　仙：我等已安歇了，有话明日吧。

青　儿：安歇了最好，好好过日子，别让俺操心！

许　仙：请妹妹放心吧。

〔追光打下，打在坐在床上的白娘子那儿。

白娘子：（唱）他那里，一口气将灯儿吹熄了。

空空床，漫漫夜，俺寸寸煎熬。

原以为，命已还，情不该少。

谁知道，连理枝，被无情手深深断刨。

夫妻间若有话，当如实言道。

恨不得将心儿，托付与他瞧。

夫啊夫，我的夫，你……你，咱要重修旧好。

生死情，两相悦，怎可轻抛。

〔唱罢后，看着许仙那边，无奈回床。

〔许仙将灯儿又挑明。

许　仙：（唱）谁承想，夫妻间，突现无常。

命虽还，情难往，心中不畅。

也知道，我的妻，为我奔忙；

也知道，我的妻，为我哭断肝肠；

也知道，我的妻，将情看作了性命一样；

也知道，我的妻，有了我的骨肉儿郎。

心内话，无人言，我当对谁讲？

无情人，一时间，已把情伤。

（犹豫，来回地踱步）

〔音乐重，法海的主题。

〔法海袈裟禅杖上。此时，时空转换，拉许仙走。

法　海：（唱）小男女为私情，几误性命。

人与蛇焉有意，妖孽妄行。

烦恼事尽抛去，意如寒冰。

来来来，随俺来，同去禅房读经。来也！

〔许仙跟上了，拉着许仙走，许仙一步三回头。

许　仙：（白）师父啊，吾当与贤妻话别。

法　海：（白）休要啰唆，走也！

〔两人走。

〔金山寺的场景现出。两人越走越高。走远，许仙频频回头。

第二场

〔金山寺巍峨立于台正中。

〔幕内先是青儿唱，然后合唱。

青　儿：（唱）负心人信谗言，抛离贤妻。

众女声合唱：怎能容，法海他逞强夺义。

〔青儿拉着白娘子上。

青　儿：（唱）土地神，快出来，告俺那许仙的踪迹。

白娘子：（唱）无离言，少别语，冷风凄凄。

〔青儿狠狠地一跺脚，土地老矮子功骨碌碌地滚了出来。

青　儿：土地公公，给您请安了，您告诉咱，我那负心的姐夫他去了哪儿了？

〔土地公公矮子功非常精彩地上蹿下跳地表演着寻找与瞭望。

土地公公：（数板）找一找，看一看，土地公公上下蹿。

左搭棚，右细听，俺要将踪迹来摸清。（一番动作后）

瞧见了，瞧见了，回二位仙姑，那许仙，在禅院，正苦读着经卷呢。

青　儿：姐姐呀，姐夫他往金山寺院呢！

白娘子：前去叫门。

〔青儿与白娘子快步上台阶，轰轰的拍门声。

〔金山寺山门后还有更高的台阶，敲门声震荡。

〔法海的音乐主题。

〔众僧呜的一声，拥着法海出。

〔许仙也被拉出，急急地张望。

法　海：山门外妖孽前此来寻战。众僧可在？

众　僧：有。

法　海：挡住了。

众　僧：遵令。

许　仙：师父啊，俺妻子她只是前来探问，允俺说上几句话，再去读经不迟。

〔轰轰地，那边白娘子、青儿又拍门。

法　海：（白）妖孽啊，莫来骚扰，速速离去，免遭天打雷轰。

白娘子：法师啊，俺只求见上官人一面，有话要讲。

青　儿：开门！

法　海：速速地离去！去！去！去啊！

〔狮子吼般地逐人，声威大震。天空中有云雷密集。

〔白娘子、青儿进而复退，再进。

白娘子：法师啊，（以下四人快板对唱）尊一声大法师，细听妇言。

苦人儿，怀六甲，夫别心寒。

青　儿：见许仙原不为，求其意转。

夫妻间见一面，话别既还。

许　仙：（夹白）就让俺见上一面吧。

法　海：（快板）人蛇原为不伦恋，

还有甚话要明谈？
白娘子：话不谈来理不全，
夫妻之情难割断。
许　仙：我与妻子情未断，
且有娇儿腹内安。
青　儿：他若不明人间事，
青儿仗剑敢刺天。
法　海：你若逞强敢对天，
神兵天将捉你还。
白娘子：神兵天将请回转，
民妇只为携夫还。
许　仙：我妻只为携夫还，
千年功力弃深山。
法　海：千年功力弃深山，
人妖之情近疯癫。
青　儿：爱如疯癫理难拴，
不再多言看神剑。
法　海：你抽剑来我打闪，（手一指，霹雳震响，天兵齐喊威胁）
神将天兵破云端。
白娘子：神将天兵破云端，
夫妻真情遭恶斩。
青　儿：夫妻真情遭恶斩，
人间至爱无人怜。
许　仙：人间至爱无人怜，
俺要与妻回家转。
法　海：你若与妻回家转，
咱披法衣上经坛。（披大红袈裟，狂风起）
青　儿：你有风来我有浪，
天兵神将俺阻拦。

法　海：天兵神将你敢拦，

人伦法理抛一边。（天兵神将出）

白娘子：真情挚爱理难全，

抖擞精神，青儿啊，咱要水漫金山！

众女声合唱：抖擞精神，水漫金山！

〔此时天兵神将站在天幕处高高在上。

〔众虾兵蟹将高喊从台低处上，两边一齐上。

〔白娘子、青儿两人联起手来，长袖飞舞。

〔只见台上狂风大作，波涛汹涌，吓得土地公公乱跑。

〔很多人执着波浪的道具上。一时台上波涛汹涌。

〔紧接着，虾兵蟹将执锤拿枪冲了上来。

〔只见青蛇、白蛇舞着，各拔出双剑，挥舞起来，只见波涛汹涌，漫上金山寺。

〔鼓声阵阵，众僧吓得狂退。

法　海：且莫慌张，且莫慌张。

〔转身把袈裟脱下，迎风一抖，电闪雷鸣。

法　海：天神何在？

〔天幕上风雷闪电，鼓声阵阵。

〔只见金甲一片，彩旗飘飘，众天神哇呀呀呀叫着从天幕的两边威武下凡。（这儿也可用杂技的方法）

〔战鼓咚咚。

〔两边大战，大打出手，兵对兵，将对将。

〔青儿、白娘子双双与天神对打。

〔一会儿水来，一会儿风退。大打出手，来回几个回合。

〔虾兵蟹将终归不敌众天兵天将，加之白娘子怀有身孕，青儿要时时相护，败势渐显。

法　海：（唱）除妖孽，众天神莫要彷徨。

儿女情，怎抵得天兵天将。

〔战鼓更烈，白娘子被一锤击伤，青儿保护。

白娘子：（唱）身儿重力儿迟，难举刀枪。

拼性命恐坏了腹内的儿郎。

妹妹啊，退了吧！

众虾兵蟹将：（大喊）二位蛇神，我等败了阵了，我等败下了阵来。

〔鼓又起一番，虾兵蟹将败退，天兵天将追杀。

〔白娘子、青儿仓皇而退，拼命招架。

〔此时，一直在山坡上看着的许仙突然大喊着挣脱了束缚，冲下了山坡。

许　仙：莫伤了我的妻儿！（冲出山门）莫伤了我的妻儿！

第五幕

第一场

〔西湖断桥。

〔青儿、白娘子被击伤打败，仓皇而逃。

〔天下小雨了，两人十分狼狈，相扶相携。

〔幕后众女声伴唱：

金山寺与天兵一战而败，

白娘子惊身孕又伤了情怀。

两姐妹相扶持心寒步颤，

此一刻天涯远家山何来。

白娘子：（唱）断桥边柳依依旧景还在……（白娘子在断桥边，恋过去的那样，物是人非地想着）

青　儿：（唱）无情人已把那并蒂的花朵拆。

〔正在回想，与开场一样，许仙真就从台右上来了。

〔只是边跑边舞，有些狼狈。

许　仙：（自语）莫伤我的妻儿！莫伤我的妻儿！（近于疯癫）

〔仓皇上，与青儿、白娘子猛然相见，一下惊跪坐地上。

〔两人见，两人陌生地看着，退。（与第一幕景同，人却不一样）

白娘子：（唱）才想起春日里那游湖借伞，

谁承想冤家啊你来到面前。

莫不是夫妻散，终有一面……

青　儿：（唱）抽青锋待俺把百转的柔情断！

〔青儿追杀，许仙躲避，转来绕去，身向白娘子身后。

白娘子：青儿！青儿！

许　仙：哎呀呀！娘子啊，俺是要回家来的，俺是要回家来的呀！

青　儿：姐姐您别拦着我，待俺把这负心郎杀了，把他杀了，杀！杀！杀！

〔边舞边要杀，白娘子拦，许仙躲，一组很好看的组合画面。

许　仙：娘子救命，娘子救命，（一个劲地往白娘子身后躲）娘子救命！

〔许仙躲到白娘子前边，看着自己的妻子，面面相对了。

许　仙：（唱）一见妻面心内愧，

桥畔落花点点飞。

倘若端午不为醉，

双双泪眼却看谁。

许　仙：（白）娘子啊……

〔白娘子轻轻将许仙扶起，音乐起。

〔白娘子陌生而深情地看着许仙唱。

白娘子：（白）夫君啊，（唱）唤夫君，你且莫要战战兢兢，

听素贞把原委细说分明。

我本是南山上一条蛇精，

修炼了千百年，却慕这人间儿女情。

那一日游湖遇雨两人行，

彼此间夜相思，蒂结莲并。

端午日，那法海，雌雄巧令。

形突现，事难瞒，惊夫君，死面前，撇下俺孤孤零零。

昆仑山，盗仙草，姐妹拼了性命。

谁承想，命回还，情难在，至如今，断桥畔，夫妻见，
柳依然，这平湖秋水，波浪难再兴。
夫君啊，这断桥未断，俺的肝肠断，
人蛇虽异，你竟不信有真情。

〔唱至这儿很悲，青儿哭了。

〔许仙感动，内心激荡。

许　仙：（唱）听我妻一番话，将人惊醒，
悔不该，信诓言，遂了那疯僧。
我这里忙上前，牵住妻手，
再不信蛇与人夫妻难成！

〔许仙上前来拉住了白娘子的手，一步步地要回还。

〔两人缱缱绻绻地走着，又恨又爱。一组既美好又伤心的舞蹈。

〔沉重的音乐响起，法海与众天神出现。

法　海：许仙，还来！

许　仙：俺再不回还！

法　海：呔呔呔。（白）你痴心难改，迷恋凡尘，来人也，将妖孽带走！

〔天神上。

〔青蛇持剑上与许仙护白娘子。

〔这是一场寡不敌众之打，只几下眼看要败。白娘子倒在地上。天神围来。

〔白娘子胎动。

白娘子：（大叫）天神啊，且慢！（唱）猛然间惊动了身上的骨肉，求天神放过这无辜的生灵。

〔天神天兵一下住了手。

〔青儿、许仙携白娘子快下。

法　海：（无动于衷）众天神！

众天将：有！

法　海：追了下去！

众天将：是！

〔跑圆场。突然一片红光。

天神大将：啊，那法师，前面血光一片，恐有婴儿降生，暂请收兵。

法　海：不可，快快追了下去！（亲自击鼓）

〔台上天兵天将再追。

〔突然，一声婴儿的啼哭之声响起，一声一声地响起。

〔台上众将呆住，步步后退，婴儿哭泣声不断响起。

〔法海依旧猛烈敲鼓。

〔婴儿的哭声使天兵一步步地退回，在啼哭声中掩面止步。

〔法海鼓催。

第二场

〔天兵天将过场。

〔旌旗摇摇。（那些兵将可以是天幕上落下，幕里边行过，各种各样的跟头翻过）

〔法海庄重上。后有一位金面神将，手托神钵。

法　海：（唱）率天神追蛇怪不可懈怠，
祭神钵，将妖孽，收入中来。
雷峰塔在西南，高耸崖畔，
借神力将妖孽，千年压来万年埋。
（庄重坐在台中央）白素贞何在？

天神大将：回法师，那白素贞已然拿获，只是……

法　海：只是什么？

天神大将：只是她刚刚产下一子，母子难分。

法　海：又有何妨，押了上来！

〔鼓乐凄怆。

〔生完了孩子的白娘子，身着一身素白衣衫，怀抱襁褓，踩着凄怆的锣鼓点，挣扎而上。

〔后边青儿、许仙已被绑住了。

〔青儿不屈，许仙愤愤。

〔白娘子一边行，一边不错眼地看着自己怀中的婴儿。

白娘子：（唱）那娇儿，才在这襁褓中睡稳，

怎知道，须臾间，骨肉离分。

法　海：（唱）吉时到，祭起这神钵收魂，

哪管她，母与子，脸上泪痕。

（白）将那孩子收下了！

〔哐当！天上惊雷一声。天神将孩子夺下。

〔青儿、许仙挣扎叫起。

青　儿：姐姐啊！

许　仙：贤妻啊！

白娘子：（唱）催人雷，响一声，满腹话儿，讲与妹妹听！

青　儿：姐姐！

白娘子：（白）青儿啊，我的好妹妹！

（唱）你与我在深山，修炼千年，

吸华咀萃，不思做神仙。

只因为姐姐我把这人间情爱羡，

你为我，上昆仑下深海，玉断金淹。

妹妹啊，你我曾生死相伴，

此一去，难相见，托付你把小小的儿郎护看。

妹妹呀，好妹妹，姐姐为“情”字将你误陷，

对不起呀，唤一声我的好妹妹，泪珠儿透湿了衣衫。

（挣扎行礼）

青　儿：姐姐，您不用说了，青儿知道了。（伤心，两人刚相拥分别）

〔哐哐，二声雷响。两人只得分开。

白娘子：（唱）催人的雷声啊，二回响，（几乎被雷电击倒）

叫夫君，许仙啊，你来在我身旁。

我的夫，你那里不必太心伤。

记得你，头一回，瞧俺的模样；

记得你，恐夜寒，为俺披起衣裳；

记得你，夜夜里，说不尽的情话儿，月上东窗；

记得你，得喜讯，人癫欲狂；

记得你，为俺穿鞋，为俺端汤；

记得你满天的云霞，归鸟配成双。

记得你的情，记得你的意，

记不得，你曾把俺的痴心来伤……

许　仙：（白）娘子，俺……俺……俺好愧呀！

白娘子：（白）夫君，再不说了，官人啊！

（唱）有句话，对你讲，好夫妻真情一寸万里长。

许　仙：我的娇妻！我的娇妻啊！

白娘子：官人啊！（两人相拥）

〔哐哐哐，三声雷响。

白娘子：（唱）时辰到天地陷，雷响三遍，

搂紧了娇儿啊我的心肝。

时至此，咱母子，骨肉分离生死难再见。

儿啊儿，儿啊儿，娘的心尖尖。

恨不得，此情景是梦境，醒来都变；

恨不得，为娘亲变玩偶，无言陪你在身边；

恨不得，为娘亲是衣袂，紧紧贴在你胸前；

恨不得，为娘亲是明月，夜夜照你得安眠；

恨不得，为娘亲是轻风，吹起絮语一片又一片；

恨不得，为娘亲泪水化明珠，长坠暗夜天。

亲亲啊我的儿，从今后你的娘，天天等你入梦到灯残。（雷声又响）儿啊儿啊，人世间最痛事，莫过于生死离别骨肉两分开，

此一刻为娘的心内呀好不凄惨！

〔哇！婴儿哭声。

〔众天神也背身感动。

青　儿：姐姐！

许　仙：娇妻啊！

法　海：（庄重白）时辰已到，将那孩儿夺下，神钵祭起。

〔哐的天雷声。

〔孩子夺下。

〔只见天将手中的神钵祭起。

〔白娘子肃立。

〔金光灿灿的神钵在天幕上飞驰，最后在舞台正中的上空，倒扣下来，正在白娘子的头顶。

白娘子：亲人啊，俺去了！（音乐大起）

〔神钵强大的吸力，带着强大的风。台上的人衣裳鼓满向上。

〔突然台上黑下，一束白光从神钵中照出，直照在白娘子身上。

〔音乐悲伤，白娘子被神钵吸离了地面，一点一点吸起，白色的衣袖垂下，白娘子被吸进了神钵中。越来越高，越来越高，消失。

〔台上只剩下那束强大的白光。

〔白光灭，音乐强烈。

〔幕落。

剧终

2006年大年初一一稿

初七二稿

十五三稿

5月至6月改唱段

7月删改至18000余字

8月再改

合唱套曲

北京大合唱

〔序曲：以北京几千年的历史为背景、为基石，由远而近、由表入里地展现北京的历史、人文、风貌、民情。有黄钟大吕，也有市井风情，集北京特有的音乐色彩，表现北京的深远、博大。

序歌：（混声合唱）

燕山脚下，拒马河畔，
万里长城如幕。
开合间，
六朝古都三千载，
由周入汉，经唐宋，穿金元，过明清，
三千六百街巷，筑定四九城。
或为燕蓟，或为大都，或为京兆，或为北平。
到如今，除封建，还民权，
重建通衢大道，万千楼台。
十三亿人民高歌，首都北京。
朝霞起于东海啊，夕阳隐于昆仑，
中华民族的掌心攥着你啊，心爱的北京。
你是圆点，你是中心，
你是心脏，你是梦魂。
你是我们的北京，
你是我们的首都，北京！

第一章　永定门

男声大合唱:(由远而近的，驼队的节奏。驼铃的摆动，摆动)

走啊，走啊，走，走……

走啊，走啊，走，走……

晨光一根针啊，

霞光万道线。

刺破一夜黑啊，

缝出满天彩。

霜打一地白啊，

脚踩两行苔。

拉着骆驼进城门啊，

鸽哨把路带。

晨光一根针啊，

霞光万道线。

刺破一夜黑啊，

缝出满天彩。

霜打一地白啊，

脚踩两行苔。

拉着太阳进城门啊，

彩云披在肩。

大合唱：城门高，高几丈？

九丈高，迎太阳。

太阳亮，多么亮，

哗啦啦地一地闪金光。

女声大合唱:霞光好啊，新鲜的一天。

洗乾坤啊，大地灿烂。

鸟儿唱啊，花儿开。

千门万户，袅袅炊烟。
霞光好啊，新鲜的一天。
洗乾坤啊，旧去新来。
鸟儿唱啊，花儿开。
千秋百代，星月轮转。

大合唱：　永定门，在城南，
九丈的城楼望得远。
见过天边与地角，
见过落霞与归雁。
见过铁打的营盘流水的兵，
见过风如刀来霜如剑，
见过百姓晨起引炊烟，
见过朝代更迭旗帜换。
见过天，见过地，
见过众生盼平安。
永定门，在城南，
九丈的城门看得远，
永定门，在城南，
永世安定万万年。

第二章　天　坛

前　奏

男高音独唱：（祭天仪仗大驾卤簿宣讲，类似京剧中的贯口，由慢而快，要越说越快）
大驾卤簿仪仗行啊！
前行仪仗：刀、豹尾枪各三十对，五色伞盖四十六顶，寿扇福扇七十六支，幢、幡三十二件，各式旌、金节、麾、麾二十八，南北各旗大纛、旗帜共有一百八十三面，钺、星、卧瓜、立瓜、吾杖、御杖、引杖一百一十二杖，红灯六对。玉辂、金辂、象辂和革辂各一乘，宝象五头，导象四头，静鞭四根，仗马十匹。接大驾：御辇、导盖、盥盆、拂尘、唾壶、马杌、交椅各一，提炉、香合、水瓶成对。后护仪：豹尾枪三十支、仪刀十对，金银甲胄千骑，朝臣随后，大驾起行啊！

男声齐唱：大驾起行啊！

呼！哈 哈！呼！哈 哈！

大驾起行啊！

呼！哈哈！呼，哈哈！呼，哈哈！

男中音独唱：天在上，大道齐天，

行御道，苍松翠柏。

丘之高，天圆地阔，

众生愿，庄严对天。

阳光雨露，冬去春来，

风调雨顺，华夏繁衍。

敬天法祖，不忘先贤，

天人合一，一步一层天。

大合唱：阳光雨露，冬去春来，

风调雨顺，华夏繁衍。

敬天法祖，不忘先贤，

天人合一，一步一层天。

（啪啪啪三声静鞭后，极静）

女高音独唱：（高音出，由弱而强）

天高地阔，朗朗乾坤，天在上，大道齐天。

（音乐辉煌结束）

第三章　天　桥

合唱加领唱：（市井音乐起，合唱衬底，叫卖声可在衬底上飘出）

天坛西边有座桥，汉白玉栏杆元代造。

桥下有水向东流，正阳门上大旗飘。

说唱杂耍全都有，五行八作聚四方。

一年一年又一年，亲切的叫卖啊声悠长。

（以上合唱为底，以下领唱适时从合唱中飘出）

男高音领唱：蜜来哎葫芦——冰糖多哎咧——

女高音领唱：藕来，白花地藕来——

男中音领唱：卖报嘞，卖报嘞，当天的新闻，瞧报嘞，瞧报嘞——

男高音领唱：卖大——小哎，小金鱼——

男中音领唱：哎，馄饨开锅！

男高音领唱：臭豆腐，酱豆腐。

男中音领唱：磨剪子咧哎——抢菜刀。

大合唱：　酸梅、药糖、桂花糕，

冰糖葫芦一人高。

说书的鼓声咚吧隆咚响，

摔跤的兄弟耍大刀。

来天桥，逛天桥，

天桥的买卖地上淘。

看杂耍，听相声，

拉洋片您蹲好了往里瞧。

合唱对唱：

女中音：小二哎，在哪儿呢？

女高音：妈，我在这儿呢，您快来瞧啊。

女中音：别跑远了，走丢了，妈找不着你。

高男高音：姥爷，我挤丢了一只鞋。

男低音：快找，快找，要不回家挨揍，快着找！

混声合唱：快找，快找，快快找，
人多挤得受不了，
眼睛看来，耳朵听，
鞋儿丢了您找不着。
快找，快找，快快找，
人多挤得受不了，
眼睛看来，耳朵听，
鞋儿丢了您找不着。

男声对唱：

男甲：打竹板，哗啦啦，
大狗熊的扮相笑开了花。

男乙：云里飞的杠子蹿天猴，
万人迷的相声顶呱呱。

男甲：你也夸。

男乙：我也夸。

男甲乙：天桥不逛算白搭。

大合唱：
你也夸，我也夸，天桥不逛算白搭。

女声独唱：（先女声独唱，再女声合唱，后大合唱由慢而愈快，可做独立合唱作品以后演出用）
玲珑塔来塔玲珑，玲珑宝塔第一层。
一张高桌四条腿，一个和尚一本经，一个铙钹一口磬，一个木鱼一盏灯。一个金钟，整四两，西北风一刮，纹儿了纹儿了响纹儿了嗡。

女高音小合唱：玲珑塔，塔玲珑，玲珑宝塔第三层。
三张高桌十二条腿，三个和尚三本经，三个铙钹三口磬，三个木鱼三盏灯。三个金钟十二两，西北风一刮，纹儿了纹儿了响纹儿了嗡。

女声大合唱：玲珑塔，塔玲珑，玲珑宝塔第五层。

五张高桌二十条腿，五个和尚五本经，五个铙钹五口磬，五个木鱼五盏灯。五个金钟二十两，西北风一刮，纹儿了纹儿了响纹儿了嗡。

大合唱：玲珑塔，塔玲珑，玲珑宝塔第七层。

七张高桌二十八条腿，七个和尚七本经，七个铙钹七口磬，七个木鱼七盏灯。七个金钟二十八两，西北风一刮，纹儿了纹儿了响纹儿了嗡。

玲珑塔，塔玲珑，玲珑宝塔第九层。

九张高桌三十六条腿，九个和尚九本经，九个铙钹九口磬，九个木鱼九盏灯。九个金钟三十六两，西北风一刮，纹儿了纹儿了响纹儿了嗡。

男高音领唱：（在合唱很快停顿时冲出）

酒旗戏鼓天桥市，
多少游人不忆家。

大合唱：酒旗戏鼓天桥市，
多少游人不忆家。

第四章　天安门广场

〔交响乐：《风云际会》。

（写出上千年来，历史变革，风起云涌，主要写出20世纪开始的人民民主革命和社会主义革命的大时代气象。）

〔交响乐后，独唱前奏。

戏剧男高音独唱：燕山清秋，
正十月，
红墙黄瓦，
正午楼头。
南观金陵，雾锁江愁，

西望长安，残冢荒丘。
称皇称帝，千百载，
得英烈奋起，一风收。
以碑为念，
以史为鉴，
以人民为堂奥，
登临处，万千旗帜，
火一般红。
初心一点不改，
为人民，谋幸福。
前仆后继，
得千古风流。
看长机如电，
三军如吼，
五千年华夏
万代千秋！

大合唱：以碑为念，
以史为鉴，
以人民为堂奥，
登临处，万千旗帜，
火一般红。
初心一点不改，
为人民，谋幸福。
前仆后继，
得千古风流。
看长机如电，
三军如吼，
五千年华夏，
万代千秋！

碑文前奏：(以下碑文，是一层一层地唱起来。建议参考歌剧《战争与和平》的碑文那段)

女声齐唱：(一定要齐唱)

三年以来，在人民解放战争和人民革命中牺牲的人民英雄们永垂不朽！

男声齐唱：(一定要齐唱)

三十年以来，在人民解放战争和人民革命中牺牲的人民英雄们永垂不朽！

大合唱：(齐唱后，一层一层地大合唱)

由此上溯到一千八百四十年，

从那时起，为了反对内外敌人，争取民族独立和人民自由幸福，

在历次斗争中牺牲的人民英雄们永垂不朽！

人民英雄永垂不朽！

人民英雄永垂不朽！！

人民英雄永垂不朽！！！

第五章　钟鼓楼

交响乐：(可以用晨钟暮鼓的音乐元素来开头，鼓楼上有最大的大鼓和代表二十四面节气的各种小鼓，有铜壶滴漏的滴答声和黄钟大吕的辽阔声。《天安门》后这章，接什么都难，因此原打算写的都删除了，最终发现用自然的声音感受宇宙的辽阔、时空的无垠可以接得上。要有《时间简史》那样对时空的感觉。)

(交响最终的长音后，京剧叶派小生高亢唱)

天地玄黄，宇宙洪荒。

日月盈昃，辰宿列张。

寒来暑往，秋收冬藏。

闰余成岁，律吕调阳。

云腾致雨，露结为霜。

大合唱轮唱：时间漫如水，宇宙寂无边。

逝者如斯夫，来者如新泉。

周而又复始，四季常轮转。

女声合唱和大合唱：早晨的钟声荡起了波澜，

水面映出了桃花和蓝天，

春柳拂开了嫩绿的笑脸，

大地的气息，把春天的乐句充满。

一年四季，四季一年，

由春而始，千秋万代。

谁的手指拨动了时间，

谁又丈量出了星月的遥远，

时间在我们身边精确地流过，

生命的果实，出生，成长，收获未来。

人活一世啊，草木一秋，

生命的感慨，珍贵着时间。

冬天的暮鼓敲打晚云的天边，

蓦然回首啊，归鸿已不见。

攥住的手指啊，请你松开，

看晨钟暮鼓锻打出金子般的每一天。

时光催人老，落花送流年。

谁在山顶上放歌，谁在流水上感叹。

大合唱：嘀嗒，嘀嗒，时间，时间。

一分，一秒，时间，时间。

化成文字记录历史的时间，

迸发智慧铸就思想的时间，

结成了种子繁荣大地的时间啊，

天地的脉搏，

鼓动着万物生命的时间。

一万年太久，只争朝夕！

一万年太久，只争朝夕！
时间啊珍贵的时间，
让我们跟上你，缩短距离，
进入永远！

尾声大合唱：（在音乐的变化后紧接上边合唱）

北京啊，北京，
亲爱的北京。
光芒照进历史，
文化筑起根基，
现实是梦的起点啊，
坚定书写伟大征程。
北京啊，北京，
亲爱的北京。
我们的首都！
我们的心脏！
我们的骄傲！
我们的荣光，北京！
让我们再一齐放声歌唱，
让我们歌唱——北京啊，北京！

2018 年 6 月 29 日多稿于多地

说明：这个合唱没有起名为中轴线的理由是，中轴线像一个学术名词，为别人解释说多了又啰唆，没有叫“北京大合唱”明确。

中间曾写了“紫禁城”一段，但“天安门”后，接那段真是怪怪的。接一段与时间有关的钟鼓楼我觉得够长了。再鼓劲起一番奥运村，怎么也没法具体地写，索性一个尾声大合唱就可以了。

这个合唱套曲，元素多，是为了北京的丰富。如果可能，一个人作曲最好，多人作的话要有一个主题贯穿始终，否则怕不统一。

歌剧

长征

人物表

彭政委（中央红军某团政委）	戏剧男高音
曾团长（中央红军某团团长）	男中音
洪大夫（红军军医，彭政委的夫人）	抒情女高音
平伢子（瑞金参军的新兵）	抒情男高音
军团长（中央红军，某军团长）	男低音
刘平权（遵义城中小商人）	高男高音
万　霞（中央红军宣传队队员）	次女高音
李文化（瑞金参军的文书）	男高音
杜　娟（红军军医，洪大夫助手）	女中音
老班长（红军老战士，炊事班班长）	男中音
彩　霞（红军宣传队女队员）	抒情女高音
刘　歌（红军宣传队队员　领唱）	男高音
莲　嫂（瑞金革命群众　领唱）	女高音
参谋长（军团参谋长）	男高音
岳　忠（五师参谋）	男中音
山伢子（瑞金儿童）	童声
一连长（某团连长，因伤留瑞金）	男中音
葛有根（瑞金参军的新兵）	男高音
何二牛（瑞金参军的新兵）	

崔大叔（瑞金参军的新兵）	
万阿全（瑞金参军的新兵）	
熊春林（瑞金参军的新兵）	以上四人第一幕重唱演员，湘江之战后都牺牲了，声部由作曲家视重唱需要定。
李小牛（红军通讯员）	男高音
方大福（红军战士）	男中音
一营长（红军操练军官）	男中音
平　措（跳唱弦子）	男中音
扎西大叔（跳唱弦子）	男低音
强　巴	
多　吉	
甲　央（以上三人是跳唱弦子男演员）	男高音
卓　玛	
央　金	
才　旦（以上三人是跳唱弦子女演员）	女高音
（注：弦子演员具体情况由演时定。）	
儿童团	童声合唱
红军宣传队	女声合唱
红军战士	男声合唱
百　姓	混声合唱

序　曲

音乐提示：

1934 年国际大势下的中国；

以湘赣为主的革命形势；

红军二万五千里长征这一历史大节点上，革命者的理想与热血；

波澜壮阔的大时代。

第一幕　瑞　金

〔幕开。

〔1934 年 10 月。

〔中华苏维埃共和国首都瑞金城外，四野环山，一块很大的平坝上的打谷场。

〔谷场后坡有横贯的随坡长条麻石台阶。

〔坡的后方有大香樟树，远处是山。

〔景很大，有层次，饱满。

〔幕开时，天还没亮。（音乐提示：在序曲结尾的强烈乐音后，江西山歌单纯质朴的旋律出现）

〔手持一只红五角星灯笼的六岁左右的山伢子，自台左出，整个大台上只有小小的山伢子迈着稚拙的步子，稚嫩的童声自语般地唱着，往石阶上走。

山伢子（童声）　雄鸡叫了，雄鸡喔喔喔喔喔喔叫了；

我听见了，雄鸡喔喔喔喔喔喔叫了；

天要亮了，红军的号声就要吹响了；

天要亮了，红军练兵的号声就要吹响了……

〔山伢子唱罢，在石阶上，拎着灯笼面对着观众坐下。

〔微光中，先是一支号从远处吹响，接着两支、五支、八支号嘹亮吹响，红军战士的男声大合唱骤起。

〔红军战士从台的上下左右、四面八方涌现，合唱的声音越来越响，越来越雄壮。

男声大合唱：(《神圣的土地，谁人敢侵犯?》。注：此歌词为当年红军歌曲的原型)

神圣的自由，谁人敢侵犯?
神圣的土地，谁敢来损害?
红色的政权哪个敢夺去啊，
铁拳等着敌人的刀枪弹!
我们是红色坚强的战士，
杀得敌人失魂丧胆。
我们是红色不败的战士，
勇敢挥刀拼向前。
神圣的自由，谁人敢侵犯?
神圣的土地，谁敢来损害?
红色的政权哪个敢夺去啊，
铁拳等着敌人的刀枪弹!
我们是红色坚强的战士，
杀得敌人失魂丧胆。
我们是红色不败的战士，
勇敢挥刀拼向前。
红军背负着人类的希望，
我们是苏维埃的英雄汉。
红军怀抱着革命的理想，

我们是苏维埃的英雄汉。

(音乐提示：合唱为进行曲，可以从齐唱到混声大合唱，总之热情、激昂、有感召力)

〔演唱中，上来的人越来越多。前边有成队的战士做着刀舞，后边走着队列，大合唱最终的气势非常大。

〔被红军战士的激情和气氛所感染的想参军的男青年——平伢子、葛有根、何二牛、崔大叔、万阿全、熊春林和穿着长衫后来成了文书的李文化，最后是打着灯笼的小小的山伢子，都加入到队伍中跟着走着唱着。

〔合唱的尾声干净利落。

〔曾团长背着短枪上。

曾团长（男中音）：多么雄壮的队伍，多么英勇的战士。战士们集合！

〔红军战士们横排集合。

一营长：向右看！

〔战士向右看着排整齐，在第一排的尾部，加入进来了平伢子等急着要参军的青壮年，还有打着灯笼的小山伢子。

一营长：报数！

〔红军战士从右开始：一、二、三、四、五、六、七、八。

〔到了平伢子这儿，后边想当红军的青年们跟着报。

平伢子：九。

葛有根：十。

唐小牛：十一。

崔大叔：十二。

李文书：十三。

万阿全：十四。

熊春林：十五。

山伢子：十六。

曾团长：九到十六出列。

〔平伢子等八个人出列。

曾团长：农友同志们，告诉我，你们来自哪里？

农友（八重唱）：（《我们来自不同的地方》）

我们来自不同的地方，
我们穿着不同的衣裳。
有人穿着草鞋，
有人脚板光光。
有的穿了长衫，
有人肚里没粮。
我们有不同的身份，我们有共同的愿望。
我们要参加红军，改变世界，拿起刀枪。
我们被热血召唤，
我们被歌声唱响。
这里人人平等，
当官当兵穿得一样。
我们生而一世，
就是要实现梦想。
我们有不同的身份，我们有共同的愿望。
我们要参加红军，改造世界，拿起刀枪。

曾团长：欢迎！前边七名请到扩红队去报到。（走过来拉着山伢子）山伢子，你来，（山伢子不动）你过来撒……（山伢子过来）

小小的山伢子哎，现在你人还小，
拿枪拿不起，舞刀舞不赢。
等着你快快长哎，
长得个小伙子样，
那时当红军，
我带你上战场。
（众人笑）
山伢子，向后转，回家。

〔山伢子还是不动。受了伤拄着拐的一连长上来，抚着山伢子的头一起下。

曾团长：各连排分开练兵，解散！

众人全体：嘿！

〔众战士自由队形下场。

（音乐舒缓）

〔曾团长坐在马扎上在行军桌上看地图。

〔彭政委背着公文包，拿着一份《红色中华》报纸上。

彭政委：老曾。

曾团长：啊，彭政委，你回来了，有消息吗？

彭政委：命令下来了。（命令通讯员）通讯员，通知各连做好行军准备。

李小牛：是！

曾团长：真要走吗？

彭政委：《红色中华》已经登了一篇文章。

曾团长：怎么讲？

彭政委："放弃苏区或者说转移战线，是可以在马克思和列宁那里找到依据的……"

曾团长："打得赢就打，打不赢就走！"还用找什么依据，洋指挥讲话又在绕圈子了。（想了想）我们真要离开瑞金吗？

彭政委：是。

曾团长：我们怎么能离开瑞金？

革命的根据地，苏维埃的都城。

这里的山河已被热血染红。

我们怎么能离开，送衣送粮的农友，

离开扛起梭镖唱着战歌的英雄？

我们怎么能离开瑞金？

彭政委：谁也不愿离开，五次"围剿"后红军兵力损失过半……

曾团长：哼，那些所谓的"真正的布尔什维克"不顾中国实情，面对十倍的敌人还要打阵地战，还要到处攻城，一仗一仗打下来都是蛮干……

彭政委：毛委员失去了指挥权这个事情早晚要解决。

曾团长：老彭，面对家门口的五十万敌军，我们十几万人，怎么走？

彭政委：红二十四师和地方独立团以及全体重伤员成立了中央分局，总共一万六千人要留下阻击敌人。

曾团长：……一万六千人，（沉默之后）谁留下？

彭政委：名单就下来了。

〔正说着时，受了伤的一连长带着几个重伤兵拄拐挎胳膊地上来了。

〔洪大夫和杜娟医生也边劝边跟上。

一连长：我不能留下，我要跟着部队走，要死也要死在团队里……我不留下，我要走！

众伤兵：我们不留下，我们跟着红军走。

洪大夫：伤员同志们，请服从命令，留下来的不只是你们。

〔洪大夫这话一说出，彭政委和曾团长一下看着洪大夫，目光询问着。

曾团长：洪大姐，告诉我们还有谁？

〔战士们也听着。

洪大夫：留下的同志有项英、陈毅、贺昌、瞿秋白，还有何叔衡、刘伯坚和毛泽覃……这些同志都不走。战友们，瑞金是苏维埃的中心，走或留都是革命。回去吧，请服从命令……（看着彭政委，有话想说，但觉不是时机）

〔伤员不走。

〔此时，洪大夫像是对大家更像是对着自己的爱人宣布了。

洪大夫：是的……我也要留下……

〔这话一出，彭政委看着妻子不知说什么。

洪大夫、杜娟：（二重唱）我们将留下照顾伤员，我们不能离开那些受伤流血的战友……是的，我们不能与你们同行。

〔彭政委听着，一时不知说什么。

曾团长：洪大姐，你不能留下！（彭政委上前劝）不，不，不是彭政委一个人需要你，我们全团战士都需要你……

众战士：对，全团的战士需要你……

曾团长：我去跟上级反映。（说着要走）

彭政委：等一等，不要去，哪儿也不要去，我的好兄弟！转移不是去赴死，留下也不意味着牺牲，革命怎能不流血，神圣的职责是服从。红军只有冲破重围才有生路。战友们回去吧，都回去吧，不论是谁都要服从命令。

〔众人不愿走。

曾团长：（对伤员说）回去吧，服从命令，走吧，回去吧，都回去。

〔曾团长为了给彭政委和洪大夫留下两人的空间，带着众人下场。

〔台上只有彭政委和洪大夫。（音乐提示：夫妻战友爱的主题）

彭政委：我不知该说些什么，我的爱人。
在这样的时刻，我不知该说些什么……

洪大夫：又要分别……又要离开……
多少个夜晚，多少个白天……
战友般见面，夫妻样离别……

彭政委：我不知该说些什么，我的爱人。
在这样的时刻，我不知该说些什么……

洪大夫：爱人啊，我的爱人，
你想说的话已在我的心里，
什么也不要说，什么也不用说。
三月桃花开，是你带给我春天，
波峰浪涛涌，你让我经历了大海。
漆黑的夜晚，你是我的星空明月，
青春热血，你是我战场上的呐喊。
爱人啊，我的爱人，
你带给我不变的理想，对真理的呼唤，
你告诉我生命意义啊，高远的蓝天。
爱人啊，我的爱人，

离别不是永远，
分开还会再见。
你将是我攥紧的思念啊，
是我坚守的心不改。
我会在黎明的霞光中等你，
在秋夜的星河下盼你。
为了胜利的那一天，
让我们在各自的战场拼搏，战斗，
向着未来，云破天开。

洪大夫/彭政委：（二重唱。注：如觉得长也可从“你将是我攥紧的……”开始）
爱人啊，我的爱人，
你带给我不变的理想，对真理的呼唤，
你告诉我生命意义啊，高远的蓝天。
爱人啊，我的爱人，
离别不是永远，
分开还会再见。
你将是我攥紧的思念啊，
使我坚守的心不改。
我会在黎明的霞光中等你，
在秋夜的星河下盼你。
为了胜利的那一天，
让我们在各自的战场拼搏，战斗，
向着未来，云破天开。
〔两人告别，天黑。
〔集合号响了，此起彼伏，两人握手。

彭政委：保重！

洪大夫：保重，我的爱人！（拥抱）

彭政委：我会回来！

洪大夫：我们一定会相见！

〔在集合的号声中，红军战士及拿着食物、用品的老百姓从台下、台左、台右涌上来，集合。

〔集合音乐中，旗帜飞扬。

〔长征的队伍整装待发了。

大合唱：（《我们终将得胜利，红军一定会回来》。合唱时那些集中起来的战士及老百姓，先是半声地弱起，但是坚定。之后声音或是衬底，或越来越壮大）

军号吹响，夜幕降临。

背起行装，告别瑞金。

红军战士，集合三军。

不达胜利，绝不甘心！

（在上一段反复作衬底中，男高音出）

红军战士刘歌（领唱）：不怕山川险啊，

不怕路途艰。

革命的心不死啊，

革命的意志坚！

大合唱：（全部放声）

军号吹响，夜幕降临。

背起行装，告别瑞金。

红军战士，集合三军。

不达胜利，绝不甘心！

老百姓莲嫂（领唱）：山河等你来啊，

山歌等你听。

红军哥哥你回来啊，

我们在山上迎。

大合唱：（全部放声）

军号吹响，夜幕降临。

背起行装，告别瑞金。

红军战士，集合三军。

不达胜利，绝不甘心！

我们终将得胜利，红军一定会回来！

我们终将得胜利，红军一定会回来！

〔幕落。

第二幕　湘　江

第一场

〔清晨山坡上，战火硝烟。

〔后边山坡上的战士们在构筑工事，前边的炮车被人们拉着往阵地上去。

〔远处的炮声和近处在阵地上炸开炮弹。

一营长：两天了，战士们日夜守卫着阵地，敌人的飞机、大炮轮番轰炸。阵地被敌人攻破，我们再夺回来，红军战士用自己的血肉之躯，阻挡着数倍的敌人，没有后退，没有后退！

〔话音刚落，天上飞机来轰炸。

一营长：全体隐蔽！

〔众战士奔跑着隐蔽时，飞机轮番地轰炸。有战士当场牺牲，一时战火弥漫。

〔军团长拿着电报急上。有参谋跟随着在记录他的命令，（两位）司号员在山坡上等着发命令。

军团长：速令十四团、十五团相互掩护，退出第一道防线，收缩到第二道防线。

参谋长：军长，我们不能退。

军团长：听命令！

（山坡上的号手吹号传令）

军团长：牺牲的战士太多了，我们要集中有限的兵力，挡住敌人。告诉全军战士，军革委一纵队就要渡江了，我们没有退路，就是拼到最后一人最后一弹，也要守住阵地一天。

(山坡上号手再次吹号)

〔轰！炮火打来，军团长身边硝烟，硝烟中军团长依然从容地站着。

通讯员：报告，十四团政委重伤，两个营长牺牲，十五团减员五百人。请求支援。

军团长：跟他们说没有指挥员了！

参谋长（名字胡震）：报告军长，我去！

军团长：（看着不舍）参谋长，敌人十倍于我，枪林弹雨，也许你到不了阵地就会倒下。

参谋长：我若牺牲，请再派另外的战友上，绝不能让阵地失守。敬礼，一切为了苏维埃！

军团长：一切为了苏维埃！参谋长，我要看你活着回来！

〔参谋长说完带着两个人冲进枪林弹雨。

〔军团长转身看着地图。

〔又一个通讯员上。

通讯员：军革委来电，命我部无论如何再坚持到明天夜里。

军团长：明天夜里，是明天夜里吗？

通讯员：是。

军团长：回电，红军战士人在阵地在，请军革委尽快渡江。

〔轰！炮火。

〔此时，看到参谋长刚爬到天幕前的山坡上。一排枪弹打过来，当即把三人打死在山坡上。

〔音乐。

军团长：一个一个的勇士倒下去，一个一个的战友死去……参谋长啊，我十年的生死战友，刚还在这里生龙活虎地请战，转眼就牺牲在阵地上……

岳　忠：军长，五师参谋岳忠请命。

军团长：岳忠，我任命你再上平头岭，一定要守住阵地。

岳忠：誓死捍卫红军的荣誉。

〔岳忠说完又冲了上去。

〔曾团长、彭政委被敌人强烈的火力打下山坡。

〔背伤员的战士被炸死，曾团长冲上去架起伤员。

曾团长：热血！

彭政委：热血！

曾团长：前边的倒下去，后边的冲向前！

彭政委：十倍于我的敌人，一浪一浪扑过来！

曾团长：一道防守挡不住了，退到二道拼死抵住，敌人妄图把十万红军，全歼在湘江东岸。

彭政委：飞机、大炮、滚滚的人潮，英勇的战士们啊英勇向前。

通讯员（读着通报）：五团政委在肉搏中牺牲，二十四师及六师二团被切断，八军团一万六千人被打散……五军团失去联络……三十四师官兵全军覆没！

曾团长：战士们，敌人上来了，举起你们的大刀，握紧你们的梭镖，用我们的血肉发起反冲锋，一定要把敌人打下去！

〔所有的战士从战壕中冲了出来，向着敌人冲下去。

〔曾团长向前冲时，一枪打在腿上，身子向前，单腿跪地。

〔彭政委冲上来，架着曾团长站起来。

彭政委/曾团长：战士们，不要停下脚步，“高举起胜利的旗帜，向着火线上冲啊”！

军团长（站在高处）：“不为胜利者，即为失败者。”湘江在身后，生路在前方。杀敌！

〔阵地上，一时刺刀、梭镖、砍刀把敌人打了下去。

〔音乐。

〔彭政委扶着曾团长下，在战火中前进。

〔硝烟中，红军举着各团的旗帜往前冲。

〔满台硝烟的胜利退敌中转场。

〔转场后的时间是红军主力渡过湘江后的某一夜。

〔音乐：战后，夜晚的音乐。

第二场

〔黑暗的丛林山坡上，一片战后的情形，连续作战的战士们在山坡上睡着了，有个别伤员在包扎伤口。

〔嘀嘀嗒嗒的电报声。

〔通讯员读通报的声音从后边传来。

通讯员：……经过湘江战役，红五师缩编为团，红十五师撤销番号，红八军团撤销番号……红十五师改为独立团，少共国际师撤销合并……

〔夜的音乐。

〔彭政委拄着一根木棍来看战士，老班长在他身后打着火把跟着。

〔彭政委接过火把辨认着那些熟睡着活下来的战士的面容。

〔所有的战士脸上身上粘着硝烟和血迹，熟睡着。

彭政委：（《寒夜中》）

燃烧的火把，照着铁一样的面庞。
枪在怀里，发出寒夜的光。

战士们啊，雄狮般怒吼着的战士啊！
你们的血染红了湘江，
你们的呐喊捍卫了理想。

没有退却，迎着弹雨上。
拼着热血，击退了死亡。
坚持啊，在那最后的一刻，
红军的荣誉带着勇士的光芒，

渡过湘江，渡过湘江。

我们怀揣雄心，

我们无比坚强。

红军没有打散，红军渡过湘江。

胜利的呼唤，

破灭了敌人的妄想。

燃烧的火把，照着铁一样的面庞。

枪在怀里，发出寒夜的光。

睡一会儿吧，战友们，

让我们再次地聚集起力量，迎接明天新鲜的太阳。

〔彭政委在火堆旁坐下，准备写信。

〔正在站岗的李文化突然断喝。

李文化：谁！站住！

〔李文化一个跪射，砰的一枪。

〔休息的战士听见枪响，从睡梦中惊起。

男声领唱合唱：（《梦中杀敌》）

平伢子：杀敌！

众战士：杀敌！杀敌！

平伢子：（奔跑着高喊）杀敌！

众战士：杀敌！！杀敌！！！

平伢子：迎着炮火杀敌！

众战士：迎着炮火我们杀敌！

平伢子：枪弹在耳边，我们杀敌！

众战士：枪弹在耳边，我们杀敌！

平伢子：滚滚湘江看着我们杀敌，

一个人像十个人样地杀敌。

我的心啊，被敌人的凶残扯破；

我的心啊，为热血的迸发飞扬。

战友在身边倒下，

他不死的灵魂呼喊着跟随我们杀敌！啊杀敌！

众战士：杀敌，杀敌，杀敌！（有人坐着又睡去了）

平伢子：战友在身边倒下了！

来不及掩埋啊，唯有战斗，杀敌！

众战士：杀敌！

平伢子：杀敌！

众战士：杀敌，杀敌……

〔战士们唱过后又像是回到了睡梦中。

众战士：杀敌，杀敌，杀……敌，杀……敌。

〔彭政委上前拖住还在梦魇中的平伢子。

彭政委：平伢子，战役结束了，睡吧，睡吧。

众战士：杀敌……杀敌……

〔彭政委扶着平伢子倒地又睡了。

〔曾团长拄着拐从相反的台口上。

曾团长：老彭，什么情况？

彭政委：平伢子梦里还吵着杀敌。

曾团长：都打红了眼。

李文化：报告团长！

曾团长：什么事？

李文化：刚才有人脱队。

曾团长：你开的枪？

李文化：没打中。

曾团长：（有点无奈，也有情绪）不要打，不要打啊，要走的留不住，要留的打不走。不要打，随他去吧。

彭政委：滚滚江水荡泥沙，留下的都是金子。

曾团长：（对李文化）你去站岗吧。（李文化下）

彭政委：老曾，伤口怎么样？

曾团长：皮肉伤，不要紧的。

彭政委：来吧，让我扶你到火边坐坐，暖暖身子。

〔曾团长与彭政委坐在篝火边。

彭政委：老曾，这是从你身上取出的第几颗子弹？

曾团长：在我身上，取出过三颗子弹。

1911 年与清王朝的最后一战；

1916 年参加了护国军打倒袁世凯；

参加红军几十仗，从来没有受过伤；

湘江这一战，打得真窝囊，腿上中了弹。

彭政委：你身上的伤口，就是一部近代史。

曾团长：看着战士们一个一个倒下去，

我恨不得冲锋死在战场。

老彭啊老彭，离开瑞金五十天，

战士们都在问，我们这是要到哪儿去？

我们究竟要到哪儿去？！

（这话问到战士们的心里了，都醒了，围了过来）

来吧，你们也过来听听。

战士们：政委，请告诉我们，红军要到哪里去？

彭政委：战友们，来，坐过来，坐过来，大家坐过来。我先问你们，为什么要当红军？

老班长：我赞成红军的思想。

彭政委：什么思想？

老班长：标语上写过，“实行耕者有其田”。我劳苦了一辈子，没有一分田，也没有家。我愿意为这句话奋斗。

彭政委：老班长为了有个家而奋斗，理由蛮充分。平伢子，仗打败了，你为什么不走？

平伢子：我是个孤儿，生下来就没有受到过尊重，更不懂得人人要平等。红军待我像亲人，我死也不会走。

彭政委：连根你呢？

李连根：我要为爹妈报仇。

李文化：我说一句，我看过《共产党宣言》，来时把家产都分给了穷人，
我不想再看到剥削，我会为实现理想至死不屈。

彭政委：你有崇高的理想。

李小牛：我既然来了就不会走，我是一个忠臣。

方大福：我不是贪生怕死的人。我既然参加了革命，就要革命到底。

曾团长：你们说得都好，但不要忘了大义，我们当红军是在为无产阶级求解放。

彭政委：共产主义，那就是我们的目标，
是我们要去的地方，是我们的方向。
那是黑夜的明灯啊，我们誓死要捍卫的理想。
哪怕在路上，哪怕风雨狂。
今天倒下了，明天站起来。
只要心不死，只有志还在。
向着共产主义，一往无前。

老班长：砍头算什么，我们心不改。

平伢子：砍头算什么，我们心不改。

李文化/李小牛/江大福/李有根：砍头算什么，我们心不改。

六重唱：今天倒下了，明天站起来。
只要心不死，只要志还在。
向着胜利，一往无前。

大合唱：砍头算什么，我们心不改。
今天倒下了，明天站起来。
只要心不死，只要志还在。
向着胜利，一往无前！

〔太阳升起。（注：饱满的合唱情绪中，第二幕结束）

〔幕落。

第三幕　遵　义

〔黑夜。

〔遵义城的商业街那种有木板铺面房的石板街。

〔小商人刘平权手持一盏很暗的灯笼上，边走边唱。

刘平权（男高音）：（《人生在世》）

人生在世，如暗夜行啊，

只一个愿望，盼着天明，

幕后帮腔：走啊，走啊走。

当农民苦，做商人难，

伤春悲秋总是不安。

幕后帮腔：走啊，走啊走。

盘了个铺子，刚挣下钱，

乒了乓啷仗打起来。

幕后帮腔：跑啊，跑啊跑。

跑出家门，又回来看，

一生心血怎舍得就这样完。

〔“完”字刚出，小商人刘平权一脚踩在了平伢子的身上。

平伢子：哎，哪个？

〔一叫“哪个”，哗地他旁边的战友也惊坐了起来，要在红军战士的合唱中依次醒来加入合唱。

男声合唱：（诙谐的）（《哪个，哪个，哪个》）

哪个哪个哪个，你是哪个？

拉起枪栓问话，

你是哪个？

半夜一声断喝，

快说你是哪个！

哪个哪个哪个，你是哪个？

是敌是友莫要乱扯。

快说你是哪个，

哪个哪个哪个，你是哪个？快说。

哪个哪个哪个，你是哪个？

举起枪来问话。

你是哪个？

半夜一声断喝，

快说你是哪个！

哪个哪个哪个，你是哪个？

不说就要开枪，

快说你是哪个，

哪个哪个哪个，你是哪个？快说。

（在这些语句中，能反复成一首诙谐的男声合唱。作曲家可以敞开写，语句若少可以后加）

〔这此起彼伏的一问接一问，一下街上一大片红军都醒了。

〔街上门面的灯也亮了。

刘平权：报告老总，我是小商人刘平权，三更夜半，放心不下回家转。

平伢子：对不起，惊扰了。

刘平权：啊！不敢不敢，（白）是我不敬搅了老总困觉。（一下明白了）哎！你……你们啷个困在街上。哎！你们是哪家的部队，啷个要困到街上？

众战士：红军，我们是红军。嘘，小声，不要惊扰大家睡觉。

刘平权：红……军，你们就是杀人不眨眼的红……军？

老班长：看着像吗？

刘平权：哪儿有这样的军队夜里困在街上，

哪儿有这样的军队进城悄无声响。

露水下来了，石板阴凉，

穿着单衣，怀抱钢枪……（白）真的是枪哎。

哪儿有这样的军队啊，

哪儿有这样的老总啊，

除非是仁义之师从天降。

平伢子：我们有纪律不能进铺面，不拿群众一针一线。

刘平权：这个样子撒！

乡亲们，都起来，快起来撒！（去拍门）

红军来了，快开门撒！

他们困在街上，不进铺面，

不随地解手，无事不进民宅。

红军真仁义，生意要做起。

〔舞台灯大亮，马上转换到了白天的景象。

〔欢快的街市交易。

〔铺面大开，商贩们推车担担纷纷在街上，红军战士三人、五人、二人一伙，边走着边花钱买东西。

百姓：腊肉三毛九，

腌菜两毛八。

手巾要价五毛五啊，

套鞋穿上顶呱呱。

红军来了好交易，

手中的光洋为你花。

刘平权：听说每个战士发了三块光洋，

遵义城生意从来没有做得这样响。

零头不要了，零头不要了。拿去，拿去，拿去撒。

〔红军战士们休息着，在街上或坐或站地看着街景。

（所有百姓与红军战士加入的《集市大合唱》）

这里是热闹的集市，

古老的交易在这里延续，

一些货物从外边进来，
四方的人流各取所需。

有一种事物叫货币，
公平的交易它来代替，
有的人有钱，有的人有物，
他们互换，为了生计。

这儿有你梦中的店铺，
也可以看到各样的人物。（那种杂耍艺人、风尘女子路过）
在这儿买卖公平要诚信，
否则抓住了会打你一顿。

啊集市，与人类相伴的古老集市，
人们在这里交易，交际，
哎，那些诱人的物品，要摆放整齐。

啊集市，与人类相伴的古老集市，
有一种东西也在交易，
那就是生活中做人的道理。

〔平伢子边扫着地边唱着从刘平权小铺出来。

平伢子：平权大叔，地扫干净了，还有什么事要做，你讲话撒。

刘平权：休息，休息，休息撒，吃茶撒。

众百姓：来，来来，请吃茶，请吃茶，请吃茶。红军来了公平交易，买东西花钱，仁义之师。

〔正热闹着，一队儿童打着三角旗，跟在一个《打倒军阀》的活报剧演出队后边，扮演军阀的演员戴着高帽游街，边行边唱。

童声合唱：（《我们是工农》）

我们是工农，工农一条心，

拿起枪，当红军。

团结向前进。

打倒列强，打倒列强，除军阀，除军阀。

革命一定成功，革命一定成功，

齐欢唱，齐欢唱。

我们是工农，工农一条心，

拿起枪，当红军。

团结向前进。

〔儿童队伍过去。

〔一队拿着篮球走过的贵州中学生与红军战士边传着球，边跑过去。

〔曾团长带着各营文书热热闹闹上来了。

〔后边是中央红军宣传队的女兵们。

曾团长：欢迎宣传队来做写标语比赛。

全团战士：欢迎宣传队来比赛！

曾团长：李文化！

李文化：到！

曾团长：不要怯场。

李文化：我不怯场，可她是个女的……

曾团长：女的又如何？

全体战士：输了不好看，胜了本应当。

女声合唱：（宣传队、卫生队、家属连的有老有少的红军女战士）

嘿！革命同志你听好，

参加红军有一条，

男女要平等，妇女求解放，

你要认输就退场啊，是男是女没主张。

〔众女兵往上逼近，李文化躲。

万　霞：（宣传队女文书，大大方方地走了出来）

前方的同志，问声好！

我先主动做介绍。

我的名字叫万霞。

（吟）万水千山的万，天上云霞的霞。

请问同志你大名？

众女声：她的名字叫万霞，请问同志你大名？

李文化：（被政委推一把回答）李文化……

众女声：李文化，有文化，

红军的种子靠你撒。

不管红军走到哪，

标语写满墙，搭起列宁房。

革命理想靠宣讲，

今天我们摆战场，

输赢不必太慌张。

曾团长：李文化，宁可打死，不能吓死！为全团增光，为全团争气！

平伢子/老班长/一大群一团战士：为全团争光，为全团争气！

〔众男战士往前顶，对方女兵也往前顶。

李文化：叫万霞，你听好，

我肚里文字绝不少。

参加革命一百天，

思想改变走在前，

原本不想下赛场，

怕你输了会乱想。

万　霞：小看人，我万霞让你先写。

〔平伢子一下把白灰桶、大毛笔提过来了。

平伢子：不要打嘴仗了，你写给她看撒！

〔李文化接过笔，在一面墙上写标语，他写一个字众人读一个字。

〔李文化写“红”。

众人：红。

〔李文化写“军”。

众人：军。

〔李文化写“不”。

众人：不拿群众东西。

曾团长：大实话，写得好，写得好。

全团战士：李文化写得好，老实话不能少。

群众：写得好，写得好，老实话不能少。

曾团长：万霞同志该你了。

全团战士：万霞同志要看你，写出标语比一比。

万　霞：比就比。

〔刚唱完，众女兵把一长架凳抬了上来。

〔万霞上了架子，手拿笔。

万霞（唱）：（《我要书写满天的红云》）

这是一面古老的墙，
斑驳的痕迹写着沧桑，
我要用文字来覆盖，
天下的不公和迫害。

这是一面古老的墙，
斑驳的痕迹写着彷徨，
我要用鲜血来覆盖，
千年的垂暮与尘埃。

为了新的梦想，
为了不灭的志向，
让抹不去的誓言做证，

红军的精神万丈光芒。

〔万霞唱罢，大笔一挥写出——红军为天下劳苦人民求解放。

〔全体鼓掌，欢呼大合唱。

大合唱：红军为天下人民求解放，

红军为中华民族更富强，

红军改变旧社会，

红军的旗帜向太阳。

(反复)

〔所有的人拥着万霞，唱着，绕场一周。

〔李文化一个人在最后还是服气地跟着赞美地合唱，全体下台了。

〔台上只留下了曾团长最后一个人，高兴地送走这些人。

〔天黑了下来。

〔曾团长看着柏公馆，那儿的灯还在亮着。

(与本幕前边欢快的调子不同，此时的音乐有转变，现出了那种隐隐的不安和等待)

曾团长：(自语) 已经三天了，中央还在开会，不知道有什么决议。

〔团长坐下自己打草鞋。

〔军团长和彭政委拎着酒壶上。

彭政委：啊，老曾，手里的活儿放下，来来来……(平伢子把小桌搬了过来)

曾团长：哎，军长，你手里拎的什么？

军团长：茅台酒。

曾团长：啊，太阳从西边出来了，军长要请我喝酒。

军团长：平日不让你喝，今天请你喝。

曾团长：有什么高兴事吗？

军团长：坐下说。

曾团长：好好好，就是你们不说，我也能猜中。

军团长：(倒酒) 好啊，说说看。

曾团长：中央决议要在遵义建立新的革命根据地！

军团长：这个想法原来有，现在被否决了。敌人已调动四十万军队向我们围过来了，我们的决策是迅速北上，从川东过长江，与红四方面军会合。

曾团长：为了这个喝酒吗？好像有点勉强。

彭政委：会议还总结了五次反“围剿”以来的得失。

曾团长：啊！怎么讲？

军团长：朱老总讲的是“有什么本钱打什么仗，没有本钱打什么洋仗”。

曾团长：讲得好，一语中的。

彭政委：毛委员做了两个小时的发言，讲了《中国革命战争的战略问题》。根据中国革命的军情、国情，批评了那些“真正布尔什维克”的教条主义。

曾团长：这个发言好，代表了我们前线战士的心声。

军团长：会议最后补选毛泽东为中央政治局常委。

彭政委：毛泽东、周恩来、王稼祥成为新的军事指挥三人组，红军有了主心骨。

曾团长：啊，毛委员当选了，这真是天大的好消息。南昌起义后，朱、毛两位领导从井冈山的几百人，到瑞金有了十几万人，那时是仗越打人越多，这样的选举我信服！

军团长：快来吧，把酒倒上。

〔彭政委给军团长、曾团长倒酒。

曾团长：离开瑞金一百天，冲破了四道封锁线，红军没有散。

彭政委：从江西到贵州，走过了多少大河山，遵义转折点。

军团长：等到胜利回头看，所有的弯路都有意义，都是必然。

军团长/彭政委/曾团长（三重唱）：

我们牺牲了多少战士，
我们走过了多少河山。
等到胜利的一天回头看，
所有的弯路都有意义，都是必然。

〔军团长此时举杯邀请四周的战士们。

军团长：来吧，红军战士们，举起杯来。

军团长/彭政委/曾团长：来吧，记住遵义这个城市，记住红军危难关头迎来了新的转折点。战士们干杯！

全体：干杯！

〔所有人干杯。

〔幕落。

第四幕　泸定桥

〔红一团从安顺到泸定奔袭的路上。左岸红军战士手持火把，轻装奔袭。

〔右岸可以看到国民党部队也在疾行。

红军战士大合唱：（《奔袭之歌》）

山路险，风雨急，
一天两百四十里。
山路险，风雨急，
奔袭的脚步不停息。
向前，向前，再向前，
对岸敌人拖成泥。
向前，向前，再向前，
铁打的红军不倒的旗。
喝雨水，嚼生米，
热血沸腾如霹雳。
向前，向前，再向前，
革命精神战无敌。
山路险，风雨急，
脚下生风两百四十里。
山路险，风雨急，

革命的精神战无敌。

〔注：紧接下段的咏叹调，后边的场景可动，最后有泸定桥战火的场景。

彭政委：（《啊，我用命的战士！啊，这不败的精神！》）

啊，我用命的战士！
啊，这不败的精神！
快一点啊，再快，再快一点。
从来没有看到过这样的燃烧，
从来没有看到过这样的锻造。
被不断敲打的意志啊，
淬火的双脚都是钢。

从安顺场到泸定桥，
从石达开到红军，
百年前被杀的三万铁骑啊，
请你们今天张开眼，
看一看我们红军战士，
是怎样不惧艰险，奔向前。
山路崎岖跨过去，
滔滔的江水渡过去。（舞台上表现战士们渡桥，我方的火力压住敌人）
滚烫的铁索冲向前，
枪林弹雨何所惧。
（此时正好冲过桥，敌人把桥头堡烧成了火海）
战士们莫要怕，冲过去就是胜利！
战士们莫要怕，冲过去就是胜利！！
〔砰的一颗子弹打在彭政委的肩膀上。
〔彭政委就要倒时，撑住。
冲过去，冲过去就是胜利！

〔桥对面战士们冲破燃烧的火障而过，红旗占领桥头堡。

〔这边战士夹着木板冲上桥，大部队过。

〔彭政委撑着不倒。

平伢子：政委受伤了！团长，政委受伤了！

〔满身硝烟的曾团长赶过来。

曾团长：担架！

〔担架炮火中冲出来。

平伢子：政委！

彭政委：……我不要人抬，我一定要自己走过去，在这样的时刻，我要与全团的战士一起在这滔滔的大河上走过去……（咏叹调的高潮，在此结）

〔泸定桥夺下。

曾团长：欢呼吧，红军胜利了！

曾团长/彭政委：歌唱吧，红军胜利了！

（《波涛大合唱》）

波涛啊，你在我们的脚下，
波涛啊，你在我们的脚下。
滚滚的波涛啊，
翻滚着白浪的波涛啊，
流淌着呐喊和鲜血的波涛啊，
你在我们的脚下，你在我们的脚下。
你在红军战士的脚下，
你在理想和意志的脚下，
波涛啊，万面鼓声中的波涛啊，
你在我们的脚下，为我们的胜利欢呼吧！
为我们的理想欢呼歌唱！歌唱欢呼！

〔本幕在音乐与舞台的大场面调动中，有力结束。

〔幕落。

第五幕　雪山草地

第一场　雪　山

〔雪山脚下。

〔以藏胞向导组成的一队人，齐声唱着弦子，跳着弦子舞。（质朴而原始的音乐和舞蹈）

〔他们用边歌边舞的方式，介绍着雪山的状况和过雪山要注意的事项。

〔宣传队的战士们跟着跳着，学着。

藏胞（弦子合唱歌舞）：

大地上的神山啊，
伟岸的身姿，
庄重的容颜。
心如冰样的清净，
高傲是他的神态。
雄鹰在腰间盘旋，
祥云围绕在身边。
倘若你要接近他，
请一定要顶礼膜拜，
扎西德勒，扎西德勒。
说话不要高声，
衣裳一定要穿暖。

远远看见的神山啊，
晨昏的脾气有些古怪。

发起怒来雪崩四散，
会把一切来掩埋。
只有正午的太阳亲近时，
他的笑容变得和善，
会向人们发出祝福，
为美好的愿望敞开襟怀。
请怀揣一颗敬畏的心吧，
扎西德勒，扎西德勒。
愿你们一步步走向前，
翻过神山，翻过神山。

大合唱：请像我一样表达敬畏之心吧，
扎西德勒，扎西德勒。
愿你们一步步走向前，
翻过神山，翻过神山。

〔布景一下转到雪山，大雪飘飞，茫茫一片。
〔成队的人，能披的能穿的都披在身上了。
〔一群一群的人打着军团的旗、团队的旗走过。
〔老班长带着平伢子等，在大锅旁给人发着辣椒水。

大合唱：（《雪啊，雪》，无词哼鸣加领唱）
合唱：嗯，嗯嗯……嗯，嗯嗯……
嗯嗯，嗯嗯，嗯嗯，嗯……嗯嗯，嗯嗯嗯，嗯嗯嗯……
嗯，嗯嗯……嗯，嗯嗯……
嗯嗯，嗯嗯，嗯嗯，嗯……嗯嗯，嗯嗯嗯，嗯嗯嗯……
万　霞：雪啊雪，天上的白云，
化成花朵的雪。

雪啊雪，南方战士第一次见到，
美丽而冰冷的雪。

雪啊雪，终将被热血融化，
变成水滴滋润大地的雪。

雪啊雪，飘飞着要熄灭火焰，
却被火焰熄灭的雪。

请你收起寒冷，让衣单的战士，
经受你冰冷的考验吧。
请留下你吉祥的图案，
让饥渴的战士，得到你的平安祝愿吧。

雪啊雪，白色的雪，寒冷的雪。
雪啊雪，无声的雪，苍茫的雪。
雪啊雪，雪啊雪。

〔红军战士在艰难地行进着。

〔有人滑下山坡，无影无踪了。

曾团长：小牛！当心，快拉住黑马尾巴，拉住马尾巴！

〔小牛被大黑马从山崖下拉了上来。

〔一个满身雪白的战士走着停下来了。

一营长：不要停下，战士们伸出手来，手拉手，向前进。

曾团长：不要停下来，停下来就是死亡。走，走啊。

一营长：伸出手来，手拉手，向前进。

〔彭政委拄着棍在艰难地行进着。

老班长：团长，彭政委在发着高烧……

〔曾团长把身上的毯子解下来。

曾团长：来，老彭，不要逞强了，躺在毯子上，我们抬你走。

彭政委：不用，我可以走。

曾团长：你在发烧。

彭政委：那些冰冷的雪花正把我身上的热度带走。会好的，走，我们走。

〔曾团长拉住他的手。

曾团长：你身上烫得像烧红了的铁。

彭政委：是啊，我听到了雪花落在上面滋滋熄灭的声音。走，走吧……

〔正唱着，差点摔倒。曾团长拉住他。

曾团长：来吧，拉住我的手，让我们携手前行。战士们，让我们大家携手前行。

〔众战士拉起手来走着，上很高的山顶。

(反复刚才唱的无词的哼鸣段落)

大合唱：嗯，嗯嗯……嗯，嗯嗯……

嗯嗯，嗯嗯，嗯嗯，嗯……嗯嗯，嗯嗯嗯，嗯嗯嗯……

嗯，嗯嗯……嗯，嗯嗯……

嗯嗯，嗯嗯，嗯嗯，嗯…… 嗯嗯，嗯嗯嗯，嗯嗯嗯……

〔红军战士坚持走着。音乐越来越壮烈。

〔平伢子的灵动、快活的音乐出。

〔平伢子从山顶上跑了下来。

平伢子：战友们，好消息！四方军的战友们，整整一个师，在山下迎接我们了，红军壮大了！

〔听到这个消息，战友们一下把手中的棍子啊、帽子啊扔向了天空。

〔有的战士高兴地从山顶往下滑着。一片欢腾。

曾团长：老彭，什么也挡不住红军，我们翻过雪山了。

彭政委：海拔四千二百六十米，零下三十度，我们这些没有棉衣的战士翻过雪山了。

曾团长：敌人永远想不到，这些从没有见过雪的部队会走这样的一条艰难之路。让我们为胜利骄傲，为翻过雪山自豪！

〔所有战士在雪地上欢呼着。

（注：无词大合唱变为欢乐的曲调）

欢乐无词大合唱：嗯，嗯嗯……嗯，嗯嗯……

嗯嗯，嗯嗯，嗯嗯，嗯…… 嗯嗯，嗯嗯嗯，嗯嗯嗯……

嗯，嗯嗯……嗯，嗯嗯……

嗯嗯，嗯嗯，嗯嗯，嗯……嗯嗯，嗯嗯嗯，嗯嗯嗯……

〔很多战士从雪山上滑了下来。

〔飞快转景。

第二场

〔过草地前，在诺尔盖高原上那种晴朗的天气。

〔远处的草地上开满了各种各样的野花。如果是和平年代，那是一幅美好的图画。

〔在临时草棚的外边，音乐平缓而日常着。

〔老班长正在烧着灶。

〔平伢子在一旁学文化。

平伢子：草，青草，青草。地，土地，土地……

老班长：平伢子，去搞点野山椒。战友们没有辣子吃不下饭。

〔平伢子不说话依旧看着识字课本，从怀里拿出来一把山椒递给了老班长。

平伢子：尝尝辣不辣。

老班长：啊，好辣。

平伢子："辣"字怎么写？

老班长：我怎么会写，我要是年轻，也要学文化。多采些来啊，有了辣子过草地可以防寒治感冒。

〔平伢子无奈要走。

〔李文化扶着彭政委出来晒太阳。

李文化：平伢子，找一个坐的地方。

〔老班长马上搬着身下的树墩过去了。

老班长：老彭，还在发烧吗？

李文化：烧得不轻呢，医院没有药。

彭政委：啊，好多了……今天太阳真好！平伢子，你们与四方面军的战士们开了联欢会吧？

平伢子：我们还相互送了礼物，演了节目。红军真的壮大了。

彭政委：你们表演了什么？

平伢子：报告政委，你还记得吧，我们同一天参加红军的战友七个人，四个已经牺牲了…… 我们三个人代表死难的烈士唱了一首家乡的山歌。

彭政委：好啊，我也想听听。

平伢子：唱不好。

彭政委：唱来听吧。

〔先是平伢子平实的小声的半声的领唱，之后三重唱的山歌。

平伢子：哎呀嘞哎，
打支山歌过横排，
横排路上石崖崖。
盘了几多石子路哎，
不知走烂几多红军啰鞋。

三重唱：哎呀嘞哎，
打支山歌过石崖，
山歌打过红花开。
盘过几多石子路哎，
一轮红日就升起哩个来。
（三重唱从头反复）

〔唱罢。

彭政委：（深情）多么亲切的歌曲，多么亲切的家乡。转眼间，离开瑞金二百六十天，打了多少仗，过了多少山。啊，战友们啊，请记住，你们三个人再也不能掉队，要坚持到革命胜利的那一天，把家乡的山歌唱给全中国人民听。

三人：是！

老班长：政委，你的伤……

彭政委：放心吧，我不会掉队。

〔曾团长跟着军团长和一些士兵上。

军团长：老彭，你的伤怎么样？（两人握手）

彭政委：不要紧。

军团长：啊，我们的英雄，红军为你骄傲，同志们为你自豪。就要过草地了，你的伤一直没有好，听说还在加重？

彭政委：报告军长，没有问题。

军团长：不要逞强，革命不是一天两天的事情。啊，我还想问问……洪医生有没有消息？

彭政委：没有，离开瑞金后再没有消息。

军团长：瑞金的战友们都被打散了，有的牺牲了，有的还活着……我们一起等待好消息。中央会千方百计地找活下来的同志。

彭政委：有了消息请告诉我。

军团长：一切都会好的，都会好的。老彭，革命需要你，就要过草地了，我们会安排同志留下来照顾你。一切会好的，都会好的。

彭政委：军长，我不能留下。

曾团长：我们会照顾好老彭。

众战士：我们会照顾好政委。

军团长：这些我知道，但你的烧一直没退。

彭政委：会好的。

众战士：我们一定会照顾好政委，请您放心吧，请放心。

彭政委：军长，我离不开这些生死与共的战士们。

众战士：军长，军长……

军团长：（犹豫了一下）好吧，这么多的士兵都离不开你，坚强的战士，那我们做个约定，三天，三天后你的烧退了，就跟着部队走。（说完军团长站起来边走边唱）如果三天烧没有退，那就留下，我要对你的生命负责，这是命令。

彭政委/曾团长：我们服从。

所有的红军战士：（也都跟着敬礼）服从命令。

〔军团长说完走了。战士们跟着下场了。

〔台上的彭政委、曾团长、平伢子、老班长、李文化，在有点伤感的音乐中沉默着。

彭政委：三天……

曾团长：三天……

老班长：伤口还在化脓。

曾团长：伤口还在化脓。

平伢子：想想办法啊，只有三天。

〔音乐，有点离别的伤感。突然——

彭政委：老曾，有酒吗？

曾团长：这时候你要喝酒？

老班长：我这儿还有。

〔老班长把大半瓶酒递了过来。

曾团长：也好，要分别了，我们喝一杯。

〔彭政委没听他的，接过酒，打开了自己喝了一大口。

彭政委：啊，这酒真烈。平伢子，你们过来，来，请扳住我的身体。来呀，战友们。老班长把你的尖刀烧一下，老曾你有经验，来吧，把我肩上化脓伤口中的子弹剜出来，不管我怎样喊叫也不要停手。来吧！来吧！

曾团长：不行，老彭，我们该去找医生。

彭政委：伤员太多，他们顾不上了。动手吧。

李文化：我去找药。

彭政委：这就是药。（说着又喝了一口白酒）动手。

平伢子：我……我怕见血……

彭政委：打了那么多仗你什么时候怕过血？来啊，剜吧！

〔彭政委背过身去。

〔曾团长拿着刀。

曾团长：（《最痛莫如痛彻骨》）

伤口，

敌人的子弹击中的伤口，

热汗和雨水冲刷过的伤口，

夹金山的冰雪冻结了的伤口，

我们枪林弹雨中共有一命战友的伤口。

彭政委：来吧，来吧，快动手，把敌人的子弹剜出去。

曾团长：最痛莫若痛彻骨，最痛莫若痛彻骨啊，

我的同志，我的兄弟，

要痛你就喊一声。

老班长：要痛你就喊一声。

李文书/平伢子：要痛你就喊一声，喊一声啊，

喊吧，喊一声！

曾团长：喊吧，像战场上杀敌样地呐喊吧，

为理想发出誓言般的高喊吧。

喊出你的疼痛来撞击这世界吧，

为了解放全人类红军都有不死的命。喊吧，

要痛你就喊一声。

老班长：要痛你就喊一声。

李文书/平伢子：要痛你就喊一声，

喊吧，喊一声。

曾团长：喊吧，我的同志，我的亲人。

让我们为你剜去敌人的子弹，

为你抚平流血的伤口，

让我们为你流泪啊。

为了不灭的理想，

为了不改的雄心。喊吧，

要痛你就喊一声。

老班长：要痛你就喊一声。

李文书/平伢子：要痛你就喊一声，

喊吧，喊一声。

曾团长：喊吧，我的同志，我的亲人。

啊！红军长征两万里，

铸就了多少钢铁汉。

合　唱：喊吧，我的同志，我的亲人。

红军长征两万里，

铸就了多少钢铁汉。

（音乐在高潮中）

彭政委：啊，不灭的理想，不变的雄心，

红军长征两万里，

铸就了多少钢铁汉！

〔转场。

第三场

〔风雨交加的夜晚，音乐不安定，风雨飘摇。

〔茫茫草地，没有一块干地可以露营。

〔红军战士疲惫不堪地坐在地上休息。

〔老班长点着了火煮开水。

〔看见方大福要喝生水。

老班长：小方，不能喝。

方大福：老班长，我渴。

老班长：水就要开了，水就要开了。沼泽里的水不能喝；羊角拗、风信子的根都不能吃；飞燕草有毒；还有，还有曼陀罗更不能吃……总之要记住，记住这些东西不能吃。

〔彭政委过来。雨越下越大。

彭政委：大家集中起来，不要往远处走。平静的水潭非常危险。

〔彭政委到了老班长的身边。

彭政委：老班长，几天没有干粮了？

老班长：三天了，只有野菜。

彭政委：发动大家，把皮带、皮包都交出来。一切为了生命，一切为了活下去。李文书你带个头。

李文化：政委，这包里有很多重要文件。

彭政委：生命更重要。

〔李文化把文件拿出。

〔突然听到砰的一声枪响。

〔通讯员李小牛哭着大声喊。

李小牛：啊，干吗要杀死它？出生入死的大黑马啊，干吗要杀死它？团长，它救过我的命。不干了，我不干了！

〔曾团长边把枪插进腰里边跟着小牛。

小牛：我不干，我不干了！

曾团长：小牛，对不起。小牛，一切为了生命，一切为了活下去。革命胜利了，我赔你一匹好马……对不起，对不起，我也难过，但只有这样，只能这样……李文书。

李文书：到！

曾团长：全团一共减员多少？

李文书：一百七十二人……

曾团长：发动大家搞吃的，千方百计搞吃的。只有活着走出草地，才能继续革命。老彭，你的伤……

彭政委：没问题，战友们，大家都坐过来，我们提提精神。来呀，来呀，欢迎平伢子唱支山歌。节约体力，小声唱就可以，我们鼓掌。

〔众人鼓掌。

众战士：来，来，唱山歌吧，唱支家乡的山歌吧。

曾团长：热烈些，平伢子，来唱支山歌！

〔没有人回答。

彭政委：平伢子！

方大福：报告，平伢子为大家试吃野菜中毒，掉队了。

彭政委：多长时间了，怎么没人去找？啊，我们决不能放弃一个伤员，决不能！一营长跟我走。

曾团长：我也去。

〔众人追下。

〔场景在音乐中转，不换场，还是草地。

〔风雨交加，一望无际的草地。

〔掉了队的平伢子一个人拄着根棍子在风雨中挣扎站立着，想努力往前走。

平伢子：（咏叹调：《我舍不得离开红军》）

走不动了……我的心在向前，可脚已走不动了……
湿透的衣裳，已不能被我冰冷的身体焐干。
战友们走远了……
他们坚韧地前行，将会迎来胜利的那一天……

平伢子啊，平伢子，一个生下来没有名字的孤儿，
没有亲人，
没有温暖，更没有尊严的平伢子啊，
今天我要叫你一声，
平伢子呀，平伢子，你要答应……

你知道，没有红军就没有亲情；
你知道，没有红军就没有觉醒。
什么是友爱？什么是胸怀？
人生理想啊，让你看到黑暗中的光明。

平伢子啊，平伢子，
当了红军才知道天有多高，地有多大；
当了红军才知道英勇杀敌，忠于革命。
平伢子啊，平伢子，

当了红军，才有了快乐，

紧锁的心啊，鸟儿一样地自由飞行。

幕后合唱：（山歌）

哎呀嘞哎，

打支山歌过石崖，

山歌打过红花开。

盘过几多石子路哎，

一轮红日就升起哩个来。

平伢子：红军啊，是你给了我生命，

是你让我成为勇敢坚强的士兵。

红军啊，战友们，

我不怕死，我是舍不得离开你们，我舍不得。

我不怕死，我舍不得离开红军！

舍不得啊，平伢子舍不得你们……

（越来越弱地）平伢子呀，平伢子……

平伢子不怕死，就是死，也要革命。

战友们，胜利的那一天，请代我为新中国欢呼吧，

请代一名红军战士向新中国致敬！

〔在美好憧憬中喘息的平伢子，音乐怀想而悲伤。

〔突然砰的一枪，为了不拖累红军，平伢子一枪把自己打死了。

（注：红军过草地中有这样的烈士，知道自己不行了，怕再拖累已经很疲惫的战友而自杀。我觉得这样更震撼，整部戏要有主动牺牲更动人，也与下一幕洪大夫的牺牲有所不同）

〔平伢子在砰的枪声中倒地。

〔踩着枪声赶到的人全都站住了。

彭政委：平伢子！平伢子我的好兄弟！

〔彭政委冲过来，扑在平伢子的身上。

〔音乐悲壮，曾团长向着平伢子一下单腿跪下。

战友们：平伢子，我们的好兄弟！

〔幕落。

第六幕　会　宁

〔幕开，红旗飘飘。

（注：此时中央红军、红二方面军、红四方面军和陕北红军会合了）

〔陕北红军的领导人与中央红军一军团长、各军的领导在高台阶上握手会合。军旗飘扬。

〔军团长：同志们，中央红军和陕北红军及红二方面军、红四方面终于在陕甘边界会合了，两年的时间，我们冲破了敌人几十万大军的“围剿”，长驱二万五千里，纵横十一个省。红军长征以我们的胜利敌人的失败而告结束。

〔陕北的腰鼓、大鼓，一片陕北风。

〔陕北秧歌大合唱。

〔一营长、李文化、老班长等率团队整齐上场。

〔百姓们围着他们唱啊，跳啊。

天上的大风地上水，
长征的红军到了陕北。
岩畔畔栽花要扎根，
陕北的红军情义深。
大红的枣儿米酒里泡，
革命根据地最重要。
一杆杆红旗万里扬，
红军的美名传四方。

〔先是老百姓，之后，中央红军宣传队和红军战士也加入到胜利的欢快中去了，十分热闹。

〔老班长、李文化指挥着全团的士兵边跟着秧歌队热闹地扭着秧歌边唱着。热烈。

〔大家正热闹着，李文化和万霞相见了。

〔万霞冲上台前就唱着。

万　云：哎，一杆红旗出瑞金哎。

女声合唱：出呀么出瑞金呀。

李文化：万水千山风雨行。

男声合唱：风呀风雨行。

万　云：围追堵截等闲看。

女声合唱：等呀么等闲看。

李文化：地覆天翻壮士情。

男声合唱：嘿壮呀壮士情。

〔两人唱着，相视着，还有比一比的那股劲儿。

万　云：高歌欢呼到陕北。

李文化：神州赤县放光明。

大合唱：英雄奋斗为理想，

红军光辉照前程。

英雄奋斗为理想，

红军光辉照前程。

〔众人排着队整齐下。

〔彭政委、曾团长一身整齐的装束上。

彭政委：老曾，我们也来握个手，相互祝贺下。离开瑞金两年了，我们到陕北终于有了自己的根据地。

曾团长：两万五千里，打了无数的仗，三大主力会师了。红军打不散，更打不死。

彭政委：历史会记住艰苦卓绝的两年。

〔彭政委边说边看着人群，像在找着什么。发现了逆人流来的也像在找人的杜娟。

〔他身边的曾团长也看到了。音乐有变化。

曾团长：那是杜娟医生吗？

彭政委：是，是杜娟。杜娟！

曾团长：杜娟，杜娟医生！

〔杜娟听到后跑了过来。

杜娟：啊，听到你们来了，真高兴。（看着彭政委）彭大哥，听说你受伤了？

彭政委：已经好了，你……还好吗？（话里有话）

〔曾团长也看着，在等着洪大姐的消息。杜娟不说话，曾团长忍不住问了。

曾团长：洪大姐怎么样？

（瑞金的音乐）

杜娟：（伤感）这样的时刻总会到来……

这样的时刻令人伤怀……

洪大姐啊，我的好大姐，

为了伤员，被捕牺牲了。

曾团长：牺牲了！

〔彭政委听着。

杜娟：大姐在最后的时刻，让我带着能走的伤员突围，她被捕后，宁死不屈。（拿出信）这是难友带出来的她最后写给你的信……

〔杜娟拿出信，交给了彭政委。

〔彭政委接过信。

彭政委：啊，爱人啊，我的爱人，我的战友，

没有等到和你相见，

没能看到你的容颜。

这惊雷般的消息在我心里震响。

（看到战士们围上来，忍住。下边一句闷着一字一字地唱。）

闪电啊扯破了我的咽喉……

〔战友们静静上台来了，不知说什么好，围过来。

〔彭政委伤感地打开信。

〔此时在台的高处，左上方，洪大夫在狱中最后写信的情景出现。

〔行刑的士兵执枪，围守着洪大夫的木栏。

洪大夫：（咏叹调：《永别的时刻就要到来》）

爱人，我最亲爱的人，
永别的时刻就要到来，
我写给你最后的文字……

我们为追求理想相爱，
我们为实现理想永别，
在这样的时刻，我不后悔……

爱人啊，我的爱人，
在这样的残夜，
我想起，
为理想燃烧着的烈焰，
风雨中怒放的花蕾。
还有你的私语和亲吻，
这一切，
我已珍惜地折叠起，
埋进心间……

爱人啊，我的爱人，
在胜利的一刻，请找回我们寄放在农友家的孩子啊，
我们的孩子，被妈妈空落的怀抱时刻拥紧的孩子啊，
妈妈的心里刻满你的笑容的孩子啊，妈妈为你祝福。
为你的平安祝福，为你的明天祝福。
孩子啊，我的孩子，妈妈将远行，
妈妈已化成了追求光明的火焰，燃烧着，为了明天。

爱人，我最亲爱的人，

我走了，竟没有留给你一分私产，
甚至仓促中没能交给你一张照片。
我没有东西留给你啊，
只有这世间质朴的爱。
请不要忘记我啊，爱人，
不要忘记那些迷茫中的摸索，
抓住光明的瞬间……
不要忘了啊，
我们的誓言……
爱人，我的亲人，
我是千万牺牲中的一个，
千千万万中的一个啊，
在最后的一刻，还要为理想呼喊。

行刑的子弹已压进了枪膛，
永别的时刻就要到了。
纸已尽，墨已干，
我已说出了万语千言，
为了革命牺牲，死而无憾。

我的爱人，
永别了，我将坦然地面对枪口，
让我的热血，鲜花一样开满春天！

〔咏叹调结束后，悠长的、细微的、凝神的乐音延续着，然后才是彭政委内心迸发地唱。

彭政委：我的心，为你鼓荡，
我的心，为你歌唱。
我听到隆隆的战鼓，
我的热血偾张。

为人民赴汤蹈火，不怕牺牲
为革命，视死如归，不怕牺牲……

战友啊，我的爱人，
你已铭刻在我的心上。
我要高举你英魂的旗帜，为新中国欢呼。
为了崇高的理想，向前，向前。

大合唱：我们有热血，我们有梦想，
我们是黑暗中追寻光明的力量；
我们不怕死，我们愈刚强，
让我们张开双臂迎接人类的光芒。

我们有热血，我们有梦想，
我们是黑暗中追寻光明的力量；
我们不怕死，我们愈刚强，
让我们张开双臂迎接人类的光芒。
红军胜利了，长征万岁！
红军胜利了，精神永存！

〔此时天幕中出现革命成功，中华人民共和国成立时天安门的情景。

〔出现开国元勋礼服开会的场景，出现毛泽东从轿车上下来的场景。

〔出现瑞金、泸定桥、雪山、草地的场景。

〔出现众多的革命烈士的图片。

〔全剧在大合唱高潮中落幕。

2013年准备
2013年11月大纲
2014年3月大纲修改

2014年4月23日剧本一稿开始

2014年5月3日剧本框架

2014年5月16日剧本一稿成

5月17—19日改一稿

5月21日再改后三幕

5月26日再全剧改三稿

5月29日精改，小定

31日再改，大定

6月1日再改，定稿

6月16—27日再改，定稿

6月28日、29日再改

7月1日改定

7月9日专业校对后再定

注：在印青先生作曲过程中，加了两段男、女声的短歌。

万　霞：（女声独唱《三月桃花心中开》）

正月阳雀飞上崖，
三月桃花心中开。
哥哥扛枪上战场，
妹妹在屋里做双鞋。
一针一线随你行，
千辛万苦脚下踩，脚下踩。
前路再远莫忘记，
一点初心为谁来。

四月花开百样红，
春风一缕夜徘徊。
唤只阳雀捎书信，

妹妹的心意不难猜。
郎去革命心要坚，
梦想不达心不甘，心不甘。
纵然千山与万水，
一路繁花换人间。

郎去革命心要坚，
梦想不达心不甘，心不甘。
纵然千山与万水，
一路繁花换人间。

彭政委：（男声独唱《我的爱人你可听见》）
我的爱人你可听见，
家乡的歌声飞得多远。
日夜思念苦，
风霜不觉寒，
总感到你就在我身边。
大雁南飞带走我的情，
你的爱伴我路漫漫。
待到云开见日时，
笑看大地换人间！

我的爱人你可听见，
一路的艰辛意志更坚。
万水千山险，
壮怀热血燃，
我们的理想永不改变。
大雁南飞带走我的情，
你的爱伴我路漫漫。

待到云开见日时，
笑看大地换人间！

待到云开见日时，
笑看大地换人间！

2016 年春

附录

砚边字

——《邹静之戏剧集》序

有“砚边学”一说——大意是，平时为了写字给人家看，会拘束而不能随心。某天在砚边的废纸上试笔，无意间写了一些字，过后却越看越好。

很小时被母亲抱进剧场看戏，台上人唱念做打，一片的热闹，看着那样的倾诉、委曲，那样的煞有介事，心中生出喜悦——懵懂中觉得人世中还有另一个人世。

上小学四年级时大哥从矿业学院回家，带了一部自装的半导体收音机，晚上我睡在被子里听了整部的话剧录音剪辑——《孔雀胆》（郭沫若著），听至夜里十一点时内心激荡，涕泪长流。现在想其实并不十分清楚这戏的故事情节，只是被剧中人的吟诵打动了。

至此以为话剧最迷人处，是那些发出声音的文字。

认真读过的剧本中，印象最深的有徐渭的《玉禅师》和贝克特的《等待戈多》，后者读过多遍，喜欢那两个人在台上一本正经而又不着边际的对话，喜欢读剧本时感受到的弯曲的状态。

剧本是为演出而写的，写时头脑里不演，或读时看不到我在演，那样的剧本实为字冢。

我的结构，有一种是自然生长的，如一棵树向着天空枝枝杈杈地长了起来，比如《我爱桃花》；还有是压迫成型的，像盆景的那种被胁迫着的表达，又像螺蛳壳里的层层叠叠，比如《花事如期》；《莲花》是反述，按我们获得故事的顺序写的——我们获得故事总是先有了结局，之后才有写结局前的以往。

写一部戏在情节的选择上为什么是这样，而不是那样，绝不是真实决定的，是你期望到达的那个意义的制高点所决定的。有了这个点，取舍的标准就有了，有些人是在情节中找意义，有些人是在意义中找情节，有些人两种方式在一部戏中互用，都有好作品。但好，一定不仅是故事好，是因为有那个制高点。

诗人说：诗原本是在那儿的，诗人只是诗的发现者。发现就是创作。1995 年至 2002 年的财经大学操场，是我天天去散步的地方，七年下来发现了一些隐秘的东西，后来才有了《操场》。

四十岁时我写过一首诗：

精神或一些人的争论

把一只鸟抛进羽毛
它的肉身飞得可真高

一张纸上的鸟，有着相同的姿态
只是那背景不够蓝

它让我在静寂中想到真实的高飞
那几乎是一种快捷的消失

这话要再说一遍也可以是这样
——你如果没有在人群中消失就没有飞高

这诗可以看到四十岁的我对轻薄的人是这么看的，六十岁的我不这么想了，网络写作的时代飞高或飞不高的都快速消失着。

但有一些东西消失得慢些，比如需要人工和手工的艺术——舞台剧该算一种。

从二十一世纪初，我就开始了对电脑写作的警觉，中文写作，笔的历史有几千年了，换成键盘，语言的节奏一定与用毛笔时不同。文风变了，要想在网络这海水般的文字量中冲出来，总要做惊人语才行，总要撰些黑话或春典这类的词来锁定一个群体，并获得新鲜感才行。用笔写作的一代，正在被用键盘的一代人替代，这大趋势你愿意不愿意都改变不了，唯一的悲剧，是你恰恰活在这个历史变革的节点上，既不能向前了，也无法退后。你的文字如果将来能被留下一点点，像长了绿毛的干面团缩在文字的角落里。偶尔有人会把它当作酵母拿来用用，那已是三生有幸了。

人类对艺术的是非判断是在不断的打破中行进着的，网络传播的日新月异使得这样的打破更猛烈、更巨大，好在人类对艺术的欣赏几千年形成的那个不变的核心还在。那说句鼓励自己的话，就抱着旧有的老派的自豪挣扎下去吧，在美丽的现代大厦旁开一间小小的古玩店，所谓三年不开张，开张吃三年，总会有一些人来光顾的。

一时想到

——《邹静之戏剧集》增补本序

2015 年 11 月 6 日从外地回到北京，十六天过去后，北京一直阴天雾霾，天气预报说还要阴下去。

这是一个陌生的秋天，没有风，没有天高云淡。

每天上午到楼上去写毛笔字，站两个小时，心情好一点。

三十年来，我的写作是从大年初一到三十几乎没有停过。今年的七月到十一月我什么也没写。

每天最想做的事是看外孙邦邦、写毛笔字、种菜、听歌剧、打乒乓……这几个月写作放下了。没有先兆，没有设想，也没有意外……而这之前，每天的写作对我来说是那么重要。

哮喘

第一次发哮喘是 1981 年，那时我二十九岁。多年的过敏性鼻炎发展成了哮喘，各种疗法都试过，针灸，在耳朵上埋花椒粒，胸口贴药，吃兔子头，喝着羊汤蒸桑拿，吃药片，喷药水……最终是可以控制，无法根除。其间只有一个偏方我没试，朋友对我说找一个可靠的产科大夫，弄一个男婴的胎盘（女婴没用），就那么红烧着吃了，吃一两个就会好。他用了“红烧”这个词，并且是人体的一部分，听上去太不像治病了。算了，喘就喘吧，人的一辈子就是与疾病共生的，久了就习惯了。

我也是从 1981 年起开始写作的。

不是说哮喘与写作有关系，这找不到根据，不过，在那些因为喘不上气无法安眠的夜晚，确实有过一些边边角角的状态——神游、恍惚、短暂的出离等等。长时间的无法安睡，使得一些特有的、毫无关联的事在身体中飘浮交集……这种状态在长夜中烘托着我，或多或少影响了我的思维和写作。

毛笔字

我从小描红、临帖并不认真，每年的春节，看父亲写条幅写对联，才学了一些用笔的方法。1966 年在小学时用毛笔写过一个月的大字报，家被抄后，就再没动过毛笔。

2003 年“非典”期间，出不了家门，就铺了毡子正式临帖了，先是颜鲁公的《麻姑仙坛记》，兼写钱南园（钱沣）的《正气歌》，之后深爱何蝯叟（何绍基）的笔意。三家之外还临篆隶。十几年下来纸费了不少，不见起色。我一生除写作外，学声乐、毛笔字都下过大功夫，但都比常人慢。

直到今年八月，才写得有些自己了。铠甲卸了，鬼脸摘了，找到一种心慕古人、吟咏相随的感觉。原来写得紧张拘束，现在写得抒发入神，欢愉起来了，这种感觉是在认真写了十多年后的某一刻出现的，那一刻让我等来了。自由自然，后再得老车（车前子先生）的肯定，法喜充满。

初临帖时，有朋友说学晋以前的，出手会高古些。为此也写了一段石鼓篆隶。后来悟出今人追慕高古，临帖是其一，但你如果没有一颗高古的心，即使写一辈子“二王”也是一纸当下习气。古人对时间的感觉与我们是不同的，“细雨骑驴入剑门”和坐飞机天南海北地一划而过，时空感觉不一样。古人的慢、实、沉不是一划而过可以取代的。不张扬，由心而发，字的节奏不说，最基本的文字语气也是要紧的。我订了几年的书法杂志，关于书法和语气的关系、书法的文学性，并没有人提起过。当下很多人写字收放疾徐多与文学语气无关，当扬时不扬、不当扬时乱甩一气者夥矣！笔不对着心满纸张扬，真让人避之不及。不如去看看霍洛维兹弹琴，其凝神之状，如仙人畅游。

唱歌

我十五岁时开始学小提琴兼学声乐。

小提琴《开塞》只练了一半，再没有往下学。可以拉的曲子仅限于一些片段。知青生活结束后，琴就没再碰过。

声乐的开始先是自己唱唱，联欢会时演演。到十八岁时开始正式学习呼吸，发声，共鸣，视唱练耳，歌曲处理。1971 年到 1975 年在我下乡的德都县周边北安、赵光、佳木斯、黑河、瑷珲、双鸭山，直到哈尔滨，男高音独唱过五年。当年的音域低音可达“中央 C”下的“G”，高音练声可以到“High D”，在舞台上唱“A”或“降 B”很稳定。其间考过专业的文工团，因种种原因没有去成。1977 年回到北京后，苦心学艺，在 1981 年考煤矿文工团终于三试不取，年近三十岁的我，只有承认十多年的声乐之路走不下去了。父亲看我不再练声后，曾对我说过一句：“静之，如果你用这十几年学声乐的精神和毅力，做任何一门学问都会出成绩了。”我理解父亲话中没有点明的意思，他认为学艺术不是后天努力可以达到的，那些闪烁着光芒的艺术家，是上帝散养在人间的孩子，天赋，啊天赋！我六十岁才明白，不论学什么，冲到顶尖时，人力是不能与天赋比的。按戏曲行的话是：“有的人天生来就是站当间儿的，有的人怎么练祖师爷也不赏饭吃。”

在专业的唱歌之路失败后，声乐变成了我的业余爱好，五十年来乐此不疲。我的歌唱家朋友们都知道，说起歌剧来我比聊什么都兴奋。

1995 年我曾写过一篇文章《〈星光灿烂〉的七位歌者》，就卡鲁索、多明戈、贝尔冈齐、斯苔芳诺、卡雷拉斯、科莱里、毕约林七位男高音歌唱家演唱《星光灿烂》（歌剧《托斯卡》选段）做了比较。除了谈到他们对这首咏叹调的艺术处理外，我列出了七位大师演唱的时长。唱得最慢的 3 分 34 秒——毕约林，唱得最快的 2 分 35 秒——卡鲁索。一首三分钟左右的咏叹调，处理的结果可以相差三分之一时长，可见大师们的处理是多么的不同。其间，我喜欢科莱里唱出了将死时的撕心裂肺，毕约林是面对死亡的无尽的哀伤。

到今年，六十四岁、有哮喘病的我，还在学唱。就在前些天，请来专业的朋友们给我上课，一个音一个音地改唱法。有人对我说，写作是你的正行，也没见你像对唱歌这么较真儿过。说不清楚，唱歌是极为细微的身心活动，男高音难是它最迷人的一个点。这么多年下来，唱歌已变成了我身体的需要，心理的需要。如果今天唱好了，我会为自己骄傲。

最终，没能成为在舞台上的歌者，但音乐对我的生活、身心和写作有着很大的影响。之后的写诗、写戏，对白的音乐性和叙述节奏感，我都在被音乐引领。一个失败的追求，营养着我。

戏剧集

这部戏剧集第一版是2014年3月出的，出版一年后，售罄。再版时接受了友人的意见，把一部原来写的京剧加了进来。

2015年10月，认真重读了这些文字，读的过程中时时有陌生感闪现——怎么会这样?!怎么是这样写的呢……已说不清了。

邹静之

2015年11月于香山

图书在版编目(CIP)数据

我爱桃花 ：邹静之剧作选 / 邹静之著. — 北京:中国文史出版社,2021.1

(中国专业作家作品典藏文库. 邹静之卷)

ISBN 978-7-5205-1751-5

Ⅰ. ①我… Ⅱ. ①邹… Ⅲ. ①剧本-作品综合集-中国-当代 Ⅳ. ①I230

中国版本图书馆 CIP 数据核字(2019)第 268997 号

责任编辑：牟国煜　薛未未

出版发行：**中国文史出版社**

社　　址：北京市海淀区西八里庄 69 号院　邮编：100142

电　　话：010-81136606　81136602　81136603 (发行部)

传　　真：010-81136655

印　　装：北京新华印刷有限公司

经　　销：全国新华书店

开　　本：720×1020　1/16

印　　张：25.75　　字数：364 千字

版　　次：2021 年 1 月第 1 版

印　　次：2021 年 1 月第 1 次印刷

定　　价：78.00 元